Cala Bendita
's a Bheannachdan

Rugadh Màrtainn Mac an t-Saoir ann an 1965 agus thogadh e an Lèanaidh (Lenzie). 'S ann à Uibhist a Deas a bha athair is 's ann à Glaschu a bha a mhàthair. Chaidh e gu Colaiste an Naoimh Aloisius is a dh'Oilthigh Obar Dheathain, far an tug e a-mach a bhith na dhotair ann an 1988. Eadar 1990 agus 1992 choisinn e teisteanasan ann an Cuspairean na Gàidhealtachd is nam Meadhanan aig Sabhal Mòr Ostaig.

Bidh Màrtainn a' roinn a bheatha-obrach eadar dotaireachd, sgrìobhadh is aithris sgeulachdan, is tha e air a bhith air aoigheachd aig Stanza, Fèis Eadar-Nàiseanta Dhùn Èideann, Seachdain na h-Alba an New York is IFOA Toronto. Ann an 2007 chaidh a chrùnadh mar Bhàrd a' Chomuinn Ghàidhealaich.

Ghlèidh *Ath-Aithne*, cruinneachadh de sgeulachdan goirid, Duais na Saltire airson Ciad Leabhair ann an 2003. Choisinn na nobhailean *Gymnippers Diciadain agus An Latha As Fhaide* a bhith air an geàrr-liosta airson Leabhar na Bliadhna ann an 2005 agus ann an 2008. San Dàmhair 2006, chaidh *Dannsam Led Fhaileas*, cruinneachadh dhe a bhàrdachd, fhoillseachadh le Luath Press. Nochd an treas nobhail aige, *Air A Thòir*, ann an 2011, is bhuannaich *A' Challaig Seo, Chall Ò* – nobhail do dheugairean – Duais Dhòmhnaill Meek ann an 2013. 'S e *Cala Bendita 's a Bheannachdan* a chiad leabhar dhan t-sreath-ficsein Aiteal.

Tha Màrtainn an-diugh a' fuireach ann an Dùn Èideann le a bhean is an dithis chloinne.

Cala Bendita 's a Bheannachdan

Màrtainn Mac an t-Saoir

Air fhoillseachadh ann an 2014 le
Acair Earranta
An Tosgan
Rathad Shìophoirt
Steòrnabhagh
Eilean Leòdhais HS1 2SD

www.acairbooks.com
info@acairbooks.com

An dealbhachadh agus an còmhdach, Acair Earranta

Clò-bhuailte le Gwasg Gomer, Ceredigion, A' Chuimrigh

Gheibhear clàr catalogaidh airson an leabhair seo bho Leabharlann Bhreatainn.

Chuidich Comhairle nan Leabhraichean am foillsichear le cosgaisean an leabhair seo.

Tha Acair a' faighinn taic bho Bhòrd na Gàidhlig.

ISBN/LAGE 978-0-86152-556-0

Mar urram is mar chuimhneachan air Gavin Wallace

Buidheachas

Bu thoigh leam taing mhòr a thoirt do dh'Agnes Rennie is a sgioba shuimeil aig Acair airson an cothrom is an taic riatanach a thoirt dhomh gus an leabhar seo a sgrìobhadh dhan t-sreath-ficsein Aiteal is a chur air bhog aig Fèis Leabhraichean Dhùn Èideann 2014. Tha mi fo fhiachan aig Urras Leabhraichean na h-Alba, is gu h-àraid Stuart Kelly, airson mo bhrosnachadh le gliocas thar grunn mhìosan. Tha mi cuideachd an comain Alba Chruthachail, a chreid sa phròiseact o thùs is a rinn comasach dhomh rannsachadh ceart is siubhal a dhèanamh ann a bhith a' leasachadh nan sgeul.

Dh'iarrainn spèis a nochdadh do dh'Iain Dòmhnallach, a ghabh rin deasachadh le alt is dealas, is do John Storey, Comhairle nan Leabhraichean, a chùm roinn mhòr dhem mhisneachd rium mar as dual. Agus do Raquel, Nuria, Amaia is Rafa, a chuidich mi aig diofar amannan len cultar is an cànanan: Gracias, Gràcies, Eskerrik Asko.

Agus gach dùrachd dhuibhse, ma-thà, a nì *Cala Bendita 's a Bheannachdan* a leughadh!

Clàr-innse

Achadh nan Dads

'How?'

'The Field of the Boys', dh'inns Gilleasbaig a-rithist dhan Dad bheag ghreannach na shuidhe ri thaobh air a' bhus.

'Whit?'

Saoil an cuala am fear seo guth air rud ris an canadh iad seantans? Bha Simon shuas aig an toiseach le grunn charaidean ùra mu naoi bliadhna a dh'aois an geansaidhean uaine; *neckie* is *woggle* orra uile ach air aon fhear.

'Whit?' eile aig an Dad, a' tionndadh gus tatù ghoirt a leigeil fhaicinn air a ghàirdean – am fear a bha an tacsa na h-uinneig.

'The place we're going to, the campsite. It means 'The Field of the Boys'. Whoever the boys were.'

'Fuckin shattered! Should be in my fuckin scratcher. Night-shift's a cunt, so it is!'

A Mhoire Mhàthair, ach an seantans! Ach thuig Gilleasbaig cò air a bha an duine a-mach. Bu lugha air fhèin na ciad sia miosan sin aig Ferguson's an dèidh dhaibh Beinn a' Bhadhla fhàgail: gun a bhith faicinn an teaghlaich ach ainneamh, cion cadail air fad an t-siubhail. Àm na bheatha – nam beatha – taing do Shealbh, a bha nist air an cùlaibh.

'And do we have Simon Johnson?' dh'èigh tè àrd bhàn – Bagheera – bho liosta fhada.

'Here,' thuirt a mhac – Cardonald a-nist, gu cinnteach, a' toirt rud cruaidh air a ghuth Gàidhealach òg.

9

'Along with,' stad i, a' cur a pàipeir bhuaipe mìr bheag ach an cuimiseadh a sùil cham, 'Gilles – beg?'

'Present!' dhearbh an t-athair glas de 54 bho dheich sreathan air cùl a mhic. B' e Simon am fear a b' òige dhen cheathrar a theaghlach aige fhèin 's Catrìona.

'Whit?' orsa am 'balach' ri thaobh; oir b' e coltas balaich bhig a bh' air, ann an deisidh shaoir shoilleir, sgeadaichte – no gànraichte – mu h-oirean le tartan MhicLeòid.

'Gilleasbaig. Very pleased to meet you.'

Sròn ri snòtaireachd mhòr. 'Right.'

'And you?'

'Whit aboot me?'

'Your name?'

'Corker.'

'Cor ...'

'Naebdy caws us Colin. It's aw fuckin Corker. Corker 'is, Corker 'at!'

'Very pleased to meet you, Corker,' orsa Gilleasbaig, an turas sa a' tionndadh a-staigh is a' beireachdainn air làimh an fhir na b' òige.

Sìon idir an uair sin. Seanchas beag laghach cha robh ann. Sàmhchair a lean, fhad 's a ghabh am bus tro sgeamaichean, bailtean beaga, an corra phìos fearainn a shàbhail, na shlighe a dh'ionnsaigh *motorway* ùr Shruighlea. An coimeas ri seo uile, bha srann Chorker a thòisich mar urram dhan leasachadh sa brìoghmhor agus deaslabhrach.

Rinn Gilleasbaig farchluais air grunn athraichean eile, a' craic còmhla gun strì, cuid le mothar-gàire. 'S ann a dh'fhairich e an eòlas air a chèile na thlachd ach na dhùbhlan pearsanta dha fhèin. Ged nach robh obair-oidhche ann tuilleadh, dh'fhàg cus shioftaichean feasgair, is lathaichean fadalach am Port Ghlaschu, gur ainneamh a thog esan Simon bho thòisich Cubs san Lùnastal.

'Spring Camp '76,' bha Akela air a chur fan comhair mìosan air ais, 'will be a little different, boys. This year we're gonnae invite the Dads tae.'

Aig an ìre seo, chan e 'Dad' a bh' ann an Gilleasbaig ann am faireachaidhean no am beul Shimon, ach *my father*; 'Athair', gu nàdarra, gu bruidhinn ris. Coma tiotalan, bu dheagh thoigh le aona mhac gun gabhadh esan pàirt sa ghnothach cho dòigheil ri Dads Ghlaschu. '"Chan eil mi cinnteach an urrainn dhomh,' thuirt Gilleasbaig ri a bhean. 'Cuin a tha e ann a-rithist?' 'Dh'inns mi dhut! Fichead uair!' freagairt bhiorach Catrìona. 'Chan eil thu idir ag obair an ceann-seachdain sin. 'S ann do Shimon a bhios seo!'

Abair fhèin mìorbhailt a bh' annsan dhaibh – an dithis aca air dòchas a chall gum faigheadh iad gille gu brath; an nighean a b' òige, Seonag, ann an Clas 5 an Cnoc na Mòna. Cha robh teagamh màthar aca nach e Dia a cheadaich an tiodhlac iongantach sin. Bho dh'fhàg iad an t-eilean – a' chroit is na lochan – cha robh dol aig Gilleasbaig a bhith na athair 'ceart' dha, ach bha dùil a-nist gun gearradh e leum air bus na 'Chub Dad' coltach ri càch.

'Lethchiallach a bhios annamsa an lùib na feadhainn sin.'

'Dè? Nach ist thu!' Chuir a bhean a Capstan gu a bilean is ghabh i deagh tharraing air, mun do phaisg i a gùn molach turquoise mu a cnàmhan caola. Thionndaidh i air ais dhan phoit-tì a bha a' goil air an stòbh is theann i ri a Thermos a lìonadh aiste.

'Chan aithne dhomh cho math sin iad aig m' obair, is tha mi air a bhith ann deagh ghreis a-nist.'

'Feumaidh tu feuchainn – oidhirp a dhèanamh, a Ghilleasbaig,' throid ise, ''son eòlas a chur air daoine. Tha mise a' faighinn nan Cub Mums cho laghach.'

'Aidh, ach 's ann a tha mòran dhen aon seòrsa rud eadaraibh le chèile, a Chatrìona.'

'Dè idir tha sin a' ciallachadh?'

'Gil ...' Bha Corker air dùsgadh, fhathast le srianaig fhliuich air a smiogaid is ail dearg air a chìdhlean.

'Sorry?'

'I've forgoat your name. Memory like a sieve!'

'Gilleasbaig. Same 'Gille' as in the camp: "Auchengillan". But this time ...' Stad e. Robh e 'g iarraidh tùs ainm – searbhanta no mac an easbaig – innse? Seach sin, chuir e fiamh sona air.

'Gilleasbaig,' dh'fhuaimnich Corker gun mhearachd. 'Gonnae tap us a couple o pun? She's fuckin took me tae the cleaners, know! Wean's greetin none stope in aw.'

'Of course' aigesan, gun an dara smaoin, is stob e fiach uair a thìde de thàthadh-stàilinn an spòig shalaich a charaide ùir.

'Ye're a gent, so yi ur!' orsa Corker, is thabhainn e Wrigglies air a bha fhathast ùr na phàcaid. Stuth a bh' ann nach cagnadh e uair sam bith, ach bu mhòr leis am fear beag curs seo a dhiùltadh.

Rinn Gilleasbaig gàire lag, is ghlac e sùil Shimon – esan a' bruidhinn gu siùbhlach, dìreach mar a Mhamaidh, ri gillean air gach taobh dheth. Ghabh e iongnadh ach cà 'n robh mac Chorker. Cò am fear a bh' ann? Cha d' rinn duine a bhrath thuige siud, Corker gu h-àraid. 'S dòcha nach robh Cub idir aige, is gur ann dìreach airson *spin* is cothrom norrag fhaighinn a thàinig e còmhla riutha. A-muigh, an luimead na dùthcha, chaidh a' bhoinnealaich na sruth finealta, a thagh an uair sin am bus a fhrasadh le sgoinn. Shlaod an dràibhear suidse nan suathairean, is dh'fheuch e, mar a b' fheàrr a b' urrainn dha, ri beagan a bharrachd teas a thoirt dhaibh.

Bhathar air "Billy the Wean", chuala Gilleasbaig – cha b' ann o Chorker – earalachadh gu suidhe aig toiseach a' bhus eadar Akela is Bagheera. Air an dòigh sin, bhiodh e na Chub 'sàbhailte', 'glic' – 'today's special boy'. Nuair a ràinig iad campa ainmeil nan Trosachan , b' esan, mar sin, a' chiad fhear ri leum às – a' chiad duine a dh'fheumadh an t-àite a rannsachadh.

'Can you make sure the father takes his stuff aff the bus,' chuir Akela – no Mags Dempsey – gu làidir am faireachadh na tè bàine. 'What about them takin' responsibility, Mags?'

'Aye, Tricia. Then there's Billy. When they rules dinnae apply! No even goat a Cub jersey oan!'

Dh'fhalbh an t-eucorach aig peilear a bheatha air a' mhorghan seachad air sreath thaighean ìseal. Chaidh aige air trì ròsan a ghoid asta is feansa bheag shnog a bhristeadh an iomlaid dhiogan. 'Daft wee shite, so he is!' beachd Chorker is e a' failleachdainn air fhèin pocannan plastaig dubha na dithis aca a ghiùlan còmhla. Ghabh Gilleasbaig fear bhuaithe is thilg e air a dhruim leathann e. Ged a dhèanadh am baga-iasgaich a fhuair e sna Barras a' chùis, b' fhior thoigh leis coltas nan *haversacks* – 'Rucksacks, Dad!' – a bh' aig an luchd-cuideachaidh is corra phàrant. Chuir fear dhiubh sin, Geoff, e fhèin an aithne dha. 'Hi there! I'm Mark's Dad. I believe we're sharing a tent.' 'If we get her up in this weather' freagairt athair Shimon dha, a' siabadh uisge far aodainn. 'I think it's getting worse.' 'Pretty robust, these old canvasses,' ors am fear caol, glan, sgiobalta. Cha robh sgath idir dùthchasach na chainnt. 'Go anywhere, these: ex-British Army. Will last well into the next century. Long as they dry them out properly afterwards.' 'You know your camping, Geoff,' orsa Gilleasbaig, a' toirt sùil tarsainn a ghuailnean croma. Chluinneadh e Simon a' cluiche *tig* sa phàircidh thall, ach chan fhaiceadh e e fhèin no Mark, no Billy. 'Done a bit in my time,' dh'aontaich am fear eile le gàire fann, ma b' fhìor duineil. Cha bhiodh e mòran na bu shine na 35. 'Prefer it a tad wilder than this, though.' Cha robh Gilleasbaig cinnteach an ann a' toirt iomradh air an t-sìde no air a' chuideachd a bha e. 'Of course, with that accent, you'll know Knoydart. Bit of a trek in, but amazing camping. Plurality personified!' 'I've seen it often from the ferry,' thòisich an t-Eileanach, is nochd an turas mu dheireadh ud na chuimhne: an còrr dhen cuid ga rotadh is ga riagail am broinn na Bedford aig Mac 'Ain Sheumais. 'Fantastic part of the world. A veritable wilderness!' orsa Geoff le sùim an eòlaiche 'Why not?' na thugadh dha. A bharrachd air a bhith dèidheil air campadh, bhiodh Geoff a' sgrìobhadh airson nam pàipearan-naidheachd. 'A twister of the truth for Sunday morning delectation!' na dh'aidich e fhèin dha. Leis a sin, sa bhuidhinn aca bhiodh esan; Gilleasbaig;

Brian à Baillieston (o thùs); James – uncail a dh'eug a bhràthair ron Nollaig; agus Kevin – 'Foundry Apprentice of the Year' o chionn ochd bliadhna. 'S ann còmhla a bhiodh iad a' cadal, bus ri bus, no 'Mibbe head-feet-head-feet?' mhol Brian, is sheall e dhaibh, leis fhèin, mar a dhèanadh iad e.

'Ah thought they says six sardines?' orsa James.

'Correct,' dhearbh Geoff. 'Some are six – some five. We're 22 or 23 altogether, right?'

Cha robh sìon a dh'fhios aig Gilleasbaig dè na bha còir a bhith ann dhiubh, no gu dearbha càite dìreach an robh iad, a bharrachd air na bha ainm an àite ag innse. Ghabh e beachd, agus an t-eagal, ach cò air a bhruidhinneadh iad fad an dà latha romhpa, is cuideachd air ceist fada na b' èiseile: sin, cò bhiodh a' còcaireachd?

'Stupit wee shite!' chuala iad uile, gu soilleir, nuair a thogadh an canabhas aig aghaidh an teanta. 'Says he's in the Green Six, so Ah've tae be in the Green Six tae. But the Green Six's goat six already. Cause he's no in the fuckin Green Six but in ra Black wan!'

'And we're the Black Six?' dh'fhaigneachd Gilleasbaig

''Fraid so,' orsa Geoff, a' cur a-mach a làimhe deise. 'You must be Corker?'

'How?'

'Billy's, eh, Daddy.'

'Whit's it tae dae wi you, pal?'

Thill Geoff a chròg gu uchd. 'Just an observation. Welcome to the Black sardine tin. I'm Geoff; this is ...'

'Where's the lavvie?' chuir Corker a-steach air, priob a' chroin na shùil do Ghilleasbaig. 'Tell yeez, if it's far, Ah'm in they bushes – shites in aw, especially at the black o night.'

'If my memory serves me right,' fhreagair Geoff, 'the toilets are just at the entrance. Not far at all, really. Recharge the batteries ... in your torch!'

Sheall Corker air mar gun robh e dìreach air a lorg an leaba a mhnatha. 'You want tae pit the heid oan 'at, Gilleasbaig?' thuirt e gu tul-fhìrinneach. 'Naw! Gie me the pleasure.' Le sin dh'fhalbh e – a leagail a bhriogais?

Thàinig snodha fann air Geoff, is theann e ri e fhèin a thachas air cùl aon chluais is an uair sin air cùl na tèile. 'Bit of a character, eh, old Corker?' Cardonald's full of them. That's why we moved to Crookston.'

Bhuail an losgadh-bràghad ud maothan Ghilleasbaig. An diabhal air! Dh'iarradh an dà latha seo fìor dheagh sgilean còmhraidh is dioplòmasaidh – comasan nach robh aige, no co-dhiù aige mar bu chòir.

'Best to avoid football?' thog Geoff. 'Aye' aig James. 'If ye want peace.'

Dh'aontaich Kevin. 'Great idea,' bhrosnaich Gilleasbaig. 'Anyone fancy a cup of tea?'

Gheibht' an t-annlan gu lèir 'son oidhche Haoine is madainn Disathairne ann am bogsa mòr liath – fear an t-Sianar – Dads is cubs. Chaidh stòbh Calor Gas le dà *ring* agus bòrd (a bha ri chur suas) a thoirt dhaibh cuideachd. Dh'fhosgail Geoff am bogsa is rinn e cunntas air na bha na bhroinn fhad 's a lìon Gilleasbaig poit à druma mòr buidhe 20 galan.

'And you've done this before, fella,' mhothaich Geoff.

'A few times. Not often for tea.'

'I'll be gasping for proper coffee after this ordeal.' An fhìrinn a bh' aig an duine seo.

'Gaspin' fir a fuckin drink!' bhrùchd Corker. Bha e air a bhith na shuidhe gun charachadh, is gun sùim sam bith dhen bhogsa, no ann an ciamar a ruigeadh dad a thigeadh às a thruinnsear.

'That's aw fur later,' chomhairlich James, an t-uncail, an guth còmhnard.

'"To avoid carnage!"' orsa Geoff, a' toirt litir Akela Dempsey às a phòcaid-broillich. Chùm e air: '"Daddy Diddy can be uncovered and shared (!) in the camp-hut once all Cubs have gone to bed."'

Thug Gilleasbaig sùil aithghearr air Corker. Bha e a' sìor stobadh a-mach is a' draghadh air ais a theangadh is a' tulgadh a pheircill o thaobh gu taobh an dòigh àraid nach robh èibhinn. Sheot ceann Geoff dhan bhogsa an tòir air pacaidean Knorr Chicken & Noodle. Thill Michael, an gille a chaill athair, le cupa, bobhla, spàin is feadhainn James. Choimhead Gilleasbaig air na neòil. Robh i a' dol a stad a shileadh? Bha na Cubs Dhubha eile rin taobh a' cluich falach-fead – Billy a' cunntais le faicill is fuaim. 'S ann fo theanta athar – aig a' chliathaich – a lorg Simon àite math sàbhailte. Bhiodh esan bog gu a dhrathais mar-thà. Saoil dè na bha Catrìona air a phacadh de dh'aodach ùr? 'S fhada gu meadhan-latha Didòmhnaich, ma-thà. Chitheadh e gun robh Dads nan Sianaran eile a' dol gu math ri obair a' bhìdh. Carson a bha an t-uisge acasan a' toirt cho fada air goil? Cha rachadh an gas dad na b' àirde, an rachadh?

'Soon be hitting inspection time,' phiobraich James le iomagain.

'Inspection?' Chunnaic is dh'fhuiling Gilleasbaig a shàth de dh'*inspection* ann an Devon, san Fhraing is am Burma tro bhliadhnachan a' Chogaidh. A h-uile srad dhìot fhèin is na bh' agad air an truailleadh le oifigear às an Droch Àite - cìr mhìn gun chiall ga cur an grèim le gràin; esan gu spreòdadh nuair a dh'fhaillicht' ort fa chomhair.

'Fuck that,' dh'èigh Corker. Cha b' urrainn do Ghilleasbaig a bhith air a chur an dòigh na b' ealanta, ach cha do rinn e ach gàire a dhèanamh is anail a tharraing. Ge-tà, thachdadh e am bastar sin Smythe, Humphrey Smythe – 's e a thachdadh – nan tachradh e gu bràth ris san t-saoghal seo. Chuireadh e a dhà làimh mu amhaich thiugh oillteil is dhùineadh is dhùineadh is dhùineadh e iad.

'It's fur the weans,' dh'fheuch James, a' tionndadh a chupa meatailte beagan, ach an suidheadh e an teis-meadhan a bhobhla, a spàin – tè dhen trì còmhla – na laighe aig 90° riutha. 'We've tae take part in everything they dae, tae encourage them – to show a good example!'

'And if we don't keep the Cub Scout Law,' fhreagair Geoff, a' toirt thuige muga de dh'uisge meadh-bhlàth, 'then "Daddy Diddy" could get confiscated!'

Mun do thòisich a' chiad chuairt dhen latha, b' fheudar ùmhlachd a thoirt dhan bhrataich. 'S e bha seo ach cothrom do luchd-cuideachaidh, Dads is Cubs – fear air cùl gach mic – tighinn còmhla is meòrachadh beag a dhèanamh air na bha romhpa. Shaoil le Gilleasbaig gun gabhadh iad ùrnaigh, ach cha do ghabh. Dhèanadh iad sin am Beinn a' Bhadhla. Na h-àite, chuir John, an ceannard – ged nach biodh na còig troighean ann – spionnadh annta le a dhà no thrì fhaclan àraid. Thug feadhainn dhiubh seo, no cho sòlaimichte is a bha an rud, air sùil Bagheera – an tè dhìreach – fàs tais. Dh'iarr Seonaidh Beag an uair sin air na Cubs, agus air na Dads dham b' aithne, an dìlseachd ath-ghealladh: 'I promise to do my duty ...'

Dh'fhairich Gilleasbaig pian beag am bonn a dhroma – ro fhada nan seasamh, mu dhà uair an uaireadair a-nist. Gun sgeul air sèithear. 'N e dà latha fhada air a chois a bha gu bhith roimhe – mun tuiteadh e? 'S e gille beag fìor ghlan le *short back 'n sides* ùr, Tom, a fhuair an t-urram a' bhratach fhuasgladh is a thogail. Agus an ìomhaigh a bhiodh oirre? Suaicheantas leis a' 45th Cardonald, air neo Saltire mhòrail an Naoimh Anndra? Cha b' e na bloigh ach Union Jack a bhiodh air a cliù a chosnadh, latha a b' fheàrr dhe robh i, mar shearbhadair shoithichean aig àm a' Choronation.

Ghabh Tom ceum air ais – bha e air seo a dhèanamh a-cheana - is rinn e comharra rithe le a làimh chlì. Lean càch san dòigh chianda. Bha cuid dhe na Dads math math air seo: James, Michael, athair Tom. Cheangail Corker na barraill aig Billy cho teann is gun tug am fear beag leum às.

'Sore, Dad!'

'Taught ye fuck-all, your Maw. Too busy up the toun wi her ...' – chuir e stad air fhèin – 'f ... friends.' Cho bog, tlàth dhan duine sin, smaoinich Gilleasbaig.

Bha Geoff air a dhol tron rud gun mòran a leigeil riutha – dealas no cion-diù; coltas air aodann mar gur e seo gèam a bha e a' cluiche, is gur ann a b' fheàrr a chuireadh e e fhèin a-staigh orra siud. An dèidh sin, cha dèanadh iadsan ach an stòiridh mhòr a thoirt dha gun iarraidh, cha mhòr.

Dh'fhan làmhan Ghilleasbaig ri taobh a chasan – dhiùlt e fiù 's lùdag a chur fo òrdaig gus soidhne nan Scouts fheuchainn. Gu leòr mòr adhraidh a rinneadh dhan bhrataich shuaraich ud leis-san, is le ioma Gàidheal roimhe, is bu shuarach an taing a thug ise dhaibh. Sin cuspair a bheothaicheadh an deasbad na b' fhaide dhen fheasgar an lùib an 'Daddy Diddy' – nam faigheadh e grèim air beagan. Dhèanadh leth-bhotal Grouse an gnothach gu snog. Dh'fheumadh e aideachadh gun deach an tuairms' ud ann an litir Margaret Dempsey seachad air gu buileach. 'S e bh' ann an *diddy* ach facal ùr a bha air nochdadh an cainnt peathraichean Shimon, bho thòisich iad an-uiridh ann an Lourdes Secondary. Bhiodh iad ga chleachdadh nuair a bha iad dhen bheachd gur ann buileach gun fheum a bha e.

Airson a' chiad thachartais, dh'fheumadh Dads is Cubs a dhol nan dà Shianar is làmhan a chumail: deas agus clì – suas, sìos, tarsainn, no fodha – le cuideigin eile.

'Ready, now!' dh'èigh fear sunndach ann an seacaid-shnorcail. 'Aw yees have to dae is unfankle yersels wioot releasing yer grips. It *kin* be done!'

'S dòcha. Ach cha b' ann an turas sa.

'Fuckin impossible,' ghearain Corker, a' suathadh a' ghàirdein a chaidh a dhraghadh leth mu leth tarsainn is fo dhà athair is Cub, le cinnt dhaingeann James.

'Mind toanin doun the language?' dh'iarr Brian à Baillieston – duine nach tuirt mòran idir thuige sin. Cha robh Kevin, a thog an duais na òige, air 'Sweet hee-haw' a ràdh! A smaointean an àiteigin eile, 's dòcha? Àite gu math teth.

'Look as if you've just tussled with a bull, Corker!' orsa Gilleasbaig – craos air. 'You'll need to give your Dad a wee massage, Billy,' chuir e ris, beagan iongnaidh air mar a thàinig siud thuige.

'Round the camp-fire?' mhol Geoff, is cha b' ann a' tarraing às – ach fhathast gun ràmh Chorker a lorg. Airson dochann a sheachnadh, smaoinich Gilleasbaig a-rithist, nuair a bha fear-sabaid-nan-tarbh air Tartan Special amadain air choreigin eile a chur air a cheann!

Airson an rud mu dheireadh dhen latha ro Chocoa (no Ovaltine) is *Diddy* ceart mun teine, bhathar riatanach air inntinn gheur is foighidinn.

Dh'fheumadh na gillean seasamh ann an sguèaraichean air an

dèanamh le ròpannan. Dh'inns is dh'ath-inns fear òg busach, am bonaid geamaire, na riaghailtean uair is uair. 'No two Cubs may be in the same row, column or diagonal!' Sheall am balach à Baillieston a neart an seo – is e a' toirt sgairt, on loidhnidh, orra uile san t-Sianar Dhubh. 'Billy! Stay right where you are! Do you hear! In that square! There, I said! Nou, let the other wans move!'

Bu choltach gun robh Corker cleachdte gu leòr ri daoine trod gu cruaidh ri a mhac, is chuir e an ùine sin gu deagh fheum le a bhith a' siolpadh a' falbh 'son smoc is gu a dhileig.

'No as easy as it looks!' mhothaich James. 'If only they allowed them to use some o they diagonals – even just the short wans.'

'Thought we had it there too,' dh'aontaich Brian. 'Then we didnae!'

'Starry, starry night!' thòisich Gilleasbaig air a ghabhail gun rabhadh. 'But this time, folks, it's knight with a k!' Rug e air chluasan air Billy, thog e e, is leig e gu làr a-rithist e, dà àite sìos is aon a-null bhon oisean aig mullach a' *ghrid*. 'And you there, Simon,' thuirt e, a' sealltainn dha càite. 'That's it, Mark, you've got it. You're the smartest!'

'It's just chess, Dad,' dh'inns am fear beag sgafanach do Geoff. 'You should make the time to play more often.'

'Very good' beachd lag athar. 'Very good, Mr Gilleasbaig.'

'Mr Johnson, actually!'

'Not too Hieland-sounding, that?'

'Dè, a bhalaich? Gilleasbaig Fionnlagh MacIain. As Highland as get out, I'll have you know!'

Airson na dàrna h-uair leig Geoff fhaicinn gum bu pheacach e.

'Very, very few get that one unaided' aig a' gheamair bheag, a bha nist car toilichte. 'Cheers, man!' orsa esan, a' sgleogadh muga formica Ghilleasbaig (no Catrìona!) leis an fhear Army & Navy aige fhèin.

'Got a campfire song, like?'

'No. You?'

'Heaps.'

'I bet.'

'Know "The Wild Rover", like?'

'Nope.' Breug a bha siud.

'"Father Abraham"?'

'Sorry.'

'Well, you soon will!' ghuidh a chompanach, a' bristeadh malteser cake air a ghlùin. 'Look at that blaze! Is that no beautiful?'

Mu dheireadh thall, gheibheadh iad air suidhe. Lùghdaicheadh sin an àmhghar beagan. Ach nuair a ràinig iad an sloc-teallaich, thuig e, ged a bhiodh ciasan nan Cubs air logaichean, gum feumadh na Dads seasamh làn moit air an cùlaibh, a-rithist.

Cha robh duine a' dol a chur maill no tilleadh air Akela is geamair nan geamaichean. Le tòrr Chubs ùra an làthair is an Dadaidhean fhathast sòbarra, fo sgleò, ciamar a b' urrainn dha bhith air a chaochladh? An dèidh sia-deug a dh'òrain bheaga 'chalma' làn cheathramhan, b' fheudar na gillean a dhùsgadh 'son an toirt dhan taigh-bheag is dhan teantaichean. Rinn na Dads bruidhinn air co-dhiù a b' fhiach bodraigeadh le *liquid Diddy* a-nochd, no dìreach fhàgail 'son 's gum biodh am barrachd ann oidhche Shathairne.

'S ann às lainntear – seòrsa Tilidh ùr – a bha solas a' bhothain bhig fhiodha a' casadaich. Mharbhadh Gilleasbaig dram – mharbhadh is mhurtadh e tè! 'S e Catrìona a bha air a h-uile sìon a bha dhìth a lorg dhan dithis aca. Air an aodach rinn i pasgadh sgiobalta is chuir i dham bagaichean dhaibh e. Bha i cuideachd air dusan cèic bheag dhathte fhuine is a ghleidheadh ann an *tinfoil* do Shimon. An do thuig ise gum faodadh na Dads deoch a thoirt ann? 'N ann a' cur an ìre neonchiontais a bha i? Carson?

'Thought you might partake ...' thòisich Geoff, a' dìosgail a shèithir nas fhaisge air an t-Sianar Dhubh – gun Chorker. 'Or are you?'

'What?' bho Ghilleasbaig, an guth na bu ghairge na bha e ag iarrraidh.

'You know, a Wee Free!'

'Piss your clichés off to hell, Geoff!'

'Ha! Ho! Let's drink to that!' freagairt *faux* a chompanaich – flasg beag airgid ga chur a-null.

'Not bad at all!' aig a' Bhadhlach, mun do theasraig e na boinneagan mu dheireadh far a bhilean le bàrr a theangadh. 'Better make sure, though.' Loisg dara tè – tè na bu choltaiche – cùl amhaich. 'Balvenie!' dhearbh Geoff. 'Fifteen years old!' Won't get a cleaner Malt!' 'I'll take your word for it.' Rinn e an dearbh rud ri Bells agus White & Mackay. Chan e 100 Pipers, ge-tà. Puinnsean a bha san t-sùgh ud.

'Looks like Old Corker's defected to the Greens after all,' orsa Geoff, a' tairgsinn drudhag gun am flasg fhosgladh no a làmh a shìneadh do chàch. 'Well, if you're sure?' chuir e ris gu luath is thill e a Dhiddy dhan phòcaid mhòir air a shliasaid.

A rèir choltais, bho theirig *carry-out* Chorker bha e air a bhith na shuidhe aig taobh thall a' bhothain ga chuideachadh fhèin bho bhrìg Specials le fear beag caol ann an *dungarees*. Chan fhaiceadh Gilleasbaig cus mun còmhradh a bha siùbhlach no sultmhor; air an leann a bha an aire – a bhlas, deilbh nan crogan, an àireamh dhiubh air an òl ac', na bhiodh air fhàgail an uair sin.

'One's enough for me,' chuir Brian à Baillieston fan comhair. 'Inspection at ten!'

'It's not just crockery and cutlery, by the way,' orsa James – rabhadh beag na ghuth; esan ag èirigh cuideachd. 'You've got to have your wash-bag out tae – on toap of your rucksack, with the sleeping bag and mat rolled up inside.'

'Sleep well, ma-thà!' aig Gilleasbaig dhaibh, corragan a làimhe clì a' sìor dhrumaireachd air a' phòcaid dhùinte sin air cois Geoff.

'Another night to go,' ors esan, ach thug e às an t-uisge-beatha 'Brian!' dh'èigh Gilleasbaig airson gun tilleadh e air ais a-staigh air an doras.

'Yes?'

'If you meet a man called Smythe in your dreams, arrange your kit absolutely perfectly, and then when he's bent over trying to find a non-existent fault, spit in his eyes and grab him by the private parts and never let go.'

'It's his turn for breakfast!' fhreagair James, a' sealltainn a-null an taobh a bha Corker, 'but whit does that mean?'

555555555

5555

555

'A long wait': beachd Bhrian.

'Or a less prescriptive approach to teamwork?' dh'fheuch Geoff, ach bha an doras dùinte, ga fhàgail gun sìon ri dhèanamh ach an deoch a shaoradh bho dhòrn teann Ghilleasbaig.

'Sorry, Geoff. Fine drop! Tend to get up through the night these days, do you?'

'How d'you guess?'

'Fluids to a minimum – cha tig an aois leatha fhèin.'

Is cò ach Corker – nach tug fheum air ulaidh an t-Sianar Uaine ach geàrr-thàmh dhaibh – a shreap trì turais tarsainn na feadhainn a b' fhaisge air aghaidh an teanta – Gilleasbaig agus James. Bha still a mhùin cho làidir is cho faisg is gun saoilte gur ann air a' chanabhas fhèin a bha e ga amas. Chaidh 'Don't touch the sides!' a-nist na òrdugh fìor agus deatamach. Dh'fhaodadh James inspection a dhèanamh air an àite aig glasadh an latha, feuch dè a lorgadh e. A rèir choltais, cheannsaich an sgìths aotroman Geoff, is chaidil e mar leanabh. An dèidh greis theann srann ri torghan às, mar o dhuine beag reamhar – ged nach b' e sin a bh' ann.

Dh'fhan Gilleasbaig na dhùsgadh, is ann an sùil a chuimhne sheall e am broinn a bhrògan a-rithist, agus a-rithist, air an latha mu dheireadh a rinn esan 'campadh' – sia mìle bho Rangoon am bruthainn oillteil na coille. Ach air cho faiceallach is gun robh e, gach turas a shlaodadh e air a bhròg dheas, shnàgadh an scorpion tro thuill nam barrall, no leumadh e a-mach o air cùl na teanga tioraim gus ruamhar na chraiceann.

Ach chòrd an latha is an oidhche dìreach glan ri Simon. Agus nach e sin an rud bu phrionnsabalaiche! Bha fhios gun robh a leithid seo na chuideachadh dha, an dèidh dha a bhith air a reubadh o rèisg a fhreumhan: Uisgeabhagh beag socair sèimh air a mhalairt 'son ullathruis is cruas sgeama an taobh a deas Ghlaschu. Dh'fhàsadh cùisean na b' fheàrr is na b' fhasa dha – dhaibh uile. Duine laghach gu leòr a bha 'n Geoff. Beagan sliomaireach, ach spòrs ann nach robh idir ann an James, Brian no Kevin gun smid (no smiogaid). Chunnaic e Corker no dhà reimhid – furasta gu leòr iad sin a thoileachadh gus an tigeadh an caoch orra.

Gus a' mhadàinn a ghluasad is puingean cudromach a chosnadh, dh'ullaich James am breacast (hama is ugh – a dhà do Chorker) le stùirc cnapaich bhig air. Bu ghann a ghabh 'Billy the Wean' grèim, is cha do ghearain athair ris idir na bhrùchdan.

Mar a bhuilicheadh a' ghrian a blàths, dh'fheumadh na Sianaran cliathaichean an teanta fhosgladh is an ceangal 'son èadhar a leigeil a-staigh. An dèidh sin, shlaodadh iad às an siota mòr plastaig air am biodh cuid an saoghail ga taisbeanadh. 'S ann a rèir a riochd a rachadh puingean a riarachadh.

Rinn Gilleasbaig beagan obrach dhan t-Sianar òg, ged a bha e mothachail nach robh còir aig Dads am mic a chuideachadh – a-muigh no mach. Dh'fhairich e rudeigin mu dheidhinn Mark, an gille aig Geoff, a bha tuilleadh is modhail dha. Chan fhaicte Billy thall no bhos, no gu dearbha an ear no 'n iar. Mura do ruith e dhan abhainn – ga bhàthadh fhèin, no dhan phàircidh sam biodh tarbh fìor a' bùirean is a' bagairt?

'Just a minute, son,' chual' e e fhèin ag ràdh a-rithist ri Simon sa Bheurla: facal a bha neònach leis an-uiridh ach a bha a-nist gu tric na bhruidhinn. Bha e faiceallach, ge-tà, gun am fear beag a nàrachadh le bhith ris a' Ghàidhlig air beulaibh clann Chardonald. Thuig e cuideachd gum biodh Simon taingeil airson seo, ged nach robh e a leth cho doirbh a-nist. 'If you tell me wan mair time whit a hiv tae display fir inspection,' bha Corker a' maoidheadh air Uncail James, 'then it'll be your fuckin guts that'll sit oan tap o ma bags, right! Comprende?'

Rinn Geoff, a bha a' nighe shoithichean, smiorg. An robh e fhèin a-nist air Corker obrachadh a-mach? Cha bhiodh esan air an aghaidh a thoirt air mar seo gu sìorraidh buan.

Chaidh James geal, is theab e 'But Ah ...' fheuchainn, ach leig e bhuaithe seo is dh'fhalbh e a lorg a' chorr dhe na rudan aig Corker is chàirich e san àite iomchaidh iad. B' fhurasta seo a dhèanamh leis gun robh dà tholl anns gach fear dhe a phocannan dubha.

An dèidh tuilleadh adhraidh dhan bhrataich rìoghail, chaidh latha

làn eile còmhla a chur a dhol. An toiseach: obair combaist – a chòrd
gu mòr ri Simon; tòimhseachan an crochadh air sreing os cionn na
h-aibhne: Billy gun sgot is air a labanachadh, Corker na shuain; na
'doill' gan treòrachadh tron choillidh, is an dèidh sin uain bheaga
'dhalla' gan trusadh a-steach gu faing; farpais ball-coise – sianar (lem
fradharc) air gach taobh; *volleyball*; is a' leantail sin a bhith a' togail
rud feumail – sgeilf shnasail dha na Dubhan – an seileach feannte is
air a dhlùthadh le làmhan mìne Geoff.

Rinn Gilleasbaig lòn: buntàta is *beans* (chan e Heinz). Brian a
thagh an dinnear: isbeanan le mixed veg à crogan agus ughagan.

Chitheadh Gilleasbaig gur e fìor dheagh charaidean a bh' ann an
Simon is Mark a-nist, is bu tric a chluinnte an guthan ann an co-sheirm,
is iad a' gabhail mhugaichean Ribena is tuilleadh *Diddy: tablet, crispy
fingers, flapjacks*. Ghlàm Mark trì de chèicean beaga Catrìona. Ghabh
Simon dhan *Chocolate Tiffin* steigeach aig Mum air choreigin eile.

Am beul na h-oidhche, bha na Sianaran Dubha claoidhte a'
mèaranaich rin òrdain ann an seada nan Arts & Crafts. Dh'fheumadh
iad bonaid spùinneadair – le paids-sùla – an duine, a chumadh is a
sgeadachadh dìreach ceart 'son na rèis-ràth a thòisicheadh uair sam
bith tuilleadh. Chualas sgreuch a-muigh.

'What the fuck!' dh'èigh Corker, a chraiceann critheanach – gun
deoch – ga shradadh às.

'Billy!' aig Akela – gun adhbhar ach an cleachdadh fhèin – *sellotape*
a' cur loinn air a cuinnleanan.

'Whit?' aig an fhear bheag bhrònach. 'Did Ah go and make an erse
ae ma mask?'

Chualas an lasagaich – na bu chruaidhe, na bu chràitiche – an
dàrna h-uair.

'It's our Tricia,' orsa Akela, is theich i às an t-seada. 'Where are ye,
pet? Whit's wrang?'

'He's a creep!' bha Bagheera a' mabladh eadar na deòir, a' dùnadh
pùtain a lèine air a broilleach beusach – duilleagan na gruaig, poll
ann an loidhne bho a cluais. 'He's no even supposed to be on the
Scavenge Hunt yet!'

24

Cho ealamh, finealta 's a dh'fhalbh Corker na ruith, mar a bhuail a cheann an targaid le pong is pròis – bheò-ghlac is ghluais seo an campa gu lèir. Abair thusa feum an uair sin air ciùineas Ghilleasbaig – mar a shlaod e dheth e, mar a chùm e grèim teann air, airson an casgradh ud, ron robh an t-eagal mòr, a sheachnadh.

'They're all off their pre-pubescent trollies!' sgiamh Geoff na b' anmoiche dhen oidhche is iad a-rithist fo fhrois òran (do chlaonairean) mun teine – clobhd fionnar fliuch aige ga chur air cnap a bhathais is air a shùil dhùinte. 'Real world, here they don't come! It was on the bloody list of finds. "A wild animal!" Is a panther not a wild animal? I was just having a laugh with her – trying to gain a few extra points.'

'Lateral thinking, 'ille.' Gàire dha nach robh cho math sin air fhalach.

Roghnaich Geoff gun pàirt a ghabhail sa phìos 'son stèids aig an t-Sianar Dhubh – faothachadh a bha siud do Mhark.

Stiùir Corker gu sgairteil iad, is ceòl math ann ris nach robh dùil. Lean e 'Ging-gang-goolies', gun bhuille eatarra, le 'I know a bear that you don't know.' Mar a *bhitheadh* dùil, chaidh aige air cuinseachan innleachdach, salach a dhèanamh le a làmhan is a thòn, a chuir suidse ris an treas rann: 'Yogi's got a girlfriend! Cindy! Cindy!'

'Fuckin brilliant!' an teacs a thug e fhèin air na rinn e. 'I knew youse'd be shite.'

An dèidh dìreach leth-uair a thide san t-sibìn, dh'èirich Gilleasbaig a-mach a dh'iarraidh geansaidh na bu bhlàithe; bheireadh e sùil air na gillean *en route*.

An dèidh latha fada a-muigh is pailteas siùcair nam fuil, bu choltach gun robh an Sianar òg nan clod-cadail. Bha Simon, an dàrna fear o chùl an teanta, air e fhèin a lùbadh – làn-earbsa naoidhein – dìreach mar gum b' ann na dhachaigh fhèin an Cardonald no am Beinn a' Bhadhla a bha e. Gu teann fo achlais rinn teadaidh beag na mac-meanmna a thàladh. Am beul fosgailte sin, is a bhilean caomha, le gille de dhà, ceithir, sia bliadhna a dh'aois – chan e naoi! Cha ghabhadh sin a bhith!

Dh'fhàs meagadaich Mhark às an t-suain thiugh seo.

'OK?' dh'fhaighneachd Gilleasbaig.

'Missing Mum.' Shluig e a ghlug.

'See her tomorrow.'

'Yip.'

'Night, son.'

'Mr Johnson?'

'Dè?'

'Don't tell Geoff!'

Bhuail sgìths obann Gilleasbaig nuair a dh'fheuch e ris an geansaidh trom, a dh'fhigh Mòrag Alasdair, a shlaodadh air. Nach e a bhiodh gasta e fhèin a leigeil na shìneadh, a shùilean a dhùnadh 'son mionaid: sìochaint an teanta fhaireachdainn mun tilleadh e suas dhan 'soiree'.

Ach carson a dhèanadh e sin co-dhiù? Cha robh sgath deoch aige fhèin, is cha bu dùraig dha a-nist brath a ghabhail air Geoff. A rèir aodann an fhir ud, b' fheàirrde e a h-uile deur *anaesthetic* a gheibheadh e. Bhiodh Uncail James air an aon chrogan òl is air tòiseachadh air dragh a ghabhail mu dhleastanas-maidne.

Bhiodh Corker a' bùrt às is a' bòstadh ri duine a dh'èisteadh, 'Ah sticks the heid in the perv, then Ah sings like a fuckin choirboy! Goat a wee can, sir?' Cò aig' a bha brath nach biodh e air tarraing air cuideigin eile, gus brìgh a sgeòil a thaisbeanadh. Is mura faigheadh e nàmhaid ceart ... Geoff a-rithist?

Dh'fhaodadh iad a dhol a thaigh na galla – a h-uile mac aon aca. Tràillean Ghlaschu gun diù a' choin! Gillean òga nan cadal leotha fhèin an seo, fhad 's a dhalladh an athraichean truagha air *Diddy Diddy*. Cha robh an fheadhainn le ùghdarras dad na b' fheàrr. Nach bu chòir fada a bharrachd cùraim a bhith orra?

Thigeadh an carbad a-maireach 'son an toirt air falbh on làthaich seo. Rachadh cùisean an uair sin air ais dhan àbhaist, 'dhaibhsan'. Chan ann dhàsan no dha theaghlach. Gheibheadh esan dhachaigh iad, ge-tà – gu rudeigin fìor: daoine fìora le rudan cearta rin dèanamh, chan e an luidealachd choimheach seo. Dh'fheumadh e dìreach obair car cruaidh 'son greis – beagan airgid a chur mu seach. Chiall, nach

26

robh an taigh is a' chroit an Uisgeabhagh fhathast? Cha b' urrainn do dhuine sin a thoirt bhuaithe, fiù 's Catrìona! Coma an toiseach, ise a phut 'son na h-imprig far an eilein aig a' cheann mu dheireadh. Barrachd chothroman dhan chloinn. Seadh, mar an smodal staoin sa?

Sa Ghearran an ath-bhliadhna, rinn a' 45th Cardonald *sixer* de Mhark; Simon a choisinn a bhith san dàrna h-àite dha. Chan fhacas Billy o chionn mhìosan – bho thàinig piseach air '*personnel work*' a mhàthar oidhche Haoine. 'S ann air ais gu a Mhamaidh fhèin ann am Bridgeton a chaidh Corker. Co-dhiù, sin a bhiodh dàoine a' cantail – mura b' e tòrr ròlaistean a bh' ann.

'Uncle Donald fine for camp?' dh'fhaighneachd Akela gu sèimh. Ghnog Simon a cheann. 'Dad would have loved it!' Dh'aom e a-rithist e. 'He was a gentleman, Simon. Don't you forget that! Given time, he could have contributed hugely to the Scout movement. Dib, Dub.'

'Dub.'

'Dubby, Dib, Dub.'

'Dib, Dib.'

'Dismissed.'

Dia Largo

Hombre, no digo mentiras. Dia largo - latha gu math fada an seo. AWOL a bha Angel, mar sin b' fheudar dhòmhsa a bhith ann 'son a' bhreacaist – dìreach a' cuideachadh Lucia is Dolores le cofaidh is an tì. Chan eil i siud uair sam bith ceart – làidir gu leòr – dha na h-*Ingleses*, ged as e an fhìor Thyphoo a th' innte, aig dà cheud peseta am pacaid. Chuir *mamà* mo bhràthar-cèile ann a Harringate thugam i! Cha ghabh iad bainne UHT innte a bharrachd. Dè 'n rud a tha dhìth orra, ma-thà – bò?

Nas miosa na donais *Quisquillosos* tha iad mun tì – na Gearmailtich ud nas miosa sa h-uile dòigh eile. Feumaidh uighean Khlaus a bhith bog gun a bhith silteach. Cha b' urrainn dha '*La Maestra*' aran geal fheuchainn ri a maireann. Ise no an tè a bha na sgoilear aice o chionn nam bliadhnachan mòra sin. Pìos a th' inntese, ach gruamach. Uisge goilteach an aon rud a dh'òlas ise, is chan e sin uisge flodach – 'Nearly boil, Pepe, but no boil!' Mar sin, carson a bhios iad a' taghadh taigh-òsta gun rionnaig ann am Mallorca, eh?

Cha bhi Lucia ach gan tatadh. 'S fhada o thòisich iad a' tighinn gu Cala Bendita. Tillidh iad gun cheist, is bidh Deutschmarks shnoga daonnan aca dhan luchd-obrach mum falbh iad. Nach buidhe dhuinn! Cha tig peseta thruagh na Spàinne idir suas ris an airgead chruaidh acasan. Nì Raul giogail bheag, cuiridh e fiaradh na cheann, cluichidh e amadan na tuath. Bheir e seachad liomaid ro mhòr no gad bhananathan aig deireadh an turais. Chan amadan idir e, ge-tà, Raul. Ged as i Lucia a tha a' ruith an àite, a dh'fhuirich san *Secundaria*, a thug a-mach a bhith na rùnaire am Palma, chan fhaigheadh tu cnap guail seachad air an duine aice an dubh na h-oidhche. Tha an dithis aca laghach gu leòr riumsa agus a-nis ris a' *hermano* bheag, Angel! Chan e a h-uile Balearaig a chuireadh òganaich às Andalusia air fastadh a bha cus na b' eòlaiche air *almonds* is gun fhacal de chànain an àite aca. Ach feumar aideachadh, ge-tà, an t-seann fheadhainn ud – athair Lucia mar shamhla: tha iad nan culaidh-mhagaidh. Spàinntis cho tiugh ri trèicil! 'S dòcha nach robh e fhèin, *El Caudillo*, cho gòrach sin. Ciamar as urrainn dhan dùthaich seo adhartas a dhèanamh nuair nach dearg na daoine sin ach mablais dhe a cànain a bhruidhinn? 'S na tòisicheam air muinntir Chatalonia: iorsg de ghràisg ghrànda – dìreach air sgàth 's gu bheil Barcelona air bhoil, is chan eil an còrr. Agus na Basgaich! Ceannaircich! Ceannaircich is *Hijos de Puta!*

Bha fhios aig gach duine air àite is cà 'n robh e fo cheannas an General. Choimhead esan an dèidh mo leithid-sa. 'S ann a shìor dh'fhàs luach fearann m' athar thar nan deich bliadhna fichead a dh'fhalbh. Gus a bhith deich dhiubh sin san ùir a-nis: e fhèin agus Franco. Co-là-bàis aca le chèile, ach a dhà no thrì sheachdainean! Ach innsidh mi seo dhut: cha do rinn a h-aon dhe na deamocrataich leam-leat-imlich-mo-thòn a ghabh àite-san mòran sam bith feum. Mura b' e an turasachd cha bhiodh anns an sgìre seo ach fàsach.

Taing mhòr do shealbh 'son na h-aimsir; am Med; a' ghainmheach; an spòrs. Sin as coireach gu bheil mise an seo – agus a-nis mo bhràthair gun tùr, Angel. Bidh sinne, na gillean *simpaticos* a Córdoba, a' strì nar trusgan teth dubh is geal, fhad 's a leigeas an saorsa leotha siud ruith – no cuachail – timcheall leth-rùisgte. Sin mura faighear nan sìneadh iad a' slugadh na bheir sinn thuca: nuair a bhios iad modhail.

Co-dhiù no co-dheth, bha am breacast mar a b' àbhaist. B' fheàrr leamsa a bhith san leabaidh. Ach seach sin, tha mi dèanamh charan is a' clìoraigeadh dhàsan a bha ri leannanachd mhòr a-raoir! *'Si la hubieras visto, Pepe.'* 'S ann a bha i teth, 'ille! Pàighidh mi air ais thu, air m' onair.' *Yeah, yeah.* Chuala mi sin uair no dhà cheana – ro thric! An t-àm a-nis ann 'son atharrachadh. Seo a dhàrna seusan. Bliadhna air fhichead a tha e. Làn-àm aige fàs suas, los gun gabh beagan earbs' a chur ann. Chuala mi aig cuideigin gur e a dhualan soilleir is a ghàire bu mhotha a chòrd ri Lucia. Cò aige tha brath nach biodh i air a bhith deònach a leigeil thuice, gu cliobhar, is Raul is na balaich aig deoch feasgar Dihaoine. 'S i nach leig a-nis! Ach stad ort: bruidhinn gun dòigh a tha sin, oir tha fìor dheagh fhios aig Lucia air ciamar a tha an saoghal truagh sa ag obair. Agus cuideachd chitheadh i o thùs gur e fear-òil a bh' ann an Angel – a chuireas am bogadh e a h-uile cothrom a gheibh e – is gur e proig gun chlì a th' ann.

Tha Lucia a' cur a làn-chreideis annamsa. 'S ann a tha i gu mòr an crochadh ormsa a-nis. 'Si, si, perfecto, Pepe!' Sia seusanan dhi is gun mi air sgath riamh às an rathad fheuchainn, no oilbheum a thoirt do duine dhe na thig a dh'fhuireach aice. Cha mhotha a bhrist mi gin dhe na riaghailtean sgrìobhte no neo-sgrìobhte. Tha ise cuideachd dhen bharail, ge-tà, gu bheil seo uile aice orm – leis gur i a thog às bochdainn na Peninsula mi. Bidh a màthair, Doña Maria, a' fighe stocainnean is gheansaidhean dhomh airson a' gheamhraidh. 'Reòthte ann an Cordoba!' bidh i ag eigheachd. 'Cha rachainn an urras, Señora,' freagraidh mi a' ghoraisg bheag chòir!

Tha na h-Ingleses aig Bòrd 2 air a bhith sìobhalta gu leòr gu ruige seo: màthair car intensa a th' ann am Mrs Fiona Atkins, ri fealla-dhà nach tuig mi; an t-athair, Harry; agus dithis chaileagan òga – Jenny, an nighean aca, agus a caraid Elizabeth. 'Same as Queen,' dh'fheuch mi. Choisinn e gàire, nach robh mòr. Chan urrainn dhaibh siud a bhith mòran nas sine na sia-deug. 'S ann dhan oilthigh a tha an tè acasan a' dol – snog gu leòr na dòigh car similidh, is gun i idir neo-bhrèagha. 'Jenny has chosen Glasgow – to study Law,' orsa Sra Fiona madainn Didòmhnaich. 'Very well,' fhreagair mise, is chuir mi blìonas orm. Bidh an tè eile a' gabhail bliadhna dheth airson beachd a thoirt air na bu thoigh leatha a dhèanamh. Gheibheadh tu sreathan nas miosa na Mallorca, smaoinich mise dhi. "Abair tease bheag a th' annad, Lizzie!" theab mi a ràdh. Ach cha ruiginn a leas. 'S ann aicese a bha làn-fhios air a sin mar-thà!

Sa mhadainn an-diugh cha d' fhuair mi bruidhinn cho fada 's bu mhath leam, oir ghairm Wolfgang mi – tuilleadh mheasan a dhìth air, às aonais an sìleanan.

Mar as trice bidh foiseag bheag shnog ann dìreach às dèidh sin, fhad 's a nì na seilcheagan mu dheireadh an slighe a-mach às an t-seòmar-bìdh – cuid dhiubh a' toirt leotha na th' air fhàgail dhem breacast. Feuchaidh an fheadhainn spìocach ri truinnsear beag a chur am falach: làn arain, càis' is feòl' a bhios e, airson na tràghad feasgar, is e gu tuiteam orra fo nèapraig thana. Cha rachainn an gaoth an t-sùigh – orains no ubhail – san inneal ùr. Blas sgreataidh saor air! Èifeachdas, tha Lucia a' cumail a-mach. Thèid iad troimhe nas luaithe. Òlaidh iad nas lugha!

Chan eil e a' cur heat ormsa a bhith cuideachadh an uair sin le na bùird: gan clìoradh, gan glanadh, faighinn nan tubhailtean ùra etc – rudan beaga aotrom dhen t-seòrsa sin. An dèidh sin, ge-tà, leigidh mi leotha – muinntir a' chidsin – an còrr a dhèanamh. Nach ann air a shon sin a bhios i gam pàigheadh! Tillidh mise an uair sin dhan bhàr, gabhaidh mi *espresso* bheag chiùin is bheir mi sùil air na pàipearan. Nì mi cinnteach gu bheil an TV 90cm san t-seòmar-suidhe rim thaobh fhathast ag obair. An fhìrinn a th' agam! Gheibh thu clann an seo air an cois gu chan eil fhios cuin – gam fàgail nan cnap an siud le pàrantan coma. Bristidh iad putain an TV, no cuiridh iad an *remote* far a dòghach orm. Dèideag bheag fheumail a th' innte sin, ge-tà – nuair a bhios i ag obair! Cha dèan ach an rud as ùire a' chùis do Lucia, èifeachdas ann no às. Tha factaraidh ann an Artá làn dhiubh, tha e coltach. Agus daoine aig a bheil am 'pasta' an ceannach.

Mar sin, ghabh mi mo chofaidh is ghlac mi pìos beag mun ghèam Eòrpach aig Real an ath sheachdain mun do rèitich mi na botail a dh'iarr mi air Angel a chur air falbh an-dè. Shuidh mi air an stòl bheag a-muigh 'son smoc is thog mi *El Diario*. An smodal àbhaisteach. Sgath ach nuadal air na h-urracha beaga bìodach – seadh, *nada*. 'Abair gun do chòrd oidhche de chèol àlainn air duiseal am *Palacio de las Bellas Artes* ri Maria Lopez Ramirez agus ris an fhear fhortanach dhan tug i a gealladh, Enrique Miguel Armin. An làthair còmhla ris a' chàraid mhaisich chunnacas am pàrantan – *Los Palmistas* aithnichte – El Sr is La Sra bla bla bla, agus iad uile sona toilichte fhad 's bu bheò iad, a' sìor dhàir ghloidhcean eile is a' cur cocaine rin sròin. No nach bi iad ris a sin ann am Mallorca? Bheil iad fhathast cho mòr mu chor an teaghlaich, stuama, *correctos*? Is dò' gu bheil! 'S i, is cinnteach, an ìomhaigh as toigh le na *ricos* a thoirt dhuinne. Chan fhaiceadh tu duine dhiubh sin ann an taigh-òsta mar seo an Cala Bendita. Fòghnaidh Hostal Lucia dhan Ghearmailteach a tha a' cùmhnadh chosgaisean, no dha na h-*Ingleses* nach buin dha na clasaichean as àirde. Chanainn fhìn gum b' fheàrr le Maria is Enrique an Riviera, mura feuchadh iad *La Vie* ann an San Tropez.

'S fhìor fhurasta, o chionn mìos no mar sin, a ràdh cò a' chiad duine dhen latha a chuireas casg air mo thàmh. The Major. El Alamein, July 1942 – 'Wounded, Pepe, but never beaten to submission.' Daonnan dà ghlainne uisge. *Uno con gas. Uno sin gas.* A-mach leis, na chaismeachd dhùrachdach gu a bhean: an treidhe san làimh dheis, druim dìreach, sùilean air adhart, is gun ann ach an ceum as lugha am follais fo bhriogais fhlanainn ghlais: aig 09:56 hours.

Nis, dol a thomhas cò ac' as tràithe a dh'iarras deoch-làidir, 's e tha sin ach rud eile. Aocoltach ris an t-seachdain sa chaidh! Gearmailtich – *gemelos* – an dithis aca nan ollamhan, bheireadh iad a chreidsinn ort! Reamhar, maol, salach, mì-mhodhail. A' dalladh air a' blıranndaidh ro leth-uair an dèidh deich. 'S e dùbhlan dha-rìribh a bh' ann an cumail air an dòigh, othail a sheachnadh. Gu fortanach, chaidil iad gu math – mar tuirc bheannaichte – an t-àm bu ghuinich' a' ghrian. Angel a fhuair an onair, an ìre mhath. Eòlas fìor chudromach dha, shaoil mise.

Ach, an-diugh, gu h-annasach, b' e Harry Atkins a' chiad fhear – is 's ann a dh'iarr e tè bheag le sòda. 'Well, you see, Pepe, I'm from down south – near the border between West and East Sussex, a place called Burgess Hill. Wife's from North Scotland originally. Edinburgh's been a pretty good compromise. You been anywhere ... eh ... visited these towns?'

'No, Señor Atkins. But one day, whoever know?' An àbhaist agam, is an uair sin: 'Londres. Liverpool. Watch the Kenny Dalglish equipo. One drink only?'

'Yes, thanks. It's not for me. Birthday present for the Major.'

'An early present,' mhothaich mi.

'Do you know, Pepe, that man's 80 today. Wouldn't put him a day over 70. Told us all sorts of stories last night. A real War Hero.'

'*Si!*' dh'aontaich mi, is an uair sin: 'Ice?'

'Sorry?'

'Ice?' dh'fheuch mi a-rithist, a' togail na bucaid bige fo a shròin. Cha bhi iad uair sam bith gam thuigsinn a' chiad turas a chanas mi a' ghalla facail sin.

'Without, please. Just a gesture. Probably won't drink it. Wife's unlikely to comply with protocol.'

Ghabh Am Major an *trago*, 's e a ghabh – mar bu chòir do sheann saighdear – air an latha a thuit e slàn fallain air a mhàthair. Cha b' ann, ge-tà, gun an stir ris am biodh dùil: crathadh làimhe; iongnadh gun do chuimhnich duin' idir air; toileachas mòr ach ciont, ma b' fhìor, gur esan an aon fhear a bha ag òl.

'Shouldn't we all have a glass?'

Dhiùlt a bhean – dhaibh uile. Thilg esan a dhuais mun canadh tu 'Dia leat'!

Chithinn Elizabeth – caraid na h-ighinn aca. Bristeadh-dùil mòr air a h-aodann. 'S ann rithe a bhiodh *cerveza* bheag San Miguel air tighinn, gus a madainn a dhùsgadh dhi – buaidh an dà Mhartini mhòir a dh'òl i a-raoir fhàgail beagan na b' aotruime oirre.

'It was lovely of Jenny's parents to invite me,' thuirt i rium mu 10f, a' cluich le a corragan air a' chunntair. 'I'm just used to something a little different. A little livelier. Dying for a ciggie, Pepe.'

Thug mi sin dhi cuideachd – carson nach toireadh? Nighean mhòr a th' innte. Gu math mòr. Chaidh sinn uile tron àm sin nar beatha. Feumaidh tu. Tha Angel ann fhathast! Steigte ann an deugaireachd bhuain. Sin a' mhì-shealbh. Fois cha tug e do dh'Elizabeth bho thàinig iad Disathairne sa chaidh. Ach 's beag diù a bh' aicese dhàsan. A rèir a coltais. A' coimhead airson rudeigin diofraichte a bha i? Chan eil Angel idir diofraichte.

Ma thug Jenny an aire dhan seo, gu bheil sùim aig na fir gu

lèir (ach na Gearmailtich thiugha) dhe a caraid, chan eil i a' leigeil sìon ris. 'S ann car nèarbhasach a tha i, fiù 's an dèidh còig latha de *sunseapool*. Ach cho sèimh, socair, 's a bhios a' mhòr-chuid mun àm sa. Bidh Jenny a' leughadh mar gum b' ann a rèir riaghailt rag air choreigin: uimhir seo sa mhadainn, tuilleadh feasgar etc – fhad 's a chì mise co-dhiù. Bidh mise a' faicinn an deagh thòrr, ge-tà. Seasaidh mi thall aig an t-seann bhòrd snucair. Às a sin gheibh thu sealladh sgoinneil a-mach air na h-uinneagan mòra farsaing, a-null gu far am faodar suidhe san dubhar, agus air an dà amar-snàimh. Tha bùird, sèithrichean is leapannan-grèine air an càradh aig Raul an siud is an seo timcheall orra seo. Bithear gan dìon le searbhadairean is beatha dhaoine. Glè bheag, mar sin, a thèid seachad ormsa.

Aig an ìre sin, ge-tà, thàinig orm tilleadh gu cùl a' bhàir leis gun robh na cofaidhean a' tighinn na bu phailte. Mar sin, chaill mise toiseach na dràma. Bhiodh e dìreach air a bhith mun àm cheart pinnt fhaighinn do 'Gary Gorilla' is fear le *lime* a lìonadh dha a bhean dhuibh-orains. Ach dh'fhalbh iad sin dhachaigh a' bhòn-dè. Cupall snog – dà nighean mhodhail. An gille aca a' suirghe an Sasainn.

Chì sinn iadsan a-rithist. Aithnichidh mi orra gu lèir na nì iad – gàire mòr no drèin air an latha mu dheireadh. Cha till na h-Atkins gu bràth! Cumaidh Jenny bheag oirre slaodte riutha 'son greis fhathast. Sin, chanainn, a tha a' fàgail caraid a bhith an seo còmhla rithe cho doirbh.

Nis, chuir Wolfgang sìos nam amhaich nach do rinn e sìon ach èirigh far a leapa, a mhagarlan a chur deusant, is coiseachd a-null chun a' Mhajor le a làimh dheis air a sìneadh thuige.

Chaidh aig Klaus air seo a dhearbhadh, ach chuir e ris gun tug 'Woolfie' iomradh air aois is fallaineachd a' bhodaich is 'What would your secret be, my freund?'

'Your froond?' bheuc am Major. 'I'm not any friend of yours. And if you bloody Nazis had got their way, I would never have reached my 40th birthday, never mind my 80th!'

Mun àm a fhuair mise thuca, bha an seann fhear ri cur suas nan rùdan, fhad 's a bha Wolfgang, òg agus amh, a' sadail bhuaithe an aon athain uair is uair na smugaid: 'Forget and forgive, stupid! OK? Forget and forgive, stupid!'

'See what your recklessness caused!' bhagair bean Harry air – iad fhathast gun charachadh on oisean: 'That man's 80!'

'I know!' fhreagair Harry. 'Today's his birthday. I bought him a drink.'

'Well, you shouldn't have! Totally irresponsible!'

'I didn't know he'd start boxing a German about the war. One probably not born when it was all over.'

'*Tranquilos!*' thòisich mi, ann an oidhirp an socrachadh, is mi togail rudan o na bùird bu ghiorra dhaibh. 'Major Hill OK now. Very grateful. Señor Beurmaher recovering.' Fhios agad air a seo, bidh e diabhalta doirbh uaireannan a' Bheurla cheart fhaighinn is a chur air faireachdainnean mar sin.

Dh'fhàs mi an uair sin cho trang leis a' chomida fad mo dhà uair an uaireadair. An-còmhnaidh an t-aon chlàr-bìdh – on bhàr. *Calamari; Mejillones; Pollo a la Plancha* etc. Tha clàr eile againn san t-seòmar-ithe dhan fheadhainn *full-board*. Chan eil e aocoltach ri fear na '*Cena*' ach beagan nas aotruime. Iasg a fhuair iad an-diugh, le glasraich bhog mharbh.

Thuirt Lucia, aig an robh fios air na thachair – leis gu bheil fhios aice air a h-uile rud – gun cuala i gun do rug *los combatientes* air làimh air a chèile. 'S i bean a' Mhajor a thug orra a dhèanamh. Bu mhath sin a chluinntinn. Soirbh gu leòr dhomh tighinn eadar òganaich làn dibhe a' conas mu chailin, ach chan ionann sin is seann ghaisgeach vs fear-ola mòr sradagach.

Theab na bh' ann de dh'òrdain-bìdh, an teas aingidh a' bhàir, an diog a thoirt asam. Shuidh mi air m' fhurm beag a-muigh mu thrì uairean feasgar. Dhùin mi mo shùilean. Feumaidh gun do chaidil mi fad uair a thìde, is mi coma nam bhruadar – dà bhodach an deise nam Fascista is nam Poblach a' trod ann am Mallorquín mu phacaid chrisps – leigeil le Angel frithealadh air na bha a' call am foighidinn. 'N e rud cumanta gu leòr a bh' ann dhan bhràthair mhòr a chùl a chur ris a' phlanaid 'son poile?

'*Dos cañas*,' rinn e cinnteach, is bha e a' cur nam prìsean a-steach dhan *till* nuair a dhèigh mi, 'Stad, Angel! *Ya han bebido mucho.* Dhòl iad cus mar-thà.' Is le sin thuit mi far mo shèithir air an talamh bhog bhlàth. Cha b' ann idir 'son mo chuideachadh a thàinig Angel dhan bhàr ach gus airgead fhàsgadh asam.

'*Un poco?*' Fìor bheagan. '*Debes verla, Pepe!* Tha i ag iarraidh a dhol a dhannsa a-nochd ann an Cala D' Or. 'S dòcha gur e seo toiseach rud mòr, a dhuine!'

Carson a dh'fheumas Angel bruidhinn mar dhroch cleasaiche no reubal on là an-dè? Cà 'n deach an luran beag brèagha sin – le guth mar 'aingeal'?

'Beagan?'

'*Poco.*'

'Dè an uimhir?'

'1500 peseta?'

'*Vale*,' orsa mise, 'ma nì thusa an còrr dhen fheasgar sa dhòmhsa – agus bidh agad ris an *Sala* a chur air dòigh airson dinneir a-nochd.'

'Pepe!' ghuidh e. 'Feumaidh mi dèanamh deiseil. Mi fhìn a chur san t-sunnd. Fhathast car corrach on oidhche raoir.'

'1500 peseta, *amigo!*'

Dh'fhàg mi aige e, is rinn mi mo shlighe a-mach air cùl an taigh-òsta, 'n rathad mo sheòmair fhìn. 'S ann a tha e sin suidhichte ann an togalach eile, air an tug iad o chionn ghoirid 'La Casa Blanca'.

Nuair a bha mi a' dol tarsainn thuige, chunnaic mi càr Ricardo – am fiaclair. Smèid e rium is fhreagair mi esan san aon dòigh. Chùm e fhèin is a bhean orra a dh'ionnsaigh Villa Rosa ach stad iad beagan roimhpe. Bha na h-àiteachan faisg oirre uile aig luchd an taigh-òsta, no feadhainn a-bhos 'son an latha – searbh de riaghailtean ùra na Pàirce Nàiseanta. Dh'fhosgail boireannach òg àrd tarraingeach doras-cùil air taobh a h-athar. Rosalia! Wow! Nach i a dh'fhàs suas ann am bliadhna. Wow a-rithist! Saoil an deach gu math le a samhradh an Asturias, smaoinich mi, ach cha tuirt mi guth. Gheibh mi an cothrom fhathast, ged nach bi iad a' tighinn ann mar theaghlach leth cho tric a-nis, no airson cho fada: na clionaigean am Palma is am Manacór air fàs cho trang, tha fhios. Sin aon rud a thachras ris an fheadhainn leis an soirbhich – drip. Is càite am bithinn-sa an ceann fichead bliadhna no còig bliadhna fichead? Chan ann an seo co-dhiù, a' dèanamh sodail ri Breatannaich is Gearmailtich gun tlachd! Dè, mar sin, a bheir sgeul seachad air mo chuid adhartais, mo dhrip-sa?

Còmhla rium fhìn is Angel san *apartamento*, aig oir na coille-giuthais, tha Dolores agus co-ogha dhi, Veronica. 'S ann aig taigh a seanmhar ann an Deia a tha Veronica air an deireadh-sheachdain seo – is dà latha dheth aice an sreath a chèile.

Shaoileadh duine gur ann aig muinntir a' chidsin a bha na h-uairean a b' fheàrr, ach chan eil leth dhen t-subailteachd acasan 's a th' againne, gu h-àraid on as e mo bhràthair beag a thig mum coinneamh-sa. Thèid agam air Angel a chur far am feum mi e!

Bha Lucia air prais mhòr làn paella a thoirt do Dholores airson a toirt a-null, oir chaill i a comida a-rithist! Rinn Dolores mionnan air Veronica is air a seanmhair bhochd is spleuchd i cnap mòr gasta buidhe air mo thruinnsear.

Thug an dithis againn an uair sin luaidh air Doňa Maria is a comas le rus, is mar a thagh i an fheòil is am maorach le gaol. 'S i, gu dearbha, màthair Lucia *La Jefa Chefa* air latha na paella! Ise a choisinn an tiotal.

Ged a ghlèidh a' ghrian a neart, dh'fhairichinn oiteag fhann ag èaladh suas tro na craobhan thugainn. Nach eil fhios, a Dhia, is sinn am meadhan na Sultain, gum faigheamaid beagan faothachaidh on teas mharbhtach a thòisich tràth is a tha air leantail cho fada am-bliadhna. Chithinn braoin mhòra mhaslach air bathais Dolores is i na lòn fo gach achlais. Air a bhith an seo ro fhada, Dolores – nighean cuideigin a bha san sgoil le Lucia. Beagan airgid, as t-samhradh, o chionn seachd bliadhna deug, fhad 's a dhèanadh i sàbhaladh airson dè a dhèanamh? Cha d' fhuair i a-mach riamh. Fhathast gun a chur gu deuchainn, tha fhios. Ann a sheo bhon uair sin. An Giblean gu an Dàmhair, gu dian, is an uair sin dhachaigh gu a pàrantan am Porto Colóm, fad mìosan a' gheamhraidh. Aig 33?

Cha dhòmhsa idir siud, a ghràdhag, smaoinich mi, is gu dearbha cha b' e a' chiad turas! Nach eil saoghal mòr iongantach a' feitheamh air Pepe Alejandro Munez? Is dòcha gun robh roinn dhen fhìrinn sna thuirt mi ri Harry Atkins – nan dèanainn oidhirp na bu chruaidhe air mo chuid Beurla, chan eil fhios nach fhaighinn rudeigin mu Liverpool no Manchester? Chan e Londres. Fada ro mhòr dham leithid – fear a' bhaile bhig. Ged a dh'fheumainn tòiseachadh ann an Harringate, dè an diofar? Fhuair mi fiathachadh – seòrsa dheth – a dh'fhaodainn a thionndadh, gun strì, na fhear ceart: falbh a dh'Anfield no Old Trafford mar a thograinn.

Thug mi cunntas car èibhinn dhi air na thachair eadar am Major is Wolfgang. Rinn i brùchd salach is '*Dios mio, no me digas!*' 'S fheudar nach do leig Lucia guth oirre, sin no tha Dolores na fìor dheagh actair.

'Tha cògadh gòrach,' thuirt i, a' toirt dhomh leth a h-orainseir. 'Mharbhadh dithis de bhràithrean mo mhàthar le na Fascistas – bha fear aca cho mì-mhodhail 's gun do dh'iarr e gun a thaigh a thoirt dhaibh. A dhol às an t-sealladh a rinn am fear eile. Abair gun robh mo mhàthair-sa deònach Mallorcanach a phòsadh is a casan a thoirt leatha.'

'*Estupido* – stupid!' orsa mise. 'Sin am facal a bh' aig Wolfgang 'son dol a' Mhajor bhochd. Bha mi cho cinnteach, nan cumadh e air a' stobadh a chorraig na uchd, gum putadh e an truaghan le taobh an amar-snàimh! Air a cho-là-breith cuideachd! Bheil e an-còmhnaidh *estupido*, gun dìochuimhneachadh? An urrainn dhutsa daonnan mathanas a lorg, Dolores?'

Sgruid i a guailnean is las i toitean. Dhiùlt mise fear, leis gun robh mi fhathast ag obair air an orainsear, ged a bha e tioram is gun cus blais air. Sàmhchair a bh' ann an uair sin, air nach do chuir a-staigh ach eòin nan craobh, glag nan caorach sa phàirce thall, agus corra *mhoped* gun chiall a' stialladh sìos na frith-rathaidean. Tha Dolores is mi fhìn car cofhurtail a-nis nar tosd. Dè dh'fheumar a ràdh? Dh'fhàg mi an t-orainsear is thug mi thugam fear dhe na Winstons.

Bhiodh aicese ri èirigh an-ceartuair, treas fras dhen latha a ghabhail, is an t-èideadh a reub i dhith sa mhadainn – is a nigh is a chroch i air an t-sreing mheatailte – a thilleadh oirre. Seòmar-ithe làn eile roimhpe a-nochd. Air a' cheann mu dheireadh, bidh iad uile 'son ithe an sin sgàth 's nam prìsean reusanta. Feuchaidh iad *menú* nam meàirleach air an tràigh oidhche no dhà, ach chan fhada gu 'n till iad gu Lucia is gu biadh na dachaigh. Nì iad an uair sin gearan mòr cridheil mu dheidhinn!

'S e am fuaim ùr, a chualas an toiseach, casan nan ruith o chùl an togalaich. Chan e a h-aon dhinn fhìn a bh' ann, oir cha bhi roid oirnne aig an àm sa a latha, is cha mhotha a chosgas sinn *sandals*. Bha barrachd air aon duin' ann.

Thàinig Jenny is Elizabeth timcheall nan deann is stad iad gu grad air ar beulaibh: air an clisgeadh a bha iad Dolores is a' *waiter* fhaighinn nan suidhe air an socair, gun dragh, is gun sinn nar sgalagan acasan. Chitheadh iad cuideachd gun robh sinn an dèis a bhith ag ithe na dearbh phaella 's a cheannaich am pàrantan na bu tràithe.

'Curiosity killed the cat,' orsa Elizabeth, is mhìnich i an uair sin e. Rinn mise eadar-theangachadh do Dolores, aig a bheil fìor dhroch Bheurla do thè a tha air a bhith an seo cho fada.

'*La curiosidad mató al gato?*' dhearbh i, is thòisich na h-igheanan air cìcearsaich – Jenny bu mhiosa dhiubh.

'It's nice here,' thairg i. 'Very peaceful. It feels quite far removed from the hustle and bustle of the hotel. Even got your own personal forest' chuir i ris, ag amharc os ar cinn. 'Lovely fresh smells too!'

'*Si,*' dh'aontaich mi. '*Sientense* – suidhibh.' Dh'èirich Dolores 'son rùm a dhèanamh dhan fheadhainn òga is thòisich i air na soithichean a chruinneachadh.

'Sorry, we can't,' fhreagair Jenny.

'Why not? dh'iarr a companach.

'Because we've just popped out – on a walk. Dad wants to go to the beach.'

'What's the hurry, Jen?' Bha sùilean Lizzie air Winstons Dolores – a thog is a thilg ise, gu mì-fhortanach, air an treidhe mun deach i a-staigh dha a seòmar. 'Don't suppose you've got any wine?'

'Not even a warm beer over here. Working again tonight,' fhreagair mise, ach an cuirinn beagan rian air cùisean, is an uair sin, nam fhear gu tur *estupido*, thuirt mi, 'Angel's the man with the booze.'

'Where is he?' Dheàlraich na sùilean sin – mar gun robh sinne air esan is a dheoch fhalach ann an àiteigin faisg ach far nach fhaict' iad.

'In the bar?'

'Oh, yeah. Course.' Giogail eile.

'At least, I hope he is,' orsa mise. 'If not, he be in big trouble.'

Nad bhràthair mòr ciallach! Abair thusa *aburrido*! Ach 's ann mar sin a thèid thu, an dèidh dhut sia seusanan a thoirt ann an taigh-òsta car ìseal am Mallorca. Sin as coireach nach bi mise an Cala Bendita fada tuilleadh, ach ri rudeigin tòrr nas togarraiche na feuchainn gun deoch-làidir a thoirt do nigheanan òga, is na thig nam rathad a ghabhail. *Aburrido* agus brònach! Coltach ri stalcairean Chafé Bendita air an tràigh. Faite-gàire mòr mòr. Staiseachan dhan rèir. Gaisean glasa (an dithis as sine) glè nochdail orra. An teaghlaichean air am fàgail ann am Pollensa. An-diugh; còig bliadhn' deug air ais; an ceann fichead eile. An aon chainnt luideach. Brònach is *aburrido*. Tha Angel air a chomas air a cheart leithid a nochdadh gu soilleir, ach aig 21 faodar, 's dòcha, leisgeil na h-òige a thoirt dhàsan.

'Come on, Lizzie,' ghreas a caraid smachdail. 'A swim in the sea, then an ice-cream!'

'Wow, can't wait' mar a chaidh a freagairt.

Dh'fhaodainn a bhith air norrag a ghabhail no air a dhol a-null dhan taigh-òsta 'son sgeòil-ghaoil Angel a chluinntinn gu ceart. Nam faigheadh e cothrom cur às a chorp, am bàr fhàgail rud beag na bu tràithe, bhiodh uairean prìseil agams' air airson an ath thurais nuair a bhithinn a' faireachdainn na bu mhiosa. Bu chòir dhomh bhith air tilleadh a-null – ach cha do thill.

Leis gun robh am faobhar a-nis far na grèine is an t-àite làn fhaileasan tlachdmhor, dh'atharraich mi m' aodach gu luath is leum mi air mo Cholnago Mexico. Chaidh am baidhc sgoinneil seo a thoirt dhomh le Tio Paco – *cyclista* mòr e fhèin – nuair a thionndaidh mi ochd-deug. 'S ann faisg air mullach nan rang a bha e an uair sin, is tha mi air coimhead às a dhèidh gu math, ged nach fhaigh mi air leth cho tric is a dh'iarrainn. Uair a thìde, no mar sin. Chuireadh sin an triom mi los gum fuilinginn an oidhche fhada romham. Dh'fhaodadh luid sam bith ris an do choinnich Angel air thuairmse feitheamh a' dannsa còmhla ris an Cala D' Or, no falbh. Nan robh fòn againn ann a sheo, bha e air a bhith a' seirm gun sgur. Ach chan eil. Mar sin, cha chluinninn ach fuaimean nàdair agus fras Dolores a' splutradh is a' splaiseadh. A rèir choltais, bu mhòr leatha a cur dheth is tilleadh gu a tràillealachd fhèin. Saoil an ann ri bruadar a bha i?

A' gabhail a-mach seachad air prìomh gheata na Pàirce Nàiseanta, chaidh mi chun na làimhe clì goirid an dèidh sin, is thòisich mi air lìonradh nan *Camis* – rathaidean beaga caola a thèid suas is sìos is tarsainn taobh tuath na pàirce. Tha an ceann a deas, a tha làimh ris a' chladach, fada nas carragaiche is dùinte do charbad sam bith. 'S e bha fodham ach feuchainn air *Ruta de la Aguila* – ged nach fhaca mise riamh iolaire ann, ach bithear beò an dòchas.

Shaoil leam gum biodh e na bu duilghe dhomh mi fhìn fhaighinn a ghluasad – an dèidh madainn cho trang, pailteas paella, is a' ghrian air fuireach cho làidir fad na cuid a b' fheàrr dhen latha. Bha an còmhradh leis an dithis *Ingleses* òga air an-fhois air choreigin a chur annam, a dh'iarradh gum bithinn nam dhùsgadh, is na bu mhothachaile air na bha tachairt. Ach nach math, smaoinich mi, nach deach mi dìreach air ais gu bàr an taigh-òsta. Cha b' urrainn dhomh a bhith air èisteachd ri baothachd Angel fhathast.

Aocoltach ris an Iuchar is an Lùnastal, bha an t-slighe chumhang gun gin a chàraichean oirre, agus thug na gàrraidhean-cloiche air gach taobh raon-rèisidh grinn dhomh 'son a leantail. Ghuidh iad orm cromadh a-staigh thuca mun gabhainn lùb theann is shaor iad mi gu suidhe suas ceart air an dìollaid air na pìosan fada dìreach.

Chiar i mòran na bu tràithe a-nochd cuideachd seach an àbhaist, ge b' e dè b' adhbhar dha, ach bu choma sin leamsa is mi a' pumpadh mo chasan mar *gheko* tro thìr nam preas tioram is nan craobh: talamh-ionaltraidh air a losgadh gu a bhun. La Hermita, Soral, El Pueblo Nuevo cuid dhe na bailtean beaga tron deach mi, mar rocaid, m' anail gam dhìth an-dràsta 's a-rithist. Bhithinn air a bhith siubhal aig mu 23 no 25km san uair. Gun ghrabadh romham. Corra uair, smèideadh cuideigin – feadhainn dhiubh dh'aithnichinn. 'S e àite beag a tha seo.

Agus an uair sin, ach cò às – mura a b' ann à sabhal tuathanaich – nochdaidh an cat cracte ribeagach is ruithidh e tarsainn air mo bheulaibh. Shlaod mi mo *bhrakes* mhatha ùra, is dh'fhalbh mi gu aon taobh airson an sàtan a sheachnadh. Siud ise na leum socair suas air balla, fhad 's a roghnaich *El Seňor Estupido* car a' mhuiltein a dhèanamh an comhair a chinn a-steach gu Finca Jorge. 'S e greabhal an triop sa seach ùir bhog a chuir fàilte air mo thòin.

'S aithne dhomh Jorge. Ach bha esan a-muigh. Thug a bhean chòir, Rut, a-staigh mi is ghlan i an fhuil is na molagan is am poll dhìom – far an aodainn, nan glùinean is nan uilnean.. Tha m' aghaidh-sa fhathast diabhalta goirt – ged a tha an t-at air mo shliop air teannadh ri dhol beagan nas lugha. Cùis-mhulaid a tha sa bhaidhc, an roth-toisich gu h-àraid air fìor dhroch phronnadh fhaighinn. Cha d' fhuair mi air ruith cheart a thoirt air air fad fhathast. Thill Jorge is rinn e gàire. Chan ann leothasan a tha an cat, is tha gràin an uilc aigesan oirre cuideachd. 'Peata air a dhol *salvaje*, Pepito – Breatannaich a reic an taigh is a ruith dà bhliadhna air ais!'

'The curious cat killed the cyclist!' orsa mise, is thug mi orm fhìn gàire fheuchainn, a thug deòir nam shùil. Cha do thuig iad buileach mi. 'Bàsaichidh an cat!' thuirt Jorge le cinnt, 'ann an dòigh mhì-nàdarra!' Dh'fhairichinn blas a' phuinnsein is bha mi an dòchas gum biodh e furachail leis.

Bha i dorcha nuair a ràinig mi an taigh-òsta, ach, rud a chuir iongnadh mòr orm, cha robh Angel idir air a shèideadh leam, ach cho somalta ciùin – ro shona, shaoil mi! *Asi es hermano!* Chuir e fiù 's ceist no dhà orm gun mise air a bhrodadh – mura h-e brodadh a th' ann an aodann mar *pizza* an dèidh a' bhlàir!

'Cha chreid mi gun dèan mi a' chùis air obair a-nochd, Angel,' thuirt mi.

'No importa, amigo. Otra noche. No pasa nada.' Rinn e gàire – sin e. *'Gracias.'*

'Hermano!'

'Hasta luego!'

Leis gun robh na daoine air fad san t-seòmar-ithe, shuidh mise aig a' cheann a b' fhaide a-muigh dhen amar-snàimh. Ghabh mi beachd air seudan na h-iarmailt agus mo dhroch cor. Bha pàirce na cloinne falamh, is na samhla aonranach dhomh air atharrachaidhean nach fhaicear. Fhad 's a bha luchd a' bhìdh nan sreathan greannach, miann am bòrd 'fhèin' gam bioradh gu dona, chuireadh Raul a h-uile dad timcheall nan dreallagan dìreach ceart – a' ghainmheach mhìn fòdhpa a ràcadh le gràdh.

Chithinn beagan gluasaid mu Villa Rosa: a màthair, is an uair sin Rosalia, a' tighinn a-mach air a' ghlasaich 'son an searbhadairean a chrochadh – ro ghrèin na maidne. Bha gruag Rosalia fliuch is i na laighe gu trom oirre mu na guailnean. Bu choltach gun robh e furasta dhi fhèin is dha a màthair a bhith còmhla – 's dòcha cleachdte gu leòr ris, fhad 's a bhiodh Don Ricardo a' tarraing is a' bruthadh ann am beòil ghoirte na phàigheadh e?

Nuair a nochdadh a' chiad duine a-mach dhan phatio, bha mi air cur romham teicheadh is mo cheann a chur am bogadh. Math dh'fhaodte gun suathadh Dolores orm tuilleadh dhen stuth a thug Rut dhomh? Gu dearbha fhèine, cha robh mi 'son coinneachadh ri Lucia mun tigeadh a' chiad bhalt air an latha.

Ach leis gun robh na coigrich toilichte a bhith cruinn mu na bùird-fo-sgàilean as fhaisg' air solais an taigh-òsta, dh'fhan mi far an robh mi, aig astar sàbhailte, fo na geugan *mata* ainmeil aig Raul. Leis an fhìrinn, dh'fhairichinn cràdh dìreach sgriosail trom cholainn gu lèir is cha bu chòir dhomh idir a bhith air suidhe. Ach a-nis cha robh a chridhe agam èirigh.

Bha an dà amar nan laighe dubh, sluaisreadh sìos, suas is thairis orra san oiteig thrèin. Tha Raul air bruidhinn air solais fhaighinn dhaibh, ach bheireadh sin air an t-sluagh a bhith a' snàmh annta a latha agus a dh'oidhche. 'S ann an dèidh dhi dorchnachadh a bhios e fhèin ri a charan: togail às dhuilleagan bàthte; lorg badan aodaich do dhaoine; cur nan leapannan-grèine air bàrr a chèile: 6, 6, 6 +7;

fuasgladh agus pasgadh na *hose* a-rithist; tilleadh nam bòrd beaga geala is an sèithrichean dha na h-àiteachan as dligheach dhaibh. Cha dèanadh luchd-turais a bhith san amar-snàimh ach bacadh a chur air obair cheart.

'S ann nuair a bhrist i air falbh on triùir Atkins – an taigh-beag na leisgeul dhi, a thug i a-mach le liost oirre – a thuig mi mathanas caomh Angel. Bha a phreusant aige deiseil dhi mun àm a thill i a-staigh dhan bhàr. Bacardi mhòr is còc. Gu dearbha, dè 'n còrr a dh'iarradh duine! An treas no an ceathramh no an còigeamh tè aig Lizzie an-diugh? Thog e a' ghlainne dhorcha suas o air cùl a' chunntair – an dèidh dha feitheamh gu 'n taghadh i a còc. Chaidh botal còc eile – gun dad làidir ann – a chur a-mach do Jenny.

Furasta fhèin! Seann chleas. Bha aodann Angel a' cur fairis le feise. Cha ruigeadh esan a leas a dhol a dhannsa ann an Cala D' Or a-nochd. Chuir Elizabeth dà shràbh sna glainneachan, thionndaidh i air a sàil, is rinn i a slighe tro na daoine a bha air blàths a shireadh on ghaoith. Shuidh i sìos còmhla ris an teaghlach, a bha a-nis nan aonar air a' phàirt dhen patio gun mhullach. Dhùin Mrs Atkins putain a càrdagain is thug i sùil air Jenny agus air Elizabeth. Sgrìob Harry a shèithear air ais 'son deoch fhaighinn dha a bhean (o nach do thabhainn Elizabeth dad oirre), ach thug i air suidhe is feitheamh gu 'n tigeadh Angel mun cuairt. Greis mum faic sibh esan, smaoinich mi, leis na tha siud a dhaoine a-staigh. Tha fhios nach b' fhuilear dhan bhàr dithis air oidhche Dhiardaoin 'son seirbheis mhath a thoirt dhaibh. Ach an uair sin cha bhiodh fiù 's an aon oidhche shlàn agad dheth – gun feum air tuiteam far baidhsagail.

Bha a' ghaoth a-nis air gobachadh is bha i a' crathadh is a' placadaich cuid dhe na *parasoles* àlainn aig Raul. Cha robh duine a' dol a mheantraigeadh a-mach far an robh mise – bha sin cinnteach. Chunna mi trì cupaill a bha air a bhith nan suidhe fon chanopaidh aig ceann an t-seòmair-ithe dhen phatio a' ruith a-staigh. Bu tric a-nis dhuinn, o chionn bliadhna no dhà, oidhche gu math stoirmeil fhaighinn aig toiseach an fhoghair, le gèiltean mòra is meallan, ach cha b' e tè dhiubh siud a bh' ann, nam bheachd-sa co-dhiù. Cha robh màthair Rosalia air na searbhadairean a chur a-mach nan robh dùil ri uisge – boireannach a tha siud a chumas sùil gheur air nithean dhen t-seòrsa sin, màthair is bean-taighe aig a bheil grunn bhliadhnachan eòlais.

Cha b' urrainn dhomh gun a bhith sgrùdadh nan Atkins. 'S ann nam balbhain a bha Harry is Fiona; Jenny na leth-laighe air adhart, làmh fo a bus, a' cluich leis an t-stràbh is an deigh na glainnidh fhalaimh. Chithinn gun robh aire Elizabeth air na bha dol tro na dorsan mòra far an robh mo bhràthair gus toirt fairis is e a' feuchainn ri òrdain a h-uile duine a riarachadh – bha cuid a-nis ag iarraidh cofaidh is seòclaid air sgàth na h-aimsir. Chaidh aige, ge-tà, air sùil bheag a dhèanamh rithe uair no dhà, is rinn e soidhne bheag gum biodh e a-mach an-ceartuair, nuair a bhiodh e cuidhteas na daoine sin.

Dh'èirich na pàrantan còmhla. Sheall an dithis aca air an uaireadairean mar gum b' e rud sònraichte cudromach a' bh' ann an *synchronisation* am meadhan làithean-saora san Spàinn. Robh e na dhòigh air obrachadh a-mach càite an robh iad, no càite nach robh iad?

Cha d' fhuair meuranaich Harry is aomadh sgìth na màthar le 'We're heading upstairs: you?' ach gnùis bhàn bho Jenny. Cha do bhodraig Elizabeth air feairt a thoirt orra. Dh'fhidreadh ise Angel a' cur dà 'chòc' eile air a' chunntair. An luchd-turais mu dheireadh thall air fhàgail 'son mionaid.

'Night then, girls' aig Harry riutha, mu dheireadh. Thàinig fiamh, a bha na bu choltaiche ri sgreamh, orrasan. Chuir seo cabhag air na pàrantan gu far am bi pàrantan a' dol aig 2130, Diardaoin, ann an Cala Bendita beag gaothail.

Bha miann agam faighinn a-mach dè an caochladh a thigeadh air cùisean eadar an dà nighinn às aonais Harry is Fiona. Am falbhadh an *ennui* – an cion mòr – nan conaltradh?

Sgath idir an toiseach. Cumaidh Jenny oirre a' sgrùdadh bonn a glainne, ged a thogas i a sùil corra uair feuch dè chì i, ach tha a h-uile duine eile a-nis gu sàbhailte am broinn an togalaich.

Tha *Gay Trevor*, cabag car gasta – a bha uair na bhloigh cleasaiche – air Angel a ghlacadh. Chan eil cus lochd ann. Bidh e ag innse naidheachdan 'marvellous' agus 'simply crazy' mu shaoghal pìos air falbh o bhàrr na cèice. Chuala mise iad air fad, 's ioma h-uair sin. 'S e Angel a-nis a dh'fheumas èisteachd. Tha coltas deònach gu leòr air – cuidichidh e a Bheurla. Bidh Trevor a' bruidhinn seòrsa nas fheàrr na a' mhòr-chuid a thig an seo. Mar sin fanaidh na còcan (aon làn Bacardi) far a bheil iad. Dearbhaidh balbhachd nan nigheanan is am bodhaigean dùinte na tha air a bhith soilleir o thàinig iad: is fhìor bheag orra a chèile.

An uair sin, an dèidh dhi sùil gun bhuannachd a thoirt air a' bhàr, gnogaidh Elizabeth a ceann an taobh a tha mise – a' toirt cuireadh do Jenny tighinn còmhla rithe. Coimheadaidh Jenny a-null, bheir i a-steach gu bheil mi nam shuidhe thall san leth-dhorchadas fo chraoibh. Thèid i air chrith tiotan, is diùltaidh i gluasad. Feuchaidh Elizabeth ri toirt oirre – a' cleachdadh nan suilean blàtha, is a' chiad ghàire bho shuidh i mu dheireadh.

Seasaidh i an uair sin, is gun diog a chall, bheir i dhith a h-aodach ach a-mhàin *bikini* làn, is falbhaidh i na ruith timcheall air na pris thulgach sin a bheireas ort. An uair sin, faobhaidh i a-steach, gun snas, dhan amar-snàimh mhòr, a' sgailceadh a cinn bhig Bhacardi air a' choncrait. Aithnichidh mo dheagh fhradharc an diofar eadar an t-uisge dubh agus an fhuil ghlas.

Quiere saber lo que pasó? Bidh sibh 'son faighinn a-mach na thachair?

Dè eile ach gun do leum mi a-staigh, ghabh mi grèim oirre, is shlaod mi às i. Thug mi air Lucia ambaileans fhaighinn – a bha gu fàbharach faisg (*chico* à Porto Rojo, a thuit is a theich). Cò nach dèanadh a leithid san t-suidheachadh? Ach chan eil sin a' ciallachadh gum faigh sibh mise ann a sheo ann an ceann fichead bliadhna! Mas e an sgleog sin a dhùisgeas claigeann Elizabeth, abair gun do bhuail i m' fhear-sa cheana. Oir chan fhaod duine a tha air tighinn gu ìre, mar mi fhìn, feitheamh gu 'n tachair rud beag gun seagh a h-uile an-dràst' is a-rithist. Feumaidh mise nithean a dhèanamh nam bheatha;

cothroman a chruthachadh. Chan eil mionaid ri chall!

'S coltach gu bheil ise ceart gu leòr. Cha deach a leòn gu dona idir: a dhà no thrì ghreimeannan oirre fon chluais a-nis – sin e. Bidh còmhradh fada nas fhasa air a bhith aig na h-Atkins air a' fòn a-nochd, ma-ta, tha mise ag innse dhut. Mar a thubhairt mi, cha till duine aca siud gu Hostal Lucia – chan e seo an t-àite dhaibh! Chan eil mi ag ràdh nach fhaic sinn Lizzie, ge-tà, latha brèagha air choreigin. Dàna an tè ud – gu math dàna! Gheibh i os cionn a sgiorraig. Brod a' bhuid a th' ann an Angel – fìor chunnartach cuideachd. Seo an seusan mu dheireadh aigesan. Cha toigh le Lucia clìcean mar sin.

Choimhead Dolores ri mo lotan mu uair an uaireadair air ais. Tha a làmhan bog is mìn, is tha an t-eòlas a th' againn air a chèile daonnan na chofhurtachd. Dhiùlt mi toitean, no fuireach 'son film a choimhead leatha. Chan eil gu leòr ann an aonranas. Cha robh riamh. *Dia largo!*

Is creid thusa g' eil i air a dhol na bùrn a-muigh a-nis. Mar sin, bha mi ceàrr mu bhean an fhiaclair!

Oileanachadh

B' e seo a' chiad uair a chaidh e a choimhead e air a phiuthair leis fhèin
– a' chiad uair na aonar air trèan a-mach à crìochan Ghlaschu. Thuirt
Robbie Crane an dèidh Higher Maths gum faodadh iad coinneachadh
aig Stèisean a' Bhealaich ron fhleadh an Loch Laomainn, ach thug
pàrantan Pheadair orra leum dhan chàr.

'Robert, hi! Simon Johnson and Jenny, Pete's Mum. Just be careful,
boys. Text when you need collected.'

'S iadsan cuideachd a dhràibh a dh'Obar Dheathain e an dà thuras
eile: o chionn trì bliadhna, nuair a bha Abby letheach tron chiad
teirm is an gleans air tighinn far annas na *halls*; is a-rithist an-uiridh,
nuair a ghluais i gu flat ùr am Balgownie.

Chan e gun tàinig cus cuideim air Peadar: dìreach suidhe an
sin, gàire fheuchainn bho àm gu àm, cofaidh a dhiùltadh fhathast
is an aon deoch fhuar a bh' aice a ghabhail le taing – ged a b' ann
an cupa glas sgàinte a thigeadh i. Ach thar nan nithean sin uile, 's e
dh'fheumadh e a dhèanamh ach leigeil le Abby bhig a bhith air a
milleadh aig Mamaidh is Dadaidh.

Leis an fhìrinn, cha robh cus aige mun ghnothach, agus 's e
faothachadh a bh' ann nuair a mhol Simon, gach turas, gum bu chòir
togail rithe car tràth mum fàsadh na rathaidean gu deas trang.
B' ann san Travelodge aig Marischal College a dh'fhuirich iad, far an
robh am buffet breakfast na chosgais a bharrachd agus bochd. Rinn
a mhàthair talach air a seo, ach thill iad ann, leis gun robh prìs an
rùim cho math is am parcadh deiseil.

Air an deireadh-sheachdain sa, dh'fhanadh e san àite ùr aig Abby, 'taigh beag tuathanais' suidhichte mìle no dhà a-mach às a' bhaile. 'Cha bhi agadsa ri *dealadh* ri beathach sam bith, Pete, mura h-eil thu ag iarraidh. Na *worry*!' Preusant a bha seo dha, bho thionndaidh e ochd-deug: dà latha a chur seachad còmhla rithese is a caraidean. Bheireadh e cothrom do dh'Abby stad a dh'obair 'son *Finals* 'son ùine bhig. Dh'fhaodadh Peadar na Highers fhàgail air chùl cuideachd, ach stob e pasgan Biology is dreach ùr de *Hot Topics in Geography* na bhaga airson na trì uairean a thìde air an trèan a chleachdadh. 'S e 'C' a fhuair e sna cuspairean seo an-uiridh, nuair a bha e fhèin agus na tidsearan an dùil ri 'B' aig a' char bu lugha.

Thilg Simon £20 air bàrr an £40 a thug Jenny dha, mionaid mun deach a mhac tron gheata aig Sràid na Banrighinn. Agus ann an guth car coltach ris na bh' aige ri Robbie Crane, ach beagan na bu truime, thuirt e, 'Bi faiceallach, a Pheadair, OK?' is ann an dòigh fhuadain – fear a bha thall 's a chunnaic – chuir e ris 'Drink, drugs and wild women: all great in moderation, mate.'

Ri slaodadh a mhàileid mhòir tro charbad D an tòir air a shuidheachan, ghabh Peadar iongnadh ach co-dhiù a bha fìor dhragh air athair gun rachadh a bhuaireadh le gin dhe na rudan sin, no an ann a' toirt cead dha – ga choiteachadh – a bha e gus am feuchainn. Ach a-mhàin na drogaichean! Spùt a bha sin! Chlisgeadh e an t-anam às an dithis aca nan tòisicheadh am pàiste a b' òige orra sin! Chan e gum bodraigeadh e – bha fhios. Cha do ghabh e dad fhathast, is cothroman gu leòr aige – 'total doper' a bh' ann an Robbie Crane. Leis gum biodh a phiuthar mhòr a' cumail sùil gheur air ann an Obar Dheathain, cha robh e an dùil gur ann an-diugh no a-màireach a bhristeadh e a phlaosg.

Bha an trèan gu math làn, agus na shuidheachan-san thachair boireannach lethchar sean ris, air a ballaisteachadh le pocannan mu timcheall. Na stad air a beulaibh, sheall e oirre – agus troimhpe – ach cha tubhairt e facal.

Cha do rinn ise ach coimhead bhuaithe a-mach air an uinneig, is an uair sin thug i ionnsaigh air fireannach mun aon aois a shuidh ri a taobh.

'Tired, so Ahmur. A wee knackered lassie!' Thug i feòil gheal, sailead is crispeachan – 1% geir – às a' phocan Boots is theann i rin roinn eadar i fhèin is an duine gun fhaighneachd dheth an robh e ag iarraidh grèim. Ghluais Peadar gu Carbad E, a bha a cheart cho trang. Gu fortanach, bha F na b' fheàrr, is chaidh aige air an dearbh àite fhaighinn an sin. Chuir an aon duine eile – na shuidhe tarsainn a' bhùird – gean goirid air, is leig e fhaicinn a dhèidh air tosd is a chuid smaointean fhèin. Bha seo taghta le Peadar.

Nochd fear *First Scotrail* dìreach an dèidh dhaibh falbh le ruaiseadh tro Bhishopbriggs – baile air nach do thadhail Peadar riamh, is air nach tadhaileadh, cho fad' 's a chitheadh e. Cunnartach cuideachd, gad shadail fhèin far na trèan aig an astar sin! Dh'fheumadh deise thiugh shònraichte Bhishopbriggs a bhith ort, agus clogad Bhishopbriggs!

'Enjoyin' yersel?' dh'fhaighneachd an conductor caol ann an deise gun nì a-mach à àit' oirre. Ri fanaid a bha e, shaoil Peadar, is dh'fhairicheadh e an teas a' sgaoileadh na ghruaidhean. Chaidh a' mhòmaid – aisling bheag èibhinn laghach – a sgrios.

'Do you want to see my ticket?'

'Plenty time, squire': chuir an duine bàrr dà chorraig gu stais thana dhuibh.

Lorg Peadar gach pàirt dhe a thiogaid is a chairt-rèile ann am pòca nan *jeans* ùra. Chuir e ri oir a' bhùird iad. Seach an togail, rinn an duine ruigheachas a-null, thionndaidh e an leabhar cruinn-eòlais thuige is dh'fhosgail e e.

'*"Like the desert, the Tundra,"* leugh e a-mach,*"is also a biome, characterised by minimal rainfall and restricted vegetation growth ..."* Agus 's e a bha math gu leughadh air a' chiad sealladh – na b' fheàrr na bhiodh Peadar gu tric, gu h-àraid le 28 'caraid' farpaiseach a' feitheamh ri leum air an laigse bu lugha. Thàinig atharrachadh air a ghuth tùchanach cuideachd – gun iongag, cha mhòr, dhen lì làidir Ghlaschu sin am follais.

'Loved Geography, so Ah did!' ors an conductor gu socair, a' cumail grèim air an leabhar. 'Aw they possibilities. Still watch the programmes on the Discovery Channel. Yer book's only tellin' you part of the story, sir – fir wan, they freezin' Tundras exist only in the Northern Hemisphere ...' An uair sin, 's e an guth cothrom 'foghlaimichte' a bh' aige a-rithist: 'which differentiates it from, say, the Sahara, which is ...'

Shin Peadar a-mach a làmh 'son a leabhar fhaighinn air ais. Thugadh dha e – *phew!*

'See, pal, you can know things – a lot more than people that's got O-Levels 'n A-Levels 'n Degrees, in Ph.Ds comin' oot their erse!'

Thàinig smaoin obann a-steach air Peadar: 'Erse' – na bh' aca air a' Ghàidhlig fad linntean 'son rud coimheach a dhèanamh dhith nach buineadh do dh'Alba. Mar fhear 'Erse' e fhèin, bha fèithean aodainn ag iarraidh braoisgeil a thoirt air a-rithist. Choimhead e sìos is sheall e a thiogaidean dhan duine.

'18 year ol' 'n still in the school,' mhaoidh e.

'Final year,' thairg Peadar. Bha e a-nist ag iarraidh gum falbhadh am 'pain in the erse' seo.

'Know where Ah wis when Ah wis 18? Know how ma Geography's so guid, how Ah know aw aboot ...'

'Afghanistan!' a thàinig, ach cò às?

'Afghanistan! The boy knows somehin. Afore 'at?'

'Iraq?'

'In afore 'at?'

Bhìd Peadar a bhil le clàraig.

'The worst desert a the fuckin' lot. Northern Ireland! Cunts could dae wi a Tundra tae perish in!'

Le sin, spìon e tiogaidean Pheadair, mar gun robh turas aca sin ri far an deach a chur na shaighdear òg ceangailte.

'Return Aberdeen-Glasgow, Sun 25th April at 1330,' leugh e, na ghuth garbh fhèin. 'So, youngster, that's the train you'll huf to be oan, or it'll cost you or yer mammy another forty pund. Supersaver return: £25 tae schoolboys, £40 for civilians!'

Dh'fhalbh e an uair sin le màirdse car 'at ease', ach stad e aig an ath bhòrd. Gun fàilt' a chur air a' mhàthair is a triùir chloinne, thionndaidh e air a shàil, gu 'm biodh e aghaidh ri aghaidh ri Peadar: 'So, if you get a lumber, you'll huff to make sure she gets you oot yer scratcher and tae the railway station afore hauf-wan, right?'

Choimhead Peadar an taobh eile sa bhad – los nach fhaicte aghaidh no amhaich. Tarraing eile ga thoirt air na dh'fhaodadh a bhith roimhe an Obar Dheathain. Bu chòir dhan t-seann saighdear is athair-san pinnt a ghabhail còmhla? Dithis mun aon aois is gu leòr aca ri bruidhinn mu dheidhinn ann a Weatherspoons an stèisein.

'Slàinte mhath dhut, Willie!' Bha Peadar air baids a shiosacot a sgrùdadh: William Forbes a bh' air. 'As I've said before,' chanadh Simon Johnson an uair sin, 'I think when it comes to girls Peter's perhaps shy – slow to come forward. What do you reckon?'

'Needs toughened up, Simon, know! No offence! You and wee Jenny are brand new, so yeez are. Just today's weans – aw ra same!"

Leig Peadar leis fhèin gàire beag eile a dhèanamh. Cha robh teagamh nach robh an turas sa air beagan fealla-dhà a thoirt gu bith. Is nach bu mhath gum b' urrainn dha gàire a dhèanamh air a shuidheachadh fhèin – seach dragh mòr a ghabhail. Highers a-rithist, is beatha gun deoch, drogaichean no nigheanan.

'Interesting chap,' orsa fear na feusaige beàrrte mu choinneamh. 'S ann car sàmhach, slaodach a bha a ghuth-san, agus Sasannach. 'I did think of bailing you out at one point, but you seemed to be handling Mr Forbes rather well.'

Chuir Peadar na tiogaidean air ais na sporan agus a chairt-rèile ann am muilichinn a chòta-duffel. Shir is fhuair e àite san gabhadh e sgaoileadh san 'overhead storage provided'. A-rithist, rinn e gàire. Dè bha a' fàgail an turas-trèan seo cho èibhinn? Cò air a bha e a' gàireachdaich? Air fhèin?

'I'm sure there's some truth in his philosophy of life too': ghluais an duine an *Guardian* gu aon taobh.

'Sorry?' orsa Peadar

'On education. What it means to know something. How that knowledge should best be acquired and applied.'

Cha robh Peadar cinnteach ciamar a chuireadh e ris a' chuspair seo, no co-dhiù a bu thoigh leis feuchainn. Bha còir aige an caibideil sin a leughadh, chan ann air *Tundras* ach air Turasachd.

Nochd fear na troilidh le brag is a leisgeul. Dh'iarr a chompanach – breacadh na fheusaig dhen aon tuar ri a ghruaig thana dhuinn – cupa tì agus pìos Genoa Cake.

'May I offer?' dh'fhaighneachd e. 'Tea's not bad.' Ghabh e an dàrna balgam. Thug Peadar an aire mar a ghnog Vladek, fear na troilidh, a cheann gun sgìths, gun oilbheum.

'OK then,' dh'aontaich e. 'Milk and one sugar, please.' 'S ann le faicill a shlaod Peadar mullaichean nan cartonan beaga bainne. Dh'fhalmhaich e na bha nam broinn na thì theth gun bhoinne a chall. Cha b' ann aon uair a dh'fhoghain na bleigeardan beaga sin dha – air sgàth mì-dhòigh, chan e olc! Aocoltach ris an dithis nach tug Bainsie cuireadh dhaibh tilleadh dhan sgoil aig deireadh an Lùnastail. Bha na 'despicable reprobates' sin air trì fichead dhiubh fhaighinn, a stòradh fon teasadair, is an stialladh air ballaichean 5B nuair a ghoirtich iad buileach.

Chuir e an tì mun cuairt le bior beag plastaig is dh'fheuch e a blas mun do chuir e làn sachet de shiùcar innte. 'Thanks,' thuirt e an uair sin.

'Sorry? Oh, very welcome.' Cha robh feum air modh Pheadair – mar gun robh e a' cur a-staigh air an duine gun reusan. Bha esan air tòiseachadh air leughadh mar-thà – ach aig an dearbh mhionaid sin 's ann an làn dà dhuilleig a dheilbh am meadhan a' phàipeir a bha ùidh. Chitheadh Peadar an Taj Mahal air a cheann is deannan math ann an èideadh uaine mun cuairt air. An robh eagal ro cheannairc ann? No an robh rudeigin dona air tachairt mar-thà? Math dh'fhaodte, ge-tà, gur e dìreach cuideigin cudromach no ainmeil a' tadhal a bh' ann. 'S fhada o nach robh a phàrantan a' ceannach pàipeir gu cunbhalach. Dhèanadh naidheachdan a' BhBC air an I-pad an gnothach glan, sin is Radio 4 is Radio nan Gàidheal. Bu choltach gum b' urrrainn dhan fhear tarsainn bhuaithe aire a chumail air aon rud fad ùine mhòir. 'S e a-nist na colbhan-bheachd a bha e a' leughadh – fear às dèidh fir, thar cheithir duilleagan.

Lorg Peadar an caibideil ceart na leabhar is thòisich e fhèin air leughadh. Bha e air notaichean matha a dhèanamh air a seo an-uiridh. Dè an còrr a b' urrainn dha a thoirt dha am-bliadhna? Le tidsear ùr laghach, bha a' dol aige, air èiginn, air sùim sa chuspair is a mhisneachd a ghleidheadh, ged a bha e cianail doirbh dha cur suas ri cloinn na còigeamh bliadhna. Ach na rudan a bha iad sin a' saoilsinn èibhinn – ciamar! Is an ceòl neònach; nach robh idir na cheòl! Ach 's e fàilte a fhuair e bhon a' chuid bu mhotha dhiubh, is cha do dh'fheuch duine ri magadh air an fhear a bha a' gabhail dheuchainnean a-rithist. Ged a chuireadh sna *sets* a b' àirde e – a' chiad uair riamh, an cuspair sam bith – dh'fhairich e dà thaobh a' mhaoil sin. Ged a thug e togail bheag dha, air an làimh eile, bha feadhainn dhen òigridh seo a bha sònraichte làidir – cuid an dùil falbh a dh'Oxbridge air an ath fhoghar. Mar sin, cha bu thoigh leis idir ploc a dhèanamh dheth fhèin air beulaibh an leithid – clas de ghillean guireanach mu shia bliadhn' deug.

'Chan urrainn dhuinn uile a bhith nar *geniuses*, a ghaoil,' thuirt a mhàthair – aig an àm cheàrr, nuair a bha esan sia-deug is *acne* aig àirde. Rinn na deòir a bhrath gun tròcair. Ged a chuir Jenny 'na bha mi dol a ràdh ...' ris, mu a dhìcheall a dhèanamh, a chomasan a bhuileachadh, cha deach aice air a chluasan no a chridhe fhosgladh. Bhathar a' sùileachadh cus bhuaithe, an dèidh 'Abby gun fhàilling'. Nach bu chòir dìreach a' chùis a leigeil seachad, sgur a dhol thairis air na cuspairean searbha sin gun fheum?

Thàinig ìomhaigh na inntinn a-rithist: athair leis fhèin ann an seòmar reòthte, gun uinneig, gun deasg, gun sèithear, is buamastairean Chardonald a' sìor mhàbadh air 'the skinny wee teuchter swot'. Rinn esan glè mhath, ge-tà – a' chiad duine san teaghlach san Oilthigh. Masters an uair sin!

'Agus chan e *genius* a bh' annamsa,' orsa Simon aig àm eile – an t-àm ceart: na h-aon fhaclan gan cur fa chomhair an dòigh dhiofraichte 'Glè bheag damaiste a fhuair mi an clas nan *seniors* is tidsearan cruaidh ga gheàrd, gu h-àraid Joe Ninety, bho na h-ùmaidhean a thill. Cuideachd, thachair gun robh leth-Bharrach, leth-Eadailteach ann! Bhithinn air ise ionndrainn gu mòr nan robh mi air an sgoil fhàgail ron a sin.'

Mar gun robh Peadar air a smaointean a chur tarsainn a' bhùird shleamhainn shiùcaraich, phaisg am fear eile a phàipear is dh'fhaighneachd e: 'What school do you go to?'

Dh'inns Peadar dha.

'Any good?'

'Yeah. Quite.' Choimhead e a-mach air an uinneig. Bha iad a' tighinn a-steach a Shruighlea: tòrr gam feitheamh air a' chòmhnard, fireannaich an deiseachan dorcha bu mhotha.

'An independent school?'

'Yes.' Carson nach tuirt e dìreach 'private'? 'N e facal grod a bh' ann – co-ionann ri *privilege*: cothroman agadsa nach robh aig a' mhòr-chuid?

'Are your parents very wealthy?' dh'fhaighneachd e an uair sin.

'Eh, no. Just normal.'

'Must be quite a sacrifice, then?'

Charaich Peadar a thòn air an t-suidheachan. 'S i a mhàthair a bhiodh a' cànran mu airgead. Ged a shaoilte gur ann car cofhurtail a bha iad a rèir teachd a-steach, na bh' aca an tasgadh etc, cha robh iad ach bochd nuair a thigeadh e gu *cash* nan làmhan. Ach 's ann san airgead chruaidh sin a dh'fheumadh na mìltean a bhith 'son cosgais na sgoile, is a-nist an oilthigh, a phàigheadh. 'Sin as coireach nach urrainn dhuinn an Fhraing agus Mallorca a dhèanamh, gu h-àraid ma tha thusa an dòchas falbh air turas *snowboard* eile, a Pheadair!'

'Beinn a' Bhadhla?' ors an duin' aice.

'Aig prìsean ùra an aiseig!' chomhart i; is cha deach iad ann a' bhliadhna ud, no gu dearbha o chionn grunn bhliadhnachan a-nist. Àite annasach, Beinn a' Bhadhla, smaoinich Peadar. Car *Gàidhealach* fhathast air an dàrna làimh, ach air an làimh eile, cuideachd làn dhaoine muladach à meadhan Shasainn. Chuir e iongnadh air cho beag Gàidhlig is a chluinneadh tu ga bruidhinn gu nàdarra ann; ach an uair sin, gun rabhadh, chluinneadh tu aig gu leòr a dhaoine i, san aon àite, air an aon latha.

'Did you go to a private school?' bha e air faighneachd dhe a chompanach, ge b' oil leis.

'No,' fhreagair esan. 'Though akin to the Public School sector, entrance was determined by performance in a competitive exam. And there was an extremely strong academic ethos and the discipline to match.'

Cha robh Peadar cinnteach ciamar a leanadh e seo. Thug Leonard – mar a dh'inns e dha a-rithist – an t-uallach bhuaithe.

'Some might say, private on the cheap. But I disagree. One of the great strengths of the Grammars was that they accepted kids from across the socio-economic spectrum. We all benefited from that. Hugely.'

'But,' orsa Peadar, 'surely with selective entry, the structures and academic record – it must have been quite different from a typical comp nowadays?'

Chrom Leonard ga ionnsaigh – chitheadh e gu soilleir meud is leud a sgaill: 'How old do you think I am?'

'Forty? Fifty? Thereabouts. Why?' Rudhadh eile am busan Pheadair.

'Which?'

'Eh, fifty?'

'Almost sixty,' chaidh innse dha – le moit, a rèir choltais. 'So, yes, we did just predate comprehensive education, certainly in our part of Wales.'

'You sound English,' orsa Peadar – a' toirt aghaidh air, cha mhòr.

'Accents can be deceptive. I've spent a lot of time there – in Durham. At the Uni.'

'Any good?' Cothrom Pheadair a-nist.

'Not bad. No Celtic Studies, I'm afraid.'

'Sorry?' Bha an duine seo ceum no dhà air thoiseach.

'I detect in some of your consonants, but mostly your vowel sounds, that either you or your parents speak Gaelic.'

'Wow!' aig Peadar.

'It's my job.'

'Languages?'

'Lingustics.'

Agus le sin thug Leonard, aka Prof. L. L. Roach, mìneachadh dha air na bheireadh an raon farsaing sin leis. Rinn e inneas na bu leatha, ge-tà, air a shaoghal doirbh fhèin. 'S ann air ceann Roinn thraing le teagasg aig a h-uile ìre a bha e, ach tè a dh'fheumadh fhathast cùmhnantan rannsachaidh mòra mòra a bhuannachd is a chur an sàs, mar nach robh an latha màireach air a ghealltainn.

Nuair a dh'fhàg e an trèan am Peairt – far an robh Intercollegiate 2018 gu bhith, 'though hardly central!' – dh'fhairich Peadar gun d' fhoghlaim e mòran, ach cuideachd, air liosta fhada na dh'fheuchadh e – ro Fhlathanas! - dh'fhaodadh e a-nist loidhne a chur tro Linguistics. Bha Turasachd fìor is inntinneach eadar sin is Dùn Dèagh. Leugh e gu math, is fhuair e comharra àrd sna ceistean aig cùl an leabhair.

Bha an t-ollamh air toirt air an *Guardian* a chumail, gun fhios nach tigeadh miann leughaidh air mar a bha e a' dol mu thuath. Shaoil leis gun robh earrann nam filmichean air a sgrìobhadh le alt is cùram, is thug na lèirmheasan eòlas a bharrachd dha. Cha b' ann idir tlàth gun tlù a bha e, de rud inbhich. Thuig e carson a bhiodh am pàipear seo na tharraing do dh'ollamh air a dheagh ghleidheadh, is chuala e na thuirt Leonard san dealachadh: 'If sixth formers were to read only *The Guardian* and Dickens, they would fly through their English A-Level unhindered.' Mòran leughaidh ann, ge-tà, smaoinich e, an dèidh dha an earrann thana sin a chrìochnachadh ann am beagan is uair a thìde. Chaidh toiseachadh air *Bleak House* bliadhna no dhà air ais, ach cha do chùm e ris.

Fad a' chòrr dhen turas dh'fheuch Peadar ri èisteachd ri ceòl is ri geamaichean a chluich air I-fòn. Bha e fhathast gun brath sam bith fhaighinn, is gun gin a b' urrainn dha fhèin a bhith air a bhodraigeadh a chur – ach aon fhear, gu Tònaidh a bha air a bhith far na sgoile fad dà latha.

'Howdy T. Hope ur betta. Aff 2 c Abby in Abby-erdeen! P.'

Cha do dh'fhàg freagairt Thònaidh ro shaoirsneil e. 'S e a bha a' faireachdainn na b' fheàrr, agus bha e fhèin, Zak, Derrick is Mike gu

bhith falbh gu 'dig do in the south' – caraidean a b' aithne do charaid
Zak. Dè an dòigh 's nach cuala esan, Peadar, sìon mu dheidhinn? Cò nach
tug fiathachadh dha? Cha robh fhios aca uile gum biodh e a' tadhal air a
phiuthair an-diugh.

'S e Derrick a bhiodh air iarraidh air Tònaidh a dhol ann. Bha
an dithis aca a' fuireach an Clarkston is iad a-nist a' faicinn a chèile
car tric aig an deireadh-sheachdain. Biodh iad a' dol! Thug e sùil
air Facebook – na duilleagan acasan, a dhuilleag fhèin. Cha deach
fiosrachadh sam bith a chur suas air – chan ann fosgailte a bha an
'do' seo. Feadhainn thaghte a-mhàin? Feumaidh, ma-thà, nach robh
esan air fear dhiubh sin.

Às dèidh sin, cha b' urrainn do Pheadar aire a chumail air gèam
sam bith, is thòisich na clàir 'dance' bu docha leis air gruaim a chur
air. Ghreas e òrdag tromhpa gun amas no fiaradh gus an do lorg e
pìosan o chèilidh ann an Talla Naoimh Moire an Grìminis sna 70n.
Bha guth a sheanar, Gilleasbaig Iain Shamaidh, làidir ceòlmhor
agus coimheach an taca ri àbhaist fhèin. Bha e a' gabhail fear dhe
na h-òrain a b' fheàrr leis – a rinn màthair à Uibhist a Deas dha a
mac, a thriall bhuaipe a Chanada ann an 1923 air a' *Mhetagama*: "Ille
dhuinn, o rinn thu m' fhàgail, / soraidh slan leat, ghràidh mo chrìdh".
Chan fhaca i riamh tuilleadh e. Chan fhaca esan a sheanair na bu
mhotha. Fhuair 'Granaidh Bheag' saoghal gu math na b' fhaide, ach,
ri linn inntinn a dh'fhàs trom mun do sheac i, chan ann ro shona a
bha a chuimhneachain air an taigh bheag *sheltered* ud air oir Phollok.
Teas ann a thachdadh *cactus* cuideachd! Dorsan is uinneagan
daonnan air an glasadh agus an dà bhàr-dealain nam fiabhras. Chan
fhuilingeadh Mum siud no ise ro fhada, is chuir e tàmailt, chan e
fearg, oirre nach bruidhinneadh i Gàidhlig rithese, ach gu h-àraid ri
a cuid cloinne. Rinn Dad, *peata* a Mhamaidh, na b' urrainn dha – ged
a bha e follaiseach gun robh esan na bu chofhurtaile, ged nach b' ann
buileach air a shocair, ann a villa mhòr a mhàthair-ceile, Fiona, ann
an Dùn Èideann.

Bha Peadar air an sgeulachd mar a choinnich a phàrantan a
chluinntinn: shaoil Jenny Atkins an toiseach gur ann a' faighneachd an

robh i 'bochd' a bha Simon. Chuimhnich i cuideachd gun tug e oirre
còmhradh car domhainn a dhèanamh air cultar is poilitigs. Chaidh
a ceasnachadh gu bonn a dà bhròig: carson a bha i ag ionnsachadh
Gàidhlig? 'N e na *natives* iompachadh a bha fa-near dhi? Robh cead
no buintealas gu leòr aice fhèin a cleachdadh? Dè na cànanan eile a
bh' aice?'

'Spàinntis agus Fraingis.'

Thug e i gu dannsa, far an d' rinn blabhdairean an lèintean
ball-coise dìmeas air a dealas 'son riaghailtean an Eightsome Reel a
chumail. Air a rathad dhan taigh-bheag, loisg deugaire, air a dhubh-
dhalladh, a muilichinn le bàrr toitein. Duine uasal a bha an Seumas
Iain, ge-tà – agus coibhneil – is shiubhail a thagsaidh gun chabhaig
leotha an toiseach a Chreag Ghoraidh, far an tàinig e a-steach oirre
nach fheumadh i tighinn às, is an uair sin a-mach a dh'Uisgeabhagh,
far am b' fhìor fheàrr leatha a bhith.

Dhragh uidheamachd-rèile air gach taobh is "Member whit Ah
telt ye now, youngster!' Peadar air ais gu far an robh esan – an iomall
a' bhaile as glas-fhuaire an Alba. Air an fheasgar earraich seo, bu
choltach gun robh Obar Dheathain leagte gu leòr gabhail ri a dhroch
cliù.

Bha a phiuthar air deireadh. Droch fhasan! Sheas Peadar fon t-soidhne
mhòir liath mar a dh'aontaich iad. 'Not far!' fhreagair i a theacsa.
Esan a b' fheudar brath a chur thuicese – feuch càite idir an robh i!
Cha do rinn dealbh dhen Sat-Nav a fhuair e bhuaipe, is i na stad aig
solais air choreigin, mòran airson a shunnd a thogail.

Grow up, Abby, smaoinich e. No *grow down*. Bha thu fada na bu
ghlice nuair a bha thu òg.

Thug e sùil timcheall. Dè an dòigh san robh an stèisean cho
aognaidh – seo feasgar Dihaoine! Chan fhaca e duine eile coltach ris.
Dè bu chòir dha a dhèanamh – a bharrachd air feitheamh? Chuir e
txt gu Tònaidh: 'glad ur well! joy the party! P in Abdn.' Brath beag
beothail, gun dad a ghoirteas idir ann – tuairmse, 's dòcha, air rud
nas fheàrr far an robh esan. Bha e an dòchas, ge-tà, nach biodh cus
dhiubh sin ann – oileanaich làn cac ris nach dèanadh esan sgath.

'Duilich, Peadar!' sgiamh Abby le a cudail. 'Chan iarradh tu idir a bhith air Anderson Drive. Dìreach *gridlocked*! Tha mi fortanach a bhith seo cho trath! *Good trip*? Thugainn, *let's grab a coffee*, gheibh mi do naidheachadan mus feum ...'

'Mus feum dè?' dh'fhaighneachd Peadar.

'Mus bi sinn còmhla ri daoine eile.'

'Cia mheud?'

Cha do fhreagair Abby. Bha i air a gruag a ghearradh a-rithist agus dath a chur innte – seòrsa purpaidh – a dh'fhag a h-aodann mì-thuarail. Bha i cuideachd air mu chlach a chuideam a chur oirre. Dh'fhairicheadh e fàileadh geur far a h-analach is mhothaich e nach robh a h-aodach glan.

'Bidh seo OK,' ors ise, ga stiùireadh a-staigh gu Starbucks air làr ionad-bhùithean mòr fosgailte. 'Totally corporate, ach tha an caffeine daonnan math. Hot chocolate, *marshmallows and cream*,' thuirt i gun a guth a thogail na cheist.

'Yeah. An iarr thu ... ?'

'Na *marshmallows* air a' *side*? Yip.'

Dh'òrdanaich Abby *double espresso* is chuir i *sachet* gu leth de shiùcar ruadh innte, mun do shuidh i air an t-sòfa bhog ri taobh a bràthar.

Thàinig tuil dhaoine – business-types, smaoinich Peadar – a lìon an cafaidh le bruidhinn chruaidh chabhagaich. Shìolaidh sin car luath, ge-tà, is theann iad ri teicneòlas an grunn chumaidhean a chur a dhol, gun bhoinne a dhòrtadh às na cupannan mòra copach air an deiseachan dorcha.

'So, an journey suas OK, mate?'

'Glè mhath.'

'Mum is Dad?'

'Yeah, cool.'

'Highers?'

Chrath Peadar a cheann.

Bha seachdain car *crazy* an dèidh a bhith aig Abby, dh'inns i dha – gu sàr-shlàn! Fhad 's a bha ise a' strì gu aiste a chrìochnachadh air Psychological Intervention Models ('Duller than it sounds, Pete. Na faigh *extensions*! Tha iad an *slippery slope*.'), bha i air dà shioft a ghabhail an Café Balearic. Aig an aon àm, thàinig droch fhortan air tè dhe na caraidean a b' fheàrr aice, Anne. Thrèig a misneachd i gu dona, is gun rabhadh, is cò a thog am fòn rithe na h-èiginn ach 'Creepy Kevin', ag iarraidh oirre a bhith a-mach às a' *flat* an ceann mìos. 'Agus airson an icing a chur air a' *chake* ...'

'*Complicated* a bhith nad oileanach,' chuir Peadar a-staigh oirre le osna. 'S e na h-exams fhaighinn a' chuid a b' fhasa dheth, ged a bha e air a bhith glè dhoirbh dhàsan.

'Duine!'

'Sorry?'

'Tha fireannach nam bheatha, tha mi a' smaointinn.'

'Mar *boyfriend* ùr?' dh'fhaighneachd am bràthair beag, a' deothal uachdair is a dhà no thrì *mharshmallows* tron t-sràbh leathann gheal.

'Chan eil mi cinnteach an e *boyfriend* a th' ann. Ach tha e na dhuine.'

'Peter, is it?' thairg am fear mòr ruidhteach le falt curlach liath. Spaid de bhois a bh' air. Rug Peadar oirre gu lag. 'Didna ken fin exactly ye wis comin hame, so Ah jist bided wi the beasts. 'At coos is still no richt, Abby. Whatever's fashin them.'

'Duncan,' ors ise, 'this is my brother Peter.'

Thionndaidh Peadar thuicese le grad-ghreann. Nach robh làn-fhios aig *Mr Muscles* gur e a bràthair a bh' ann? Leis gun tug ise iomradh air, 's ann a dhaingnich sin gur e a bha seo ach am 'bràthair beag'.

'Ah've a dochter your age,' thuirt Duncan, mar gum b' ann *on cue*, ach gu fosgailte, shaoil le Peadar. 'Wants to dae aw this new media stuff. Forget dirtying her erse wi animals!' Leum dealbh de *chonductor* nan Tundra an inntinn Pheadair; shuidh an t-ollamh ciùin le a *Ghuardian* san oisean. Ciamar a chòrdadh Duncan riuthasan, no iadsan ris-san?

'Ah keep telling her. She should learn the Gaylick – that's where aa the money is. She might pop o'er the morrow's morn fir a lesson a twa. If ye're up fir it?'

Dh'fhairich Peadar an teas ud na bhusan a-rithist, is sheall e, gu faoin, air Abby, sìos chun an ùrlair-fiodh shalaich, is air ais suas air sròin Duncan.

'Dinna tak ony lip o her – jist gie is guid as ye get! Tatties is in the sink, Abby. But dinna bile them ower lang again, or they'll jis faa apart.'

Le sin, thog 'an duine' (chan e boyfriend) a-mach. Air ais dhan sprèidh thinn? No dhan taigh? Is cà robh sin a-nist?

'Tha fhios gum faca tu na h-*outhouses* air an rathad a-staigh?' dh'fhaighneachd Abby, ga garadh fhèin ri teine fosgailte truagh.

Ghnog Peadar a cheann ged nach fhaca – no co-dhiù, chan fhac' e togalach sam bith air an toireadh tu '*outhouse*' mar ainm.

'Well, tha am *farmhouse* dìreach air cùlaibh iad. Cha mhòr nach eil e air falach.'

Shuidh Peadar air an langasaid bheag – san robh an fhuarachd. 'Agus sin càit a bheil Duncan a' fuireach?'

'Yeah. 'S e *beef-farmer* a th' ann – *Aberdeen Angus. Best of cuts.*'

Rinn Peadar gàire. Sin an seòrsa rud a chanadh am màthair, no Gran, fiù 's.

'Agus tha a' chlann aige a' fuireach an sin còmhla ris?'

'Chan eil a-nist. Cha robh iad ach le Alexis. Bidh ise a' fuireach an Obar Dheathain mar as trice.'

'Leis a' mhàthair aice?'

'Le caraidean. Ann am *flat*. Tha i na *scream*. Car *mad*, ach ...'

'Agus Duncan?'

'Mo *landlord* a th' ann. Agus a-nist mo dhuine.'

Tharraing Peadar anail is rinn e cluich le strap a bhaga. Thog Abby bhuaithe e, mar gun robh i a' dol a shealltainn dha a rùm.

'Bheil e ...?'

'Ceithir mìosan is còig latha nas sine na Dad,' chrìochnaich Abby dha.

'Wow! Deagh aois,' fhreagair a bràthair. 'Chì thu gu bheil e gu math làidir. Bidh e cus nas fiot na Dad cuideachd, leis an *exercise* is am *fresh air* a-muigh.'

'Chan fhaigh thu *fresh air* a-staigh, a Pheadair!' chronaich Abby, mar a dh'fhaodadh i a bhith air a dhèanamh aig àm sam bith thar nan còig bliadhn' deug a dh'fhalbh.

'Bheil *partner* aige?' dh'fhaighneachd Peadar ann an guth àraid coimheach.

'Bean; tha iad separated. 'S e *total bitch* a th' innte. Chosg i an t-airgead aige, fhad 's a bha esan ag obair tron latha is tron oidhche 'son 's gum pàigheadh an tuathanas seo – is aig amannan gu math *lean* cuideachd. *Div ye ken* – fhios agadsa – càite a bheil Banff ?'

Chrath Peadar a cheann. Ach càite, ma-thà, an robh an saoghal *studenty* sin air an cuala e a leithid? Flataichean do chòignear. Tòrr phartaidhean ann – bogsaichean fìon, leann, cider; nigheanan càilear na theis-meadhan is smùid bheag laghach orra.

'Tha ise a' fuireach an sin a-nist. Cha do thachair mi riamh rithe. Agus *don't* thusa *dare* innse do Mhum is Dad': òrdan Abby, is i a' fosgladh doras an t-seòmair-suidhe. 'Cha thuigeadh iad riamh.'

Còmhla riutha aig dinnear thàinig dithis dhe na bha an-dràsta ag obair aig Pitmeden Ridge. 'Jist dae bits in pieces – when Duncan gies us a shout, ken!' B' e seo uile na chualas bhuapa fad deagh ghreis, is mura b' e cab nan *tounie quines* a thug iad leotha, bha cùisean air a bhith gu math mì-chofhurtail.

Dh'ionnsaich Peadar mu atharrachaidhean air Union Street; ionad-bhùithean ùr eile ga ghealltainn; prìsean thaighean a' bhaile is na tuath; sgainneal uabhasach mu thè eile a chleachd a bhith na *waitress* ann a Worthie's ro Zed-Attack is a bha a-nist aig obair Dimàirt gu Dihaoine aig plus-u. Ge b' e dè rinn i, 's ann còmhla ri dà eucorach eile (fireann no boireann?), nach b' aithne do dhuine ach Crystal, a rinn i e.

Cha do rinn Duncan ach grunnsgal tron chòmhradh seo gu lèir, is chaill e a shùim a' cruinneachadh is a' togail thorran beaga thruinnsearan deiseil do dh'Abby. Bheireadh ise leatha an uair sin iad a-staigh dhan chidsin bheag chumhang. Bha na fir, a bhiodh mu chòig bliadhna deug na b' òige na Duncan, cuideachd ruidhteach mun ghiall, ach 's e dèanamh mòran na bu chaoile a rinneadh orrasan. Bha an cluasan, thug Peadar an aire, cuideachd na bu lugha – *pinnae* bheaga chruinn, teann rin ceann. Biastan a bh' anns na *lugs* aig Duncan!

Bu chòir do dh'Anne, tè nan trioblaidean, a bhith air nochdadh cuideachd, ach cha robh a càr gu math, is dh'fhòn i anmoch is duilich. Bha spèis aig Peadar dha a phiuthair – mar a dh'ullaich is mar a thug i seachad am biadh, mar a chruinnich i na corran. Ach cuideachd dh'fhairich e car de thruas rithe, gun robh i air na sgilean seo a lìomhadh cho tràth seo na beatha. Dh'fheumadh e aideachadh, ge-tà, nach b' urrainn dhàsan duine idir fhiathachadh gu *snack*, gun luaidh air dinnear, is gun ann a dhèanadh e dhaibh ach crogain a chur an ceann a chèile ann am poit. Cha robh Abby ach trì bliadhna na bu shine. Sia bliadhna na bu mhotha na boireannach!

Thug e an aire cuideachd nach biodh i fhèin is Duncan a' sealltainn am meas air a chèile ann an dòigh shuaicheanta sam bith – can làmh mu ghualainn no corragan a' suathadh gun fhiost' air craiceann. Bhiodh Duncan a' piocadh fhiaclan le bior beag – an tòir, 's dòcha, air na shàbhail dhen fheòil aige fhèin nam broinn? Ach gu dearbh 's beag cion a bh' ann air biadh math ùr bho fhearann a shinnsirean. Nàdarra gu leòr do thè fhallain punnd no dhà a bharrachd a chur oirre.

Fhad 's a bha iad a' gabhail a' phàidh-ubhail a dh'fhuin làmhan Abby fhèin, thòisich iomagain air tighinn air Peadar. 'S ann a dh'aona ghnothach a bha e a' feuchainn gun crìoch a chur air ro luath.

Cò air a bhruidhneadh iad nuair nach robh biadh ann tuilleadh ri mholadh, no cò-dhiù 'son an còmhradh a bhristeadh? Càite an suidheadh iad? An fheumadh esan is an luchd-obrach a bhith còmhla? Mura tigeadh air a thòn bheag a dhinneadh eadar Abby is Duncan air a' *chouch* sin – a bha grod le dampachd!

'S e Duncan a fhreagair a' cheist a' chiad ghreis. Thug e a-mach botal mòr uisge-bheatha is seachd glainneachan beaga. Chuireadh iad seo ann an sreath coileanta am meadhan a' bhùird.

'A wee celebration?'

No! smaoinich Peadar

'It's no every day we hae a member of faimly visiting. It's fine tae hae a sound loon in oor midst.'

Chitheadh Peadar gun robh gàire air Abby fo na mailghean.

'Ladies in gentlemen,' orsa Duncan, an dèidh dha dram a thoirt dhan a h-uile duine gun fhaighneachd, 'I'd like you to raise a toast ...' *No!* Chan fhaod e a bhith. Tha i fada ro òg. Tha cus saorsa agadsa 'son seo, Abby. 'STOP!' dh'èigh Peadar àird a chlaiginn.

Choimhead a' chuideachd gu lèir air. 'A meenit,' phut Duncan. 'Patience, right! Tae family and friends.' Thog e a ghlainne-san, is thug càch, ach Peadar, an spiorad gu am beul. Dh'aithnicheadh Peadar on dòigh san do chuir Abby an tè bheag sìos nach b' e seo a' chiad turas a thachair braon an eòrna ri a slugan.

Bu mhòr is bu bhlàth am faothachadh teicheadh dhan leabaidh is gu leth-uair a thìde de dheagh obair air Biology. Dè shaoileadh Mum is Dad dhe seo? Ciamar a bheireadh e seachad cunntas air a thuras? Thug bruidhinn mhùgach àrd às a sheachd-shuain e. 'Wee Peter's really great!' bha Willie Forbes ag ràdh ri Tònaidh is feadhainn eile bhon sgoil, 'but, believe you me, he's just not the right guy for this party. He'd want to go to bed!'

Bha guth Forbes, coltach ri a leughadh a-mach, air tòrr dhen rud Ghlaschu a chall, is leis a sin 's ann neònach, ceàrr a bha am 'believe you me'.

Thug straighleach eile – tè na bu chruaidhe – air dùsgadh ceart is a ghùn ùr M&S a chur uime.

'S ann na h-aonar a bha a phiuthar; a' gluasad gun lùths eadar a cidsin meanbh is an seòmar-ithe, a' cruinneachadh chupannan is ghlainneachan is gan cur ris a' mheall phoitean is shoithichean air am fàgail, mu làimh, air gach taobh dhen t-sinc. Mhiannaich a' ghrian rathad fhaighinn a-staigh air an uinneig bhig steigte.

'An do chaidil thu?' dh'fhaighneachd i, ann an guth-còmhnard-dèanamh-oidhirp-air-sonas.

'Yeah, dè an uair a tha e, Abs?'

'*Going on eleven o' clock.*'

'Dè!'

'*Well*, leth-uair an dèidh deich.'

Shuidh Peadar air an t-sòfa – thug pìos na bu fhliche is fàileadh làdir na dibhe dheth tuilleadh fiosrachaidh dha air mar a lean an oidhche.

'Na *just* suidh an sin!' orsa Abby a' caitheamh searbhadair air. ''S urrainn dhutsa tiormachadh!' An uair sin, chuir i ris 'Gheibh sinn *brunch* sa bhaile. Bheir e a-mach às an àite seo mi!'

Bha an ceathrar a thadhail air fuireach gu trì uairean sa mhadainn, a' sìor òl: uisge-beatha – na fir; Bacardi – na boireannaich; is iad a' bruidhinn '*fearann*' is cac air an aon rèir. Shlaod iad iad fhèin mu dheireadh a thaigh Duncan, far an do thuit iad nan cnap. Cha do leig Abby ris an deach Duncan còmhla riutha no an do dh'fhuirich e far an robh e. Nan robh e air fuireach, smaoinich Peadar – a' sgrìobadh poit feuch am feumte a nighe a-rithist – cha do chuir na soithichean cus iomnaidh air.

'Nach eil nighean Duncan a' dol a thighinn?' dh'fhaighneachd e mu mheadhan-latha – cruth air an taigh bho dheireadh thall – ged a dh'fhan an samh puinnseanta. B' fhada o dh'fhalbh a' ghrian.

'Cò aige tha brath?' freagairt chlis a pheathar. 'Is dòcha gun tig. Bidh ise a' dèanamh an rud aice fhèin. Chan eil fhios a'm a bheil mi sa *mhood* 'son Alexis an-diugh!'

'*Sounds a fun girl*,' orsa Peadar, gun dad a chur às leth Abby. Ghabh e iongnadh, ge-tà, am biodh sgath fun aige fhèin is a phiuthar air an deir-sheachdain seo.

'Chan eil ùidh fon ghrèin aig Alexis sa Ghaidhlig. 'S e sin *fantasy* Duncan. Is tha i car coma mu airgead.'

'Na can sìon ri Mum is Dad mun *whisky*!' orsa Abby is i a' tionndadh a' chàir air na clachan salach air cùl an taighe. 'Cha thuigeadh iad sin na bu mhotha. Chuireadh e dragh orra!'

Mum b' urrainn dha guth a ràdh, dh'fhosgail doras trom stàilinn na bàthcha romhpa, is nochd Duncan a-mach air, gunna na làimh. Dh' iarr e air Abby stad.

'Foncy a rabbit or twa for the pot? Ever shot oan a these?' dh'fhaighneachd e an uair sin de Pheadar.

'We're going for brunch,' fhreagair Abby. 'Going to show my brother about town.'

'Fun we haein dinner?' aig Duncan, a' dlùthachadh dhaibh.

'I'll text.' Bha fhios aig Peadar nach dìochuimhnicheadh i.

'Ye fit tae drive efter been bleezin?'

Cha tuirt Abby sìon, ach dhùin i a h-uinneag is ghabh i air adhart tron gheata fharsaing is ghluais i gu teann chun na làimhe clì air rathad B caol. Aig *T junction* – *Whiterashes/Oldmeldrum* – 's e an dàrna fear a thagh i.

'Càite a bheil na *flatmates* agad, Abs?' dh'fhaighneachd Peadar, is chuir e suas Emelie Sandie air an rèidio.

'Aig an taigh a' *revise*adh agus *sixtieth birthday party*.' Dh'fhosgail i a h-uinneag is dhùin i a-rithist sa bhad i, crith bheag oirre.

'Bheil e car daor a bhith a' fuireach ann am *farm cottage*?' lean Peadar air. 'Bheil e nas saoire no nas daoire na flat?'

Charaich a phiuthar i fhèin na suidheachan gun choimhead air. 'Carson a tha thu a' faighneachd sin dhomh?'

'Dìreach a' faighneachd.'

'Tha e a rèir 's an *arrangement, size* an taigh no am flat, cia mheud daoine a tha *share*adh etc.'

'Ach cha bhi thusa a' pàigheadh sìon a-nist, am bi?' phut e.

'Dè?'

'Cha bhi thusa a' pàigheadh Duncan a-nist!'

'*Of course* bithidh. Dùin do bheul, a Pheadair!'

Chaidh am biadh, nach robh idir ro mhòr, a thoirt dhaibh am bobhlaichean a bha! Cha robh fhios aig Peadar dè bu chòir dha a dhèanamh leis a' ghàrnais. An coimheadadh e gu dlùth air? An itheadh e e? An toireadh e dhachaigh mar *souvenir* e? Bha guthan uidealach Ameireaganach aig na h-igheanan a bha a' freastal orra, is chuir iad na chuimhne an fheadhainn a thàinig air cheilidh a-raoir, ach gun robh iadsan cho Doric ri Duncan.

Stad dithis charaidean 'son bruidhinn ri Abby – cudailean gu leòr, is athadh orra nuair a dh'inns i dhaibh sgeul dhuilich Anne. Bha iad a' gabhail beagan fois (air a dubh-chosnadh) mun tilleadh iad dhan leabharlann. Dh'fhàs Abby – a bha air a bhith sàmhach, ach gun ghruaim – caran beothail nan cuideachd, is lean seo fad greis an dèidh dhaibh falbh.

'Tha ise a' dèanamh uairean fada an teirm seo,' dh'innis i do Pheadar mun tè bu lugha dhiubh – an tè shnog: Jane. 'Ach *panicking. Totally!* Is *of course* tha Mandy *horizontal* – ach bidh i dèanamh cho, cho math a h-uile turas.'

'Coffee also?' chaidh fhaighneachd dhaibh.

'Thanks' aig Abby.

'Any milkshakes?' aig Peadar.

'Strawberry!'

'Sure. I'll fix them real quick!' Is le sin dh'fhalbh an tè a bh' ann mar gum b' e an rud a b' fheàrr leatha san t-saoghal – dà dheoch fhaighinn do dhithis òganach sgìth.

'Dè tha thu 'g iarraidh a dhèanamh an dèidh seo?' orsa Abby – meuran a' breith oirre. 'Sorry, Pete.'

'Dunno. Dè as àbhaist dhutsa a dhèanamh feasgar Disathairne?'

'Na lathaichean seo: shop, study, cuideachadh Duncan mun farm. Cha bhi mòran.'

'A bheil sibhse a' cadal còmhla?' dh'fhaighneachd Peadar.

'None of your bloody business, Mr Squeaky Clean! Nist, gabh do mhilkshake mar ghille math.'

Bha Abby air a bhith a' sìor choimhead air a' fòn o ràinig iad baile Obar Dheathain, ach bha i gun gin a bhrathan fhaighinn. Bu thoigh le Peadar a bhith air an I-fòn aige fhèin a shìneadh dhi – nan robh e air feum a dhèanamh.

'An toigh leat ealain?' dh'fhaighneachd i.

'Beagan.'

'Tha *exhibition* air san City Arts Centre. No an gabh sinn cuairt air an tràigh?'

Cha robh fhios aig Peadar.

'Film? Am faca tusa am Bond as ùire?'

'Bheil partaidh sam bith a' dol a-nochd?' aig Peadar.

'Dè?'

'Seadh, mar student parties – le ceòl is stuth?'

Thug Abby sùil eile air a' fòn is theann i ri a h-ìnean a chriomadh.

'Bidh esan … Chan urrainn dhòmhsa dìreach rudan a *mhagic*eadh suas, a Pheadair, gu h-àraid aig an àm thrang seo. Tha a h-uile duine *snowed under*.'

'Oh. OK.'

'Movie?'

'Yeah.'

'Listen, bu chòir dhuinn tilleadh car tràth 'son dinnear. Tha e nas fhasa.'

'Glan.'

Sin a rinn iad a' mhionaid a chrìochnaich am film – comadaidh lag ann an sù Astràilianach. Bha Duncan air na coineanaich fheannadh is a chrochadh mun amhaich sa phantraidh. Chuir am fàileadh an òrrais air Peadar is liùg e air ais dha rùm-laighe, ghlas e an doras, is shuidh e air oir na leapa ag obair le putain na fòn. Dh'èist e a-rithist ri a sheanair a' seinn am Beinn a' Bhadhla, is bha e a' dol a dh'èigheachd air Abby i tighinn ga chluinntinn nuair a chuala e fuaimean garbh Obar Dheathain is leig e seachad e. Saoghal nan oileanach, eh: gheibhte sin an diofar riochdan, diofar dhòighean. An tàinig caochladh mòr air a phiuthair mhòir mhisneachail dhan robh leithid a spèis aige? Dè na dòighean san robh i eadar-dhealaichte bhon an tè a b' aithne dha? Cha robh e cinnteach, ach nochd na faclan còmhla: fo uallach; aondranach agus siùrsach. Dè cho fada 's a leanadh an suidheachadh seo? Gus nach robh feum aice tuilleadh air? Robh gaol idir aice air Duncan? Dè a dh'fhaodadh a bhith romhpa – is nighean aigesan mar-thà?

Chuala e an doras ga ghnogadh. Dinnear? Mheantraig nighean bhrèagha an aodach robach a-steach is shuidh i dlùth ris, air an leabaidh.

'I heard you're looking for a party, Peter?' thuirt Alexis, blas leòmach air a cainnt shoilleir – mar chaileagan cuid de sgoiltean Dhùn Èideann.

'Eh?'

'Don't be shy. Thugainn!' Shìn i a-mach a làmh thuige.

'Duncan and Abby going?'

'Are you daft!'

'And how'd we get there?'

Sheall i air falbh. 'In my car.'

'And where's the party?'

'A car's drive away.'

Dh'fhaodadh e a bhith air a dhol ann ceart gu leòr, smaoinich e làrna-mhàireach – oidhche fhiadhaich a bhith aige le Alexis seach Abby. 'S cinnteach gum biodh e air coinneachadh ri tòrr dhaoine fun, beagan deoch òl, a chiad spliof fheuchainn, falbh an uair sin le cuideigin eile. Cha robh sin air dragh mòr sam bith a chur air Alexis, fiù 's ged a bu thoigh leatha e – rud nach robh e a' creidsinn!

Ach cha do bhodraig e. Fhuair e fios às ùr air partaidh Chathcart nach do fhreagair e. Leis gun do dh'iarr i air, dh'ionnsaich e do dh'Alexis mar a chanadh i 'I don't know' is 'I'm a little frightened' sa Ghàidhlig, mun do shuidh iad còmhla ri Abby is Duncan 'son breac ann an sabhs *almond*. Ged a bha an dinnear sa na b' aotruime is na b' fhasa a fulang, chuir toil Alexis air deasbad toinnte – gu h-àraid bho Abby – miann mhòr Bhiology annsan. Shàsaicheadh sin fad dà uair a thìde san leabaidh leis fhèin.

Nuair a mhothaich Peadar dhan cheum bhragail ud air Còmhnard 6, Didòmhnaich, dh'èirich e sa mhionaid is thug e an taigh beag air. Cha bu mhiste e tacan goirid 'son smaointinn. Pailt cho math dha a dhileag a dhèanamh cuideachd, ged nach robh sin ceadaichte mum falbhadh an trèan.

Latheigin, shealladh e dha a phiuthair mar a dhèanadh i spòrs ceart, mura robh sin air a dhol air chall oirre buileach. Mar an I-fòn aigesan? No, please! Dhearbh a bhriogais aotrom ga togail on làr fhliuch is an dian-rannsachadh air ais aig a shuidheachan gun robh, ma-tà! Is sgeul chan fhaict' air ollamh càirdeil, briathrach, a dh'fheuchadh an àireamh dha le deòin. Mun àm a thigeadh Mum is Dad na choinneimh aig Sràid na Banrighinn, dh'fhaodadh e bhith ro fhadalach.

'So, squire,' ghlaodh Conductor Forbes, 'you made your train. Bit whit aboot the rest?'

'Willie, my man!' ghuidh Peadar. 'Gonnae dae us a favour ...'

Na Nì Marjory Bould

Uair eile, tachraidh mi rium fhìn aig dorsan a' phatio, a' dèanamh cinnteach gu bheil iad tèarainte nuair a tha fhios a'm, glè mhath, gun do ghlas mi na bu tràithe iad. Rinn mi sin, is thug mi às an iuchair mus do dhruid mi na cùrtairean mu letheach. Sin rud eile nach leiginn-sa a leas dragh a bhith orm mu dheidhinn. Bhiodh Clive daonnan a' gabhail uallach an taighe – eadar 's gum biomaid a' dol a-steach a Bhath no a Bhristol airson an latha no dìreach a' falbh air chuairt ri taobh na h-aibhne on bhaile bheag seo. Agus, le sin, b' urrainn dhòmhsa leughadh is cadal a dhèanamh aig fois, o chionn 's gun robh mo làn-earbsa ann – gun cuireadh e a chaisteal fo dhìon daingeann. Is dachaigh dhan t-Sasannach a chaisteal, nach e? Chan eil teagamh nach robh an togalach seo dlùth do chridhe Chlive – na adhbhar moit dha cuideachd, balach à Middlesborough gun mhòrchuis. B' e seo an rud air an robh e ag amas is a' strì air a shon fad nam bliadhnachan: taigh mòr farsaing san dùthaich – eireachdas, gun a' chuid bu mhiosa dhen t-saothair a tha fuaighte ri seann airgead. 'I reckon ours is a new kid on the block, Marj, in the company of those 17th and 18th Century cottages (!),' thuirt e, nuair a dhòl sinn a' chiad chupa na bhroinn.

Furasta gu leòr dha cuideachd a bhith dràibheadh a dh'obair às a seo, gu h-àraid nuair a chuir iad crìoch air an t-seach-rathad ùr: beagan is uair a thìde sa mhadainn, na bu luaithe feasgar nam fuiricheadh e san oifis. Trafaig daonnan a' gluasad. Bhiodh e ag èisteachd ri *Today* air Radio 4. 'S e duine a bh' ann an Clive Constable

a chumadh deagh ghrèim air cuspairean an latha, is e riamh deònach
a bhith gan deasbad nuair a bhiodh daoine a-staigh againn. Bhithinn-
sa gu tric a' faireachdainn car gun fheum ri thaobh. Ged a dhèanainn
oidhirp – bho àm gu àm – na prìomh sgeulachdan a leughadh san
Times, air dòigh air choreigin dheigheadh beachdan eagnaidh làidir
seachad orm. A-nis, bidh fadachd orm fear tiugh Dhisathairne
fhosgladh, is suidhidh mi fad an fheasgair leis, ga shlugadh earrann
bho earrann – ach a-mhàin an spòrs – ma bheir mi cead dhomh fhìn.
Rud nach toir, ro thric. Cha dèan math dhomh a bhith ro fhada nam
thàmh uair sam bith. Cus nas fheàrr a bhith air mo chumail trang,
air mo chumail a' dol. 'S ann mar sin a tha air a bhith riamh. Nam
b' e 's gun tigeadh càil a dh'atharrachadh air a sin, dh'fhaodainn
dìreach stad, leigeil roimhe.

Mar a tha cùisean an-dràsta, tha Diluain, Diciadain is Dihaoine
làn gu leòr eadar Aqua-aerobaigs no an Gym, is iad sin air an leantail
gu tric le latte thana fhliuch agus *snack* fallain – Pecan an t-seachdain
sa chaidh. An ath-sheachdain, no bu chòir dhomh a ràdh air an
ath tè a-rithist, feuchaidh mi am fear orains is cocoa, ged nach
tuig mi ciamar as urrainnear bàr-seòclaid a mheas fallainn mura
h-e 'seòclaid' gun seòclaid a th' ann. Co-dhiù, aig seachdad bliadhna
a dh'aois, is mi car an deagh staid, tha fhios nach dèan corra rud dhen
t-seòrsa cron. Ach gun cus! Fòghnaidh beagan dhen a h-uile sìon.
Bha Clive, a dh'aindeoin a bhith cho riaghailteach, dian na nàdar,
fada na b' fheàrr na mise gu bhith gabhail air a shocair. Chanadh e,
'That's it, Marjory, my darling: work's done. Down tools – stop the
clockwatching. It's time to chill out.' Thogadh Clive na facail bheaga
nuadha sin gu math luath cuideachd, gu h-àraid sna bliadhnachan
mu dheireadh. Math dh'fhaodte gur e am foghlam foirmeil a fhuair
mise, no rudeigin eile, a chuir bacadh orm o bhith a' gèilleadh dham
buaidh. Bidh a' chlann gan cleachdadh fad an t-siubhail. Cho soilleir
nam chuimhne fhathast a' chiad turas riamh a thuirt mi 'Okay'.
Dh'fhairich mi dìreach coimheach nam bheul e, mar smeur geur
amh. A dh'aindeoin tùir, bha mi a' leigeil le tè a bha ag obair dhan
duin' agam an treas searaidh a thoirt dhomh air partaidh Nollaig na

Barony. 'S mise a bhiodh a' dràibheadh, oir chunna mi glainneachan champagne agus uisge-beatha aig Clive. Cha robh a' chlann mòr, is cha b' aithne dhuinn an nighean a thàinig a choimhead às an dèidh. (Ach abair *marvel* a bh' ann am Beth, a dh'èist, is a leugh Beurla aig Oxford, mar a rinn mi fhìn. Co shaoileadh?) 'Well, *okay*, then,' fhreagair mi Pauline òg, ann an guth ro stuama. Thug i orm, na dòigh shoitheimh chòir, crìoch a chur oirre cuideachd. Agus rinn i feum. Chuidich i mi gu bruidhinn ri daoine, a bhith a' falbh nam measg an seòl na bu shaoirsneile. Na bu lugha uallaich mar sin do Chlive.

Smaoinich thusa, an-diugh: a' slugadh trì glainneachan searaidh, is an uair sin a' dràibheadh fad trì-chairteil na h-uarach ann an cathadh-fline aig uair sa mhadainn. Nuair a choimheadas mi air ais air, tha mi ga fhaicinn mar rud glè chunnartach do mhàthair is bean a bha an ìre mhath gun choire.

'Too bloody perfect!' bhiodh Clive a' tilgeil orm, nuair a bha e ann an triom mosach is e a' miannachadh gum fairichinn sin. 'Just let go a bit, will you, Marjory! We only get one chance at this game. Everything's provided for you, lass. Just enjoy it, will you!'

Dh'fhaodadh deasbad a bhith air a bhith againn mu 'everything' agus 'provided' – no, gu dearbha, 'enjoy' – ach cha robh. Riamh. Cha do phut mi air a shon. Do cheannard agus Stiùiriche Tube Imagination bhiodh deasbadan dhen t-seòrsa sin air a bhith nan draghan gun bhrìgh 's gun iarraidh. Tràth sna 70n bha eaconamaidh Bhreatainn ann an suidheachadh cugallach – gu h-àraid an tionnsgalachd. Cha robh ùine aig daoine a bhith a' sireadh sòlais nan imleagan. Obair chruaidh chruaidh – sin e; agus an uair sin ghabhadh duine air a shocair: fo ùghdarras Chlive.

Canaidh mi seo, ge-tà. Chan eil sìon a dhùil agam a bhith a' gabhail air mo shocair an ath-sheachdain, agus cuideachd bidh mi ag ionndrainn naidheachdan beaga mo dhithis oghaichean an dèidh na sgoile Dimàirt is Diardaoin. Far am bi mise, cha bhi sgath seòclaid fallain ri fhaighinn nas motha. Twix, 's dòcha, aig 11.30, ma tha mi air cuairt a ghabhail, no snàmh sa mhoch-mhadainn fhionnair. Aon rud tha fadachd mhòr orm eòlas ceart fhaighinn air, 's e sin an Kindle, a dh'fhalaich mo mhac Nigel fom chluasaig Disathairne sa chaidh mun do thill e gu tuath. Mar thè a b' àbhaist a bhith ag obair ann an leabharlann-sgoile, is a bha gaolach air faireachdainn is fàileadh leabhraichean fad mo bheatha, bu chòir dhomh a bhith a' cur an aghaidh an teicneòlais seo. Ach le fradharc faimh is dèidh air siubhal gun truimead, tha an rud air còrdadh rium fìor mhath, thuige seo. 'S aithne do Nigel na 's toigh leam a bhith a' leughadh, is thuirt e gun do thagh e gu h-iomchaidh. Agus a h-uile tiotal tiugh is tana rim faighinn air aon sgàilean beag tana. Dìreach mìorbhaileach! Cha leig mise a leas ach putan a bhruthadh. Spòrs a th' ann cuideachd, mar a ghluaiseas tu o dhuilleig gu duilleig, mar gur e leabhar ceart a bh' agad!

Is ciamar idir a rinn sinn a' chùis sna lathaichean sin: deoch gu leòr mum falbh thu le càr, ach gun choimpiutair no post-dealain no Facebook no Skype? An robh sinne dha-rìribh beò an uair sin? Bha mise. Fad na cuid bu mhotha dhem bheatha. Ach chan eil a-nis. Dh'atharraich mi a rèir an t-saoghail. Tha mi math air a sin – ged as ann le faicill.

Cha bhi teas an taighe, a th' agam an-dràsta 'son uair a thìde sa mhadainn is trì as t-oidhche, a' tighinn air ach eadar seachd is naoi feasgar. Nì sin fhèin a' chùis. Cha reoth càil. Ach feumaidh mi ràdh gu bheil an togalach mòr seo ag iarraidh a dheagh bhlàthachaidh sa gheamhradh, is cha bheag a' chosgais. Tha pailteas am peinnsean Chlive, ge-tà, is mar sin tha mi glè fhortanach an taca ri mòran a dh'obraich gu cruaidh fad am beatha, is a tha a-nis a' dol fodha ann am bochdainn-connaidh. Chan ann sa bhaile bheag bheairteach seo. Cha mhotha a dh'fhairich mi fhìn riamh sìon ris an canadh tu mì-chofhurtachd. Bu chòir dhomh a bhith na bu taingeile. Cha chreid mi gun do dh'obraich mi ro chruaidh a bharrachd.

Cuiridh màthair Beth, Trudy, uisge air na planntraisgean is dùinidh i na cùirtearan – agus na h-uinneagan ma dh'fheumar. Tha Beth an-diugh ag obair dhan BhBC – san Ear-Mheadhanach o thoiseach na bliadhna, far a bheil uimhir a dh'aimhreit – is i air a làn-dòigh ann. Tha Trudy agus Mike an-dràsta a' cur dealachadh gu deuchainn – nas fhasa dhaibh, 's dòcha, o chaidh esan a ghluasad dhan Phrìomh Oifis san Fhraing. Bidh e a' còrdadh ri Trudy a bhith nas trice an lùib nan each, làir Beth nam measg – ris nach dealaicheadh ise air chor sam bith. 'Headed for the knacker's yard, Marj!' canaidh Trudy, is tha i ga chiallachadh – cha leig i leatha fulang. Nuair a sheallas Poppy comharran gu bheil cràdh thar tomhais na h-uilt no ma sguireas i a dh'ithe, spadar sa mhionaid i. Tha Trudy air a bhith na nàbaidh dhomh fad còrr air còig bliadhna deug air fhichead is gheibh i mo làn-earbsa, ged nach do bhruidhinn mi riamh cho fosgailte sin leatha. Chan e sin an dòigh sa bheil sinn faisg – chan ann mar sin a dh'iarramaid, 's dòcha. Bidh Trudy a' cur oirre dhathan brèagha soilleir ri taobh a gruaig ghlais ghoirid. Leis gu bheil *salon* san Ionad Spòrs, bithear a' coimhead gu tric – ro thric – is gu mionaideach ri falt donn na meadhan-aoise is a' mheadhan-chlas a th' ormsa. Mura robh i a' fuireach ann an taigh spaideil tughaidh le Merc *convertible*, cha mhòr nach saoileadh duine gur e a bh' ann an Trudy seann *Lefty*. Tha gràin aice air Seòras Osborne air sgàth a phoileasaidhean – 'Bloody mad, Marj!' – 'son easbhaidhean Bhreatainn ìsleachadh. Canaidh i gu bheil David Cameron air e fhèin a shealltainn na Phrìomhaire snìogach gun sgot, ach cuideachd *naïve*. Chuir Tony Blair buileach às a beachd i mu dheireadh: na WMDs nach do lorgadh riamh leis nach robh iad riamh ann – a dh'aindeoin eachdraidh is gach ùrnaigh. 'S ann a' sitrich is a' stampadh a bha i, dìreach mar fhear dhe na h-eich. Cha tuirt mi riamh rithe gum bithinn a' taobhadh ri partaidh seach partaidh, ged as ioma còmhradh a bh' againn air cuid de chuspairean: an NHS ga thoirt às a chèile fear dhiubh, gu h-àraid nuair nach ann goirid is grinn a bhios am feum air cobhair ach fada is goirt. Nach math gu bheil Trudy is Mike air a bhith sealbhach len slàinte.

Saoil dè a dh'fhairicheas is a chanas i rithe fhèin nuair a bhios i a' falbh air feadh an taighe seo, ga fhosgladh is ga dhùnadh 'son an latha? Bhiodh Clive a' cur air dòigh a' phrògraim mhòir uabhasaich far am biodh diofar sholas a' tighinn air is a' dol dheth aig diofar amannan dhen fheasgar ann an seòmraichean eadar-dhealaichte.

Cidsin 5 gu 7.35 feasgar, Rùm-Suidhe 7 gu 10.30, Seòmar-cadail 10.15 gu 11.25. Duine sam bith a rinn sgrùdadh mu làimh air mar a chuireamaid seachad an latha, thuigeadh iad sa mhionaid nach robh sinn ann, leis cho teann cunbhalach is a bha cùisean. Cha dèanadh iad ach gabhail a-staigh aig, can, 20.30, nuair nach robh laiste ach aon solas ann an seòmar poblach nach cleachdar ach ainneamh. Chan e plana toinnte mar sin a thug mi do Thrudy, ach ma thogras i solas no dhà a chur air an-dràsta 's a-rithist, uill, 's e làn-di a beatha.

Chan eil teagamh nach eil na feasgaran a' ciaradh fada nas tràithe a-nis, ged a tha gu leòr a dhuilleagan fhathast air na craobhan. Tha *chestnut* dìreach àlainn againn aig bonn a' ghàrraidh. Chruinnich mi a' chuid mu dheireadh dhe a toradh an-dè, is chuir mi ann am bobhla do Thrudy iad gun fhios nach feuch i rin obrachadh a-staigh dha na chruthaicheas a càil an t-seachdain sa. 'Your home cooking beats M&S's hands down every time,' sgrìobh mi, agus ceann-latha an-diugh: 5/10/10 – bliadhna fhada. Chan e rud ro dhoirbh a th' ann facal brosnachaidh a thoirt do bhoireannach sònraichte agus fìor dheagh chòcaire, a tha, coltach riumsa, air a bhith rudeigin gann de spionnadh o chionn ghoirid. Bu chòir dhuinn ithe còmhla fada nas trice, ach cha bhi sinn ga dhèanamh: ro chleachdte ri bhith frithealadh air càch nar cidsinean mòra; is an cleachdadh sin – coltach ri feadhainn eile – nan sguireadh e uile-gu-lèir, 's dòcha gum biodh sin na atharrachadh ro mhòr aig an ìre seo a thaobh cò sinn a-nis, is cò bu chòir a bhith annainn. Faodaidh i na cnothan a shadail dhan bhin ma thoilicheas i, is pizza òrdanachadh a h-uile h-oidhche on bhothan sa bhaile, fhad 's a chuireas i drudhag uisge air na planntraisgean is a gheibh beagan èadhair a-staigh dhan àite. 'S beag orm a bhith a' tilleadh gu taigh stalta a thachdas thu.

Tha fhios gu bheil an t-àm ann, cha mhòr, an tagsaidh fhònadh. Rinneadh an còrr. Am frids falamh is air a ghlanadh – agus dheth? Tha. Suidse na stòbh suas aig a' bhalla, agus a-nis le mullach sàbhailte – sin e – air a chur sìos air. Togaidh mi poca an sgudail leam air mo rathad a-mach. Putaidh Trudy am bin a-mach dhan t-sràid Diluain. Chan eil e gu cus diofair cuin a bheir i a-steach e – ach, ge-tà, nam fàgte a-muigh ro fhada e, nach biodh sin cuideachd na chomharra nach robh duine a' fuireach san taigh?

Okay (a-rithist!), 's dòcha dìreach aon chupa tì eile – tì cheart, rud nach blais mi oirre gus an ceann ochd latha eile. Nach eil fhios gum b' urrainn dhomh mo thì fhìn a thoirt leam agus coire beag agus tòrr eile de ghnothaichean èiseil – los gum bithinn na b' fheàrr dheth air ais aig an taigh, nam shìneadh air leaba-grèine. Mar sin, cha dèan mi sin idir. Falbhaidh sinn – falbhaidh mise – a-null fairis mar gum bithinn a' siubhal a dh'àite glè eadar-dhealaichte. Bidh rudan matha ann is bidh feadhainn air a chaochladh. Ach 's ann a bhios iad sin uile nam pàirt dhen turas. Agus cha bhi mi a' laighe mun cuairt a' gearan le càch: chan fhaighear cus taice *ex-pat* bho Marjory – duilich. Bha tàlant aig Clive 'son sin cuideachd. Làidir ach modhail leotha. Mura dèanadh tu sin, bhiodh tu glacte ann fad uairean a thìde ag èisteachd ri blèaram bho chlas-obrach Bhreatainn. Chuireadh na Gearmailtich iad fhèin an cèill le neart, ach chan fheumadh iad a h-uile mìr dhe na thachair a thoirt às a chèile, mean air mhean, fhad 's a bha an còrr dhen t-saoghal a' feuchainn ri dhol a-staigh 'son splais san amar no an aire a chumail air nobhail. Daoine na b' fheàrr a bha sna Gearmailtich. 'S e an dàrna *holiday* sa bhliadhna dhaibhsan a bhiodh ann an Cala Bendita. Cha bhiodh iad ag iarraidh cus airgid a chosg gun fheum. Ghabhadh mòran dhiubh am *full-board* fhathast – lòn is tràth-diathaid air an cur rin cunntas airson a dhà no thrì Euros a bharrachd. 'S dòcha gun gabhadh iad botal leanna bho na gillean air an tràigh – ach cha cheannaicheadh iad idir dinnear nach b' fhiach a prìs ro dhaor. Chòrd sin rium. Bhiodh Clive a' dèanamh cus dhen a sin – esan air làithean-saora is mar sin airidh air treataichean. Tha fhios a'm cuideachd gum b' àbhaist do Mhallorca a bhith cho saor air rèir 's a' Mhark is gun do dh'atharraich sin nuair a thàinig a' Euro. Carson a bhiomaid a' tilleadh ann cho tric? 'S cinnteach gun robh àiteachan cus na b' fheàrr rin lorg.

Dh'aithnich Lucia mo ghuth air a' fòn cho luath 's a thòisich mi air bruidhinn air Clive – '*Clive y Marjory*'. Tha i cho pearsanta agus blàth na dòigh. Dh'ionndrainnich i an-uiridh sinn. Bha i air an droch sgeul a chluinntinn is bha i duilich. 'Lo siento, señora.' Tha Beurla Lucia car beag seann-fhasanta – na buannachd, math dh'fhaodte a-nis, an dèidh dà fhichead bliadhna ag obair san taigh-òsta. Is dòcha aig aon àm gun robh i lapach is gun uimhir a tharraing innte. Nach robh fhios agam gun robh seòmar aice dhomh! Bhiodh daonnan rumannan aice do dhaoine mar sinne – Ingleses ghasta, simpaticos. Bha mi fhìn ag ionnsachadh beagan Spàinntis, ach stad na clasaichean airson an t-samhraidh is cha do thòisich mi orra a-rithist. Cha ghabhainn orm facal fheuchainn le Lucia air a' fòn, ge-tà. Bhiodh i ga shaoilsinn gu math àraid. Ach 's mise an-còmhnaidh a bheireadh bàrr-urram air càch ann am Fraingis aig Marwood House. Chan eil adhbhar sam bith carson nach fhàsainn car fileanta ann an Spàinntis nan dèanainn an obair.

Bidh an cupall òg a bhios a' cumail Gàidhlig rin cuid chloinne, is a bhios san taigh-òsta mun chiad no 'n dàrna seachdain dhen t-Sultain, a' dèanamh an dìchill Spàinntis a chumail ris an luchd-obrach. Leanaidh mi pìosan dhith. Tha fhios a'm gun robh sin a' cur iongnadh air Pepe is Angel a' chiad turas a thàinig iad. Bidh ceithir bliadhna ann on uair sin – barrachd, 's dòcha. 'S ann gu math ainneamh a bhios na Brits no na Gearmailtich a' bodraigeadh. Ach nì mise oidhirp am-bliadhna – a-mach bho 'Gracias' is 'Por favor'. Cha bhiodh e idir air còrdadh ri Clive mi a bhith feuchainn ri Spàinntis cho truagh a bhruidhinn: 'Hey, love. They all speak English – get bigger tips!' Bha e ro thaingeil, ge-tà, san Fhraing gun robh mi fileanta. Ann an sin cha chluinn thu Beurla idir, co-dhiù tha i aca gu nach eil.

Tha fhios a'm gun robh e a' cur dragh air a bhith ag èisteachd ri Abby bhig is a bràthair a' buiceil san amar-snàimh, is iad a' dàibheadh fada sìos is a' sgreuchail nuair a gheibheadh iad a-mach a-rithist – làn an cinn de Bheurla aca cuideachd! 'Such beautiful kids,' chanadh e. 'Will they be harmed?'

Chuala mi e ag innse stòiridh do Shimon – an t-athair (a bu thoigh le Clive ach nach b' urrainn dha a cheannsachadh) mu dheidhinn rud a thachair dha mu Ros an Iar, an àm dha a bhith air National Service. Thadhail e fhèin is duine no dithis eile aig pub an oidhche a bha seo, agus abair gu robh gnothaichean a' còrdadh riutha an cuideachd iasgair is a mhic. 'Charming modest men!' orsa Clive ris. Bha am balach cho coltach ri athair na phearsa is na dhòighean. 'Like two herrings, we say,' dh'fheuch Simon, ach cha chualas e. Ach an uair sin, lean Clive air, a' togail a ghuth is gam fhàgail-sa iomagaineach: 'We're getting on great when a friend enters the bar and greets them in Gaelic. The older one doesn't even acknowledge our presence, never mind introduce us. From that moment onwards, the three of them spoke only Gaelic and excluded us from their conversation.'

Rinn Jenny, bean Shimon, a bha air a bhith na laighe le leabhar, èirigh sa bhad, is dh'èigh i air a' chloinn. Bho na bha i ag innse dhaibh le a làmhan is a h-aodann dearg, thuig mi gur e àm-lòin a bh' ann. Dh'ith am fear beag, Peadar, bobhla mòr fheusgan.

Teaghlach snog. Ged nach robh mi bruidhinn riutha ro fhada – aocoltach ri Clive. Leis gur iad sin an aon fheadhainn òga ann a Hostal Lucia, bha iad gu mòr am follais, iad fhèin is na bhiodh am pàrantan a' dèanamh leotha. Mothaichidh màthraichean dha na rudan sin. Amar-snàimh is pàirce-chluiche sa mhadainn, tràigh feasgar – ag ithe a h-uile dàrna no 'n treas oidhche san taigh-òsta. Gheibheadh iad càr is shiubhaileadh iad mun cuairt – gu feill Felanitx; Santanyi; a-steach leotha a Chala D' Or dha na bùithean. Bha Clive dhen bheachd gum biomaid-ne a' dèanamh gu leòr a dhràibheadh aig an taigh. Càite an fheumadh duine a dhol?

Chan fhaigh mise càr air màl am-bliadhna, ged a tha mi a' dèanamh fada a bharrachd dràibhidh a-nis na b' àbhaist. Tha mi toilichte gun deach agam air Rover mòr an duin' agam iomlaid 'son Fiat a tha a' cùmhnadh air peatrail. Gabhaidh mi am bus a Phalma airson an latha – tha greis mhòr o nach do chuir mi seachad ùine sa bhaile – agus ma bhuaileas an sunnd mi, cuiridh mi seachad an oidhche ann an taigh-òsta beag is tillidh mi an ath latha gu Cala Bendita.

Chan fhaigneachd duine dhìom cà bheil mi dol – no, 'son a bhith nas fhaisge air an fhìrinn, co-dhiù bu chòir dhomh a bhith dol ann, no dè an uair a bhios mi a' tilleadh. Cha tachair sin tuilleadh: bho chèile, clann, na phòs a' chlann, oghaichean – duine idir. Ma dh'fheuchas iad, cha bhi mi mì-mhodhail riutha, is bidh mi fialaidh lem fhiosrachadh,

nach inns ach glè bheag dhaibh. 'S e bhios anns an t-seachdain seo ri
tighinn ann am Mallorca ach toiseach-tòiseachaidh ùr, agus leigidh
Marjory Bould (is chan e Marjory Constable), aig aois 70, leatha
fhèin a ràdh, 'Cha tig' no 'Chan eil fhios a'm an tig' no fiù 's 'Thig' –
mar a fhreagair mi an *txt* ud o chionn trì seachdainean.

'Hi, Marj. Hope this is still your number. Found it in the wife's
purse when sorting the other day. I'll be at Lucia's – October dates.
Would preciate the company if you fancy joining me. Old times, doll.
No strings! Sorry bout Clive. Hasta la vista! "The King".'

'S e 'OK' an dearbh fhacal a chleachd mi, is chuir mi air dòigh am
plèan ann an deagh àm. An uair sin, a' gabhail beachd gur dòcha gun
saoileadh esan mo fhreagairt a bhith car staoin, theacs mi thuige an
ETA agam, agus coinnichidh mi ri Mr King, agus 's dòcha dithis no
triùir eile dhen fheadhainn àbhaisteach, mu shia uairean a-nochd.
Sa bhàr, no cruinn mun amar-snàimh? Chì sinn.

Leis gu bheil esan co-dhiù còig bliadhna nas òige na mi, is mi an
dèidh an aire a thoirt dhan stoidhle aige thar grunn bhliadhnachan,
cha chuireadh e iongnadh idir orm nam feuchadh e ris na 'No
strings' a mhalairt 'son feadhainn na bu teinne. Tha cumadh a' bhall-
choiseadair – ged as ann le brù *lager* a-nis – an t-òr, is na seudan,
riamh air dealbh a dhèanamh dhòmhsa air fear randaidh a' feitheamh
a theans' a bhith na bhanntraich. Bha i trom air smocadh, a bhean –
agus mionnan is bramadaich. 'S dòcha gum bi ùidh aigesan ann am
bird aig ìre eile, tè deònach cuideachd fear nas òige a ghabhail ged
nach tigeadh e buileach ri a càil. Chuala mi uair na h-Albannaich
bheaga, ann am meadhan srut fada Gàidhlig is splaiseadh, 'Monkey-
man' èigheachd gun fhiosta. Thog siud mo shunnd. Tha e gu math
molach, ge-tà. Do dhuine a tha beò nar latha-ne. Bheil an *gene* sin
a-nis air crìonadh? Chanainn-sa gu bheil a leithid a dh'fhionnadh
a' coimhead car èibhinn an-diugh, is fireannaich a' sìor fhàs nas
boireanna nan coltas, agus nan dòighean. Balaich is badain: cothrom
cùbhraidh gu ceangal; Dadaidhean is an nigheanan: a' campadh, ag
iasgach, a' com-pàirteachadh; Athraichean is mic: a' tuigsinn a chèile
mar bu chòir. Furasta gu leòr siud uile a chur an suarachas!

Saoil dè an seòrsa athar a bh' annsan? Càil na bu mhiosa na Clive? Ann dhaibh idir? Ach cho neònach is a bha e, an dèidh nam bliadhnachan mòra sin – làn teaghlaich – a bhith a' coinneachadh a-rithist ri daoine, a' dèanamh charaidean dhiubh, is gun bhointeanas idir aca ris a' chloinn. Ma dh'fhaodas mi 'caraidean' a thoirt air an fheadhainn sin ris am biomaid a' còmhradh am Bendita?

Chitheadh tu gun robh e fhèin na b' fheàrr gu bruidhinn ri buidhinn – an *clientele* air fad uaireannan – seach ri duine no dithis. Feumaidh gun tug e criothnachadh air – ise a' bàsachadh cho obann is fhathast car òg. An t-aon mhac, a tha pòsta; a rinn glè mhath. A thaigh fhèin is a bhean shuairce. Is an e dithis, no an e triùir, nighean a bh' aca?

'S ann a-mhàin leis-san a chuala mi Clive a' meabadaich mu bhall-coise (dè eile a nì fir air làithean-saora!), ged a bhiodh àite air choreigin, tha fhios, aig fortain Chelsea is West Ham na obair cuideachd. Ach chan ann aig an taigh – cha do ghabh a h-aon dhe na gillean no Sailidh sùim sam bith de spors. Bhiodh iad ga cluiche – mar a chaidh iarraidh orra san àrd-sgoil – ach chan e rud a bh' ann a bhiodh iad a' leantail beò no air a' bhogsa.

Mar sin, dè tha fa-near dham charaid an t-seachdain seo? Agus an dèidh sin? Carson a thuirt mi 'OK'? Am bu chòir rud beag de nàir' a bhith orm le Lucia? 'N e sin an tarraing: *soupçon* de mhì-chinnt – aig an àm shònraichte seo nam bheatha – nar dàimh aodomhainn? Tha Lucia air a bhith thall, is tha fhios gum faca i gu leòr cuideachd na saoghal! Glè bheag a chuireas ise na breislich, chanainn. Cò aig' a tha brath nach gluais sinn air adhart nar còmhradh seachad air na cuspairean snoga sàbhailte sin gu rudan cus nas brìoghmhoire. B' fhìor thoigh leam faighneachd dhi mu na làithean tràtha ud nuair a thòisich i fhèin is Raul, na 60n, na bha san dualchas do Mhallorca aig an àm, mar a fhuair iad ceum a-steach a thurasachd, an diofar bu mhotha a thàinig air staid is inbhe nam ban. Tha dithis dhe na h-igheanan aig Lucia san Oilthigh ann am Palma – tè aca a' dèanamh saic-eòlas, an tè eile ... air a bheil – thig e – an sàs an obair eile: teagasg, cha chreid mi; 's e. Bancaireachd a rinn Margarita – an tè as sine, a phòs òg. Cha do thachair mi riamh rithese.

'OK, G.K.' Bidh mi còmhla riut fad seachdain ann an Cala Bendita. 'S mathaid gun còrd do chuideachd – do dheagh shunnd – rium, air cho neònach 's gum bi e. Agus leigidh mi leat do bheul gun phutan fhosgladh mud bhean, mas e sin a roghnaicheas tu a dhèanamh, gus toirt ormsa a bhith nas cofhurtaile gur e a th' annainn ach caraidean – beagan aondranach o chionn ghoirid, tha fhios – agus gum faod a h-uile sìon gluasad air a shocair fhèin, mas e sin a thachras – agus nach gabh thu idir san t-sròin e ... Ach air an làimh eile, an dèidh dinnear laghach agus cuairt eadar an dà thràigh, "If you'd like me to put my arm around you, Marj, cause the wind's fair pickin up," then ...

Ach, a bhalaich, gheibh thu a-mach glè luath gum faod e bhith gun can a' Mharjory ùr, 'Yes' no 'No' no 'Don't know' no na trì dhiubh aig an aon àm – rud a bhios, 's dòcha, doirbh dhut a thuigsinn – agus ged a theacs i 'OK' thugad, b' urrainn dhi a bhith air 'Sorry' a chur na àite is fhathast air tighinn.

The an tagsaidh gam fheitheamh. Rud nach dèan am plèana. Eadar 'Home, sweet home' fad an dà fhichead bliadhna a dh'fhalbh gu port-adhair Bhristol, tro àite nach eil idir cho milis ach glan: The West Country Home. Bha an trafaig daonnan a' gluasad, a Chlive, gus an tàinig i gu stad le brag mòr uabhasach. Ach carson a bha thusa fhathast a' siubhal?

Bidh deich mionaidean gu leòr an-diugh. Deich, fichead, uair a thìde – chan eil e gu mòran diofair. 'Off to Spain, darling,' canaidh mi ris le gean bhig sheòlta, 's dòcha. 'I'll send Lucia your love.' Cha chuir an duin' agam fiaradh na cheann, fiù 's. Cha dèan e ach cumail air a' gorradaireachd air neonitheachd a bheatha, far am b' àbhaist do chùisean a bhith cho uabhasach fhèin trang. Tionndaidhidh nurs dhìcheallach a-rithist e is coinnichidh a sùil mo shùil-sa, gun bhreith, gun ghamhlas. 'Back soon!' their mi, agus bithidh – mura roghnaich Marjory Bould rud eile.

83

Cala Bendita 's a Bheannachdan

'S ann tràth sa chùis a bha e – iad a' socrachadh mar a b' fheàrr a b' urrainn dhaibh. 'Mar gur ann am Beinn a' Bhadhla a bha sinn,' thuirt Simon, 'ach gun a h-aon air breith oirnn sa bhùth, no air an càr aithneachadh.'

'Yeah,' ors a bhean. 'Ach sin daoine a bha uair nan nàbaidhean is nan càirdean dhut?'

'Jenny, tha mo chàirdean-sa fhathast nan càirdean dhomh!'

'Bheil? Co-dhiù, tha na Mallorcans seo uile gam pàigheadh airson *"el gran amigo"* a chluich.'

Dh'aidich an duine aice gur e, is cinnteach, an t-airgead – bho *dos cervezas* (dà leann) gu *semana a media-pensión* (seachdain air leth-chuid) a bha a' cumail dàimh ri feadhainn dhen luchd-eòlais an seo.

'Eòlas, Simon?'

Na dheaghaidh sin, nach robh sia bliadhna glè shona air a bhith aca an Cala Bendita: aimsir àlainn; leughadh; clann a' plubraich gun chunnart san amar shìoda aig Lucia is Raul; Pepe is Angel - 'na bràithrean bòidheach'; an deagh-ghean is an còmhradh togarrach?

'Air dè? Àiteach chnothan; baidhsagalan 'superb fast'; an teas air cùl a' bhàir?'

'Agus,' chùm esan air, ''s toigh leatsa "truisg" a' chafaidh air an tràigh, Jen – gu h-àraid nuair a thèid iad nan sodalain, an dèidh dhuinn biadh math, is a dhà no thrì, a ghabhail!'

'Dearbha, 's toigh l',' fhreagair ise, le cus cinnt, is deàrrsadh clis na gruaidhean. 'Ach chan eil mi idir a' faireachdainn gum feum mi nochdadh ann an-diugh, no latha sam bith eile, '*Olé*' èigheachd 'son *show* fhaighinn, a thig ormsa a cheannach aig deireadh an latha!'

Shuath Simon MacIain mu leth-ghlainne fallais bho a bhathais mhòir theth is thug e sùil luath air a' chloinn – sàbhailte, bha? Lean Peadar is Abby orra a' streap suas is a' leum far an *lilo* ùir le sunnd is steall.

Thuirt iadsan, cuideachd, ge-tà, gun robh e rudeigin neònach a bhith air ais ann an Cala Bendita is gun iad an taigh-òsta Lucia. Ged a bha Villa Rosa – an ath-doras – gu math snog: an *terraza* ghlan; amar-snàimh beag laghach aca dhaib' fhèin; BBQ cheart. Coltas boireannaich cianail gasta air Rosalia, cho ciùin na dòigh – sìon idir nach dèanadh i dhaibh. '*Aquí está su casa!*' ("S e seo ur dachaigh!')

'Am faod sinn cluich sa phàirc?' dh'fhaighneachd Abby air a' chiad mhadainn, mun robh a h-aodach oirre is i gun dad ithe.

'S ann eadar a' villa agus Hostal Lucia a shuidh an t-seann dreallag stàilinn is an dèile-bhogadain, a bha air an leòr de spòrs is sgreuchail a thoirt seachad, is gun ach an aon sgailc a dh'iarr deigh is laighe sìos. Dithis chloinne a' falbh nan deann is nan dealbhan tro na bliadhnachan, gun sùil a thoirt nan dèidh; naoidhean beag brèagha a-nist san àrd-sgoil, a bràthair air a sàil.

'Leis a' hotel a tha a' phàirc,' dh'inns Peadar dhi.

'Ach,' ors athair, 'cò leis a tha a' chroit?'

'Leigidh Lucia leinn cluich ann,' ors Abby. 'Tha i cracte mu chlann.'

''S a màthair roimhpe' aig Simon. 'Tha cuimhn' agaibhse, nach eil, air cailleach an aodaich dhuibh na sèithear fon chraoibh, a' fuaigheal?'

'Oh, uh-ha,' freagairt mhall na h-ighne aige airson a thoileachadh. Dh'inns aghaidh bhàn Pheadair nach biodh Doña Maria idir air a gleidheadh an cuimhneachain bhuana an òige. 'S fheudar gun robh i marbh a-nist. Dà bhliadhna o nach robh iad an seo, is bha i air an leabaidh an uair sin. Shaoil le Simon, ge-tà, gum faca e an aon uair i, tro shrianagan a' chidsin, a' gabhail a bìdh còmhla ri Lucia is an luchd-obrach.

'Tha fhios a'm, guys': guth faiceallach Jenny air a thogail mìr bheag. 'Ach bha sinn a' fuireach san taigh-òsta an uair sin. 'S e a' phàirc aonan dhe na goireasan aca. Is chan ann againne.'

'An deach sinn a-mach air Lucia?' An seòrsa ceist nach biodh Peadar ris sa chumantas.

'Cha deach idir!' aig a mhàthair. 'Bha sinn dìreach dhen bheachd gum biodh e laghach am-bliadhna àite a bhith againn dhuinn fhìn – gun daoin' eile air ar muin. Agus gun dragh sam bith oirnn mur deidhinn-se; gun cuir ur cleasan sa phool an caothach air Garaidh Gaoisideach is e a' strì ri a *Dhaily Mail* a leughadh!'

'An *Sun*,' cheartaich an duin' aice i. 'Fear an *Sun* a bh' ann an Garaidh riamh. Esan, 's Mr Taxi bho *Eastenders*. Dithis a' *feast*adh air cìochan 'son breacast.'

Rinn a mhac òg lasgan ro mhòr. Dh'fhalbh am blàths à sùilean Jenny.

'Bhiodh Ray a' faighinn a' *Mhail*,' lean Simon air. 'Duine àraid, Ray. Sna coilltean ann a Bhietnam agus Corea. Dh'fhalbh e turas ...'

'Thèid sinn tarsainn a' bhalla an-dràsta 'son am faicinn,' dh'èigh Abby.

'Cha tèid sibh!' sgreuch Jenny. 'Seo a' holiday againne! Cothrom dhuinne a bhith còmhla is ar sgeulachdan fhìn a dhèanamh.'

'Am faod sinn leughadh?' phut Peadar gun truas.

'Leabhra, faodaidh,' fhreagair Simon, a' cur a ghàirdein timcheall a mhnà cumadail, dìcheallaich. 'Tha Mamaidh ag iarraidh gur ann leinne a bhios an ùine ann a sheo.' 'Gu leòr mòr an Glaschu gar cuingealachadh,' dh'fhaodadh e a bhith air a chur ris, oir 's i an fhìrinn a bh' ann: obair; taigh; na bha a' chlann an sàs ann; an sgoil; teaghlach Shimon a' sìor leudachadh – 's ann an rù-rà rapach a bhuail beatha shoilleir Jenny nuair a phòs i. Is gun duine aicese ach i fhèin.

'S e actuaraidh a bh' ann an Simon, fear gu math trang bho phriob Brian, is a smèid esan air ais gun bhòst, aig cuirm Starlings. Le sin, bha e cudromach gun cuirte geàrd air choreigin air an tìde a gheibheadh iad dhaib' fhèin. Dìreach an ceathrar aca. Mun sealladh tu riut fhèin, bhiodh Peadar air faondradh ann an saoghal nam 'mates' is coma cuideachd 'cheart' a chumail ri a phàrantan – ged nach cosgadh e sgillinn ruadh dha! Dh'fhuiricheadh Abby na b' fhaide: 's dòcha gum biodh aca ri ise a bhrodadh rud beag gu falbh – nam biodh iad air chomas, aig an ìre sin nam pòsadh.

'*¡Hola, amigos!*' ghlaodh fear dèante lachdann: '*¡Carlos!*' – is shàth e làmh mhòr chruaidh ann an tè Shimon. Sheall e dhan t-seann chàraid air a chùlaibh gum bu chòir dhaibh leantail seachad. Carson a bha iad air saoilsinn gum fanadh am flat fòdhpa falamh? '*Escocéses*,' ors an duine. '*Se nota la lengua!*'[1] Las sùilean Shimon. Deagh chòmhradh roimhe? Botail mun bharbaidh air an oidhche. Dè 'n còrr? Bha gàire Jenny modhail agus fìrinneach, cha mhòr; 's ann nan stoban reòthte a bha Peadar is Abby, is iad a' dian-sgrùdadh na dithis mu dheireadh a mheantraig a-steach air a' gheata àrd eileagtronaigeach.

Bha nighean dhorcha, mu thrì bliadhna na bu shine na Peadar, le sùilean dorcha – nach do dh'fhalbh puinnd a leanabais dhith – a' treòrachadh boireannach air an robh droch ciorram. 'S ann le bhith a' sadadh a deagh choise agus an taobh sin dhe a colainn roimhpe a gheibheadh an tè sin air ceum a thoirt air a h-aghaidh. Chleachdadh i an làmh nach robh na spuir gus grèim a ghabhail air na bheireadh tacsa dhi: an gàrradh-cloiche eadar a' villa is an t-amar-snàimh; frèam an sgàilein dheirg IKEA; am bòrd; na sèithrichean plastaig geala – a h-aon, a dhà, a trì.

'Piuthar bhochd Charlois!' theab Simon a ràdh. 'Bidh e a' tighinn còmhla riutha air làithean-saora airson tacsa a chumail ri phàrantan, air a bheil an t-uallach fhathast. Leis-san a tha an nighean, ach tha e fhèin is a màthair dealaichte.'

'*Si, Ama*,' ors an *señorita* le moit. '*Falta poco ya!*'[2] Ceàrr, ma-tà! 'S i an tè seo – agus i car brèagha – nighean a' bhoireannaich chaim. 'S iongantach mura h-ann mar sin a bha ise bho h-òige? Agus Carlos?

'*¡Mi marido!*' A cèile? Uill, uill. B' fheudar dhan chreutair stad airson seo a chantail, a bruidhinn màirnealach, tiugh. '*A mi marido, le gusta mucho, Escocia. A mi me encanta Edimburgo. Izar y Garbi.*'[3]

---

[1] 'Albannaich,' 'Aithnichear a' chànan.'
[2] 'Chan fhada tuilleadh, a Mhamaidh.'
[3] 'S fhìor thoigh leis an duin' agam Alba. Dhòmhsa, tha Dùn Èideann dìreach air leth. Izar agus Garbi.'

'This is Peter,' fhuair Simon e fhèin ag ràdh. 'This is my son, Peter. And my daughter, Abby. And my wife ...'

'Jenny,' chuir Jenny a-steach – eagal oirre, bha e coltach, gum faodte a h-ainm fhàgail às. Bhiodh sin a' tachairt uaireannan nuair a bha ùidh a cèile-se ann an daoine ùra.

'*A nosotros nos encanta Mallorca*'[4] am modh a thairg esan dhaibh.

'*Mallorca tiene sol*,'[5] fhreagair am bodach an guth garbh – aodann air a bhreacadh le buill-dòrainn. '*Pero, El País Vasco tiene lo demás.*'[6] Esan a thill a-mach is a dhùin an doras nuair a bha stuth nam Basgach uile sa flat gu h-ìseal ann a Villa Rosa.

Bha Clann MhicIain air bruidhinn air cùrsa-seòlaidh fheuchainn, nan robh a leithid ri fhaighinn riatanach faisg air làimh. Cur-seachad ùr, sam faodadh an teaghlach air fad pàirt a ghabhail, mhol Jenny. Cha robh rian gum fàsadh iad math air sgitheadh, mar a bhiodh tuaintealaich a' tighinn oirrese aig àirde sam bith. Agus mur e ise a chuireadh air dòigh gun tachradh e, uill ... ! Bha a h-athair Harold Atkins air a bhith na sheòladair eudmhor, is e tric sa chriutha air 'bhòidsean' à Cramond is Port Edgar, agus corra uair às an Oban, le na 'boaty buddies'. Ach b' fhurasta cuideachd do Harry Boy gèilleadh do ghuailnean teagmhach Jenny na deugaireachd, is clàr-ama cinnteach a màthar.

'Theagaisg e gu leòr dhomh, ge-tà, an samhradh sin sa Ghrèig,' orsa Jenny. 'Iasgair a bha nad sheanair, Simon. Càil ach siùil, thèid mi 'n urras, nuair a thòisich esan air taobh sear an eilein?'

'Samh na h-ola far *boilersuit* 'Ain Shamaidh nuair a b' aithne dhòmhs' e': freagairt nach robh buileach taiceil on duin' aice. Ach air a shon sin dh'aontaich e: nam biodh e soirbh gu leòr faighinn air cùrsa, carson nach seòladh iad!

Cha do rinn iad dad riamh thuige sin ann an Cala Bendita ach snàmh is laighe; is ithe is laighe; is deoch fhuar iarraidh; is laighe gus leabhar an dèidh leabhair a leughadh. Sin bu choireach gun do dh'obraich an gnothach cho math ann a Hostal Lucia. Bhiodh fìor làithean-saora aca.

---

4 'Tha Mallorca air leth dhuinne.'
5 'Tha a' ghrian aig Mallorca.'
6 'Ach tha an còrr aig Dùthaich nam Basgach.'

'*Sí, sí, sí,*' chaidh innse dhaibh le pròis. Bha an Sgoil Sheòlaidh san ath bhaile, Porto Rojo, air a deagh stèidheachadh – '*¡estupenda!*' Agus '*no*', cha robh fhios aig duine cuin a dh'fhaodadh leasain a bhith a' ruith, no cò ris am bu chòir bruidhinn. An aon doilleireachd 's a choisinn post-d Jenny, is an dèidh sin a Spàinntis mheirgeach air a' fòn – geum air aineol aig dorsair no fear-glanaidh, sgàth-fhras an Ògmhios ann an Giffnock na lòn a-steach air uinneig a' chidsin.

'You try the afternoon?' *orsa miembro social* air an rathad seachad. Rinn iad sin. Dh'fhuirich togalach ùr brèagha a' Chlub Nautica dùinte. Thàinig muinntir òr-dhonn nan geòlaichean air tìr, dh'fheuch iad an doras, is dh'fhalbh iad, gun choltas dragh air thalamh orra.

'Maybe tomorrow?' aig fear toilichte air an robh an suaicheantas ceart air a lèine-tì bhuidhe, mun do bhreab e a mhoped a dhol. 'Or *Lunes* – Monday!' dh'èigh e an aghaidh na gaoithe is fuaim borb an einnsein.

'*Lunes*,' dh'atharrais Jenny. 'Nach gabh sinn air ar socair a-màireach, a ghràidh. Tillidh sinn tràth madainn Diluain.'

Air Didòmhnaich, chaidh iad gu Playa Bendita, airson na ciad uair *en famille*: 35C, is i a' cur fairis le Mallorcanaich ann airson an latha. Gach leaba-fo-sgàilean – an aon fhasgadh a bh' ann – mar-thà aig daoin' eile. Chuir a' mhuir fàilte bhlasta orra, ge-tà, is cha robh a tiachdan sanntach ach gann. Thug Simon an aire do dh'fhear de 'thruisg' òga Chafé Bendita a' toirt bhotal is *bhocadillos* do dhithis bhoireannach bàna, mun an dà fhichead, is a' lasadh an toitean dhaibh. Dh'fhàg an taing làn ceò is casadaich a chridhe trom. Cha deach e idir nan còir; dh'fhan e còmhla ri a theaghlach is thog e fhèin is Abby caisteal daingeann air a' ghainmhich. Shnàmh e tarsainn a' bhàigh, mun do dhìrich e tràth, air ceum na coilleadh, gu Villa Rosa.

Dhèanadh *pasta*, le *ragu* à Porto Rojo, càil is acras na tràghad a shàsachadh. Na bhruich, dhùisg fàileadh a' Chalor Gas is cùirtearan steigeach na sgularaidh faireachdainnean – mura b' e cuimhneachain – bho shamhraidhean òige: taigh Mòraig Alasdair am Port Pheadair, 's dòcha. Ged nach fhaca Simon duine ag ithe *pasta* an sin riamh.

Cho sgràthail doirbh, an ath mhadainn, gun dòrn a thoirt do

bhlad na h-*alarm*; ach bha oifis nam bàtaichean fosgailte aig 08.45, agus dithis romhpa fhèin aig an deasg.

Dh'fhuirich Peadar is Abby a-muigh, gan call fhèin ann an soitheach ga thogail le crann às acarsaid làn, air bàrr carbaid mhòir uabhasaich. Cha b' fhada, ge-tà – a dh'aindeoin annais – gu 'n do chuir sgairt nan gathan sgoinn orra air ais gu far an do dh'fhàg Dadaidh an càr am faileas balla.

Bhiodh na cùrsaichean seòlaidh gan cumail o Dhiluain gu Dihaoine dà thuras san latha – aig 10.00 no 16.00. Fad ceithir uairean a thìde. 100 Euro an duine – gun *centavo* far na prìse do chloinn. '¿*Vale?*' dh'iarr an t-oifeagach stuirceach.

Thionndaidh Simon gu Jenny: 'Fichead uair, aig còig Euros an uair. Chan eil sin ro dhona, a bheil?'

'Caran math,' shaoil a bhean, is ghluais i a gruag gu sgiobalta le a làimh shaoir.

'Next week. ¿*Vale?*' Dh'fheumadh an duine seo – gun tuar a' mharaiche idir air, ach mar bhancair – seo a rèiteach sa mhionaid: triùir a-nist a' feitheamh air an cùlaibh.

'No! This week,' thill Jenny. 'Starting today?' Nochd a' chlann tron doras.

"Benbecula next week," dh'fhaodadh Simon a bhith air a ràdh. "*Zee Outer Hebreedees.*" Ach cha tubhairt.

'*Lo siento*': chrath an duine a cheann. '*Sólo piragua. A partir de las tres. Para tres.*'

Robh am 'bancair' air a dhol gu Spàinntis gu 'm faigheadh e cuidhteas iad?

'*Pir ...*' thòisich Jenny.

'Kayak,' fhreagair a caraid ùr le fiamh ait.

'*A las tres?*'

'*Sí.*'

'*Cuatro horas?*'

'*Tres!*'

'*Tres horas?*'

'*Sí.*'

'*Muy bien.*'

'*Kayaking,* Simon – dè do bheachd? Ged nach bi againn ach na trì uairean an uaireadair.'

'Eh?' Cha bu thoigh leis a bhith glaist' a-staigh. Glè bheag a rinn e riamh ann an canù. An Astràilia – gun chloinn – an uair mu dheireadh Chaidh dhaibh gu math, ge-tà.

'¡*Para tres!*' thuirt an duine, seachad orra.

'OK,' dh'aontaich Simon. Bhiodh a' chlann air an dòigh gun robh Dadaidh a' gabhail pàirt.

'*Muy bien!*' orsa Jenny – craos oirre. Glan! B' fheàrr leatha seòladh, ach nam b' urrainn dhaibh uile am piragua a dhèanamh, 's cinnteach gum biodh a cheart uimhir a spòrs aca.

'Todos!' dh'inns i do Sr. Javier Himenez, a' coimhead timcheall a teaghlaich. 'Everyone!'

'No, no! As I say, for three peoples. ¡*Para tres!*'

'Dash!'

'Tha e taghta, a ghràidh.'

Cha robh dragh aig Peadar no Abby. Bha am barrachd sùim acasan dhen chù mhaol – an 'rodan' – a bha ga chniadachadh am broilleach na ban-Ghearmailtich leis an robh e.

'Leughaidh mi,' orsa Simon. 'Bidh an dinnear deiseil nuair a thig sibh far na mara. Nì mi obair air mo chuid Spàinntis. B' fheàrrde sinn sin.' Chan ann mar dhìmeas a thuirt e seo. ''S dòcha gum feuch mi ri sgrìobhadh.'

'An Spàinntis, an ann?' Dhinn Jenny a corragan ro chliobhar na sporran, is thug i fuil às tè dhiubh.

'*Muy bien.*' Leig an t-oifeagach anail: chaidh gabhail ris a' chairt-bhanca a' chiad turas. '*Tres a las tres.*'

'¡*Para tres horas!*' chuir Simon ris, is e a' faighneachd dheth fhèin ach gu dè a dhèanadh e leis na trì uairean a bha a-nist gu bhith aige dha fhèin.

Cha robh teagamh nach dèanadh e leughadh. Cha robh adhbhar sam bith gun beagan Spàinntis ionnsachadh cuideachd. Bha e air an *Teach Yourself* a thoirt leis, is chuir e ochd aonadan air MP3 Abby.

Saoil an sgrìobhadh e? Cò mu dheidhinn? Cò leis? Peann? Ach cò air? Pàipear? Ri fhaighinn, bha fhios, fiù 's anns a' bhùth bhig dhaoir air oir Playa Bendita. Cha dèanadh e sìon san Spàinntis – bha Jenny ceart. Ach 's dòcha pìosan mun Spàinn? Leabhar-latha? Rannan bàrdachd air an cur an siud is an seo air feadh an teacsa, mar a thoilicheadh e fhèin? Ficsean? *Hoigh, orra shocair, 'ille!* An toiseach: na h-uairean. Trì dhiubh – *tres*, beagan a bharrachd, 's dòcha, nam fuaricheadh e fhèin air ais aig Villa Rosa. Seo a-nist: an rud gus uallach a dhèanamh dha mar-thà – dìreach mar a thachair roimhe. Ach 's ann a bha sin diofrach. Ciamar a dh'fhaodadh duine a bhith fo chudrom san àite eireachdail seo, làn blàiths is *cicada* – gun chòmhradh air fòn ri dhèanamh, no *txts* na galla rim freagairt; puist-dealain a' coimhead às an deaghaidh fhèin am badeigin fada air falbh.

Sochair eile a chaillte gu furasta – leis an dèideig cheart: coimpiutair beag Wi-Fi; Blackberry nas glice na thu fhèin. Cha deach e ro fhaisg orra fhathast. Gheibheadh e a bhith neo-cheangailt' – a phlug fhèin a shlaodadh às nuair a thogradh e. Saor, cha mhòr, gus coimhead mun cuairt; aislingean fhiathachadh a-steach.

Co-dhiù no co-dheth. Thòisicheadh e le beagan leughaidh air an *terraza*. Leughadh dlùth, gun chabhaig. Bha *Carrie's War* a' cumail aire-san, dìreach mar a bheò-ghlac e tè de cheithir bliadhn' deug air a' phlèan a-nall às Alba agus fad na cuid mhòir dhen chiad latha còmhla am Mallorca.

Ged nach coltaicheadh e a' Chuimrigh lom fhliuch an àm a' Chogaidh ri saidhbhreas iomall na Spàinne an-diugh, rinn guthan ceòlmhor na dàrna tè sògan ri fuinn na tèile. Agus chuir na chualas de Mhallorquín ga bruidhinn ri fhaireachdainn gur i Cuimris a bhiodh aig na caractaran – gu h-àraid Hephzibah Green is Mr Johnny a' bruidhinn ri chèile. B' fheàrr le Simon gun do leugh e fhèin an leabhar aig aois Abby – no gu dearbha aig aois Pheadair, an samhradh sin ann an Uisgeabhagh a bha fhathast dùthchail, iomallach, lom, ach an impis atharrachadh cho mòr dhàsan.

Gheall Dadaidh gun rachadh e còmhla ri càch gu Porto Rojo, eagal 's nach e seo an spòrs bu docha le aonan no dithis dhen chloinn, no gun tachradh tubaist.

Cha do sheas clàradh nan *kayak* ach dà mhionaid air a' char a
b' fhaide.

'*¿Jenee?*'

'*Sí.*'

'*¿Peadar – Pedro (Ha!)?*'

'*Sí.*'

'*¿Y Abee?* My ename is Margarita – same as cocktail – *sí*?

'Ha!'

'But you keeds still very yong! *¡Vamos pa' Piragua!*'

Agus 's e sin a rinn iad! Dìreach mar a bu chòir do dh'fheadhainn
earbsaich gun eòlas a dhèanamh – *Factor Fifty* a' leaghadh tron
lèintean-sgioba ùra – a' leantail boireannach mu naoi-deug no
fichead a-null taobh tuath a' chidhe a dh'ionnsaigh na laimrig.

Bheireadh *bar-restaurante* air dà ùrlar faisg air làimh an fhaire a bha
a dhìth dhàsan. Cha robh duin' ann: *menú* muinntir an àite agus lòn an
luchd-turais seachad o chionn fhada, mas e 's gun tàinig iad idir. 'S ann
fìorghlan geal – gun chriomag orra – a bha gach tubhailt.

'*¿Abierto?*'

'*Sí, señor.*'

'*¿Café solo?*' dh'iarr Simon, a' coimhead air a' bheairt mhòir
cofaidh *Cimbali*.

'*¡Sientese!*' dh'òrdanaich am fear eile, air an robh falt glas is stais
dhubh thiugh: '*Por favor*' chuir e ris an dèidh dàil bhig.

Chùm Simon seachad air gu fear dhe na bùird os cionn na sràide,
is an uair sin thill e sa bhad gu far an deach iarraidh air suidhe – far
am faigheadh e air anail a tharraing.

'*¿Café Solo?*' dhearbh am Mallorcanach.

'*Sí,*' aig Simon. '*Con leche.*'

'*¿Solo? ¿O con leche?* Black coffee or weeth meelk?'

Rinn Simon gàire. 'With milk.' Rinn am fear-freasgairt – *el patrón*
fad da fhichead bliadhna, o ghabh athair '*phenomenal heart-attack*' –
gàire cuideachd le sùilean aoibhneach, òga.

'"*Sólo café*" mean "only coffee". "*Café Solo*" is a small espresso
weethou milk. You ever try *cortado*?'

Chrath Simon a cheann. Thionndaidh an 'caraid' ùr *aigesan* ann an làrach nam bonn. Nach mairg nach amaiseadh uspag na b' èasgaidhe air aghaidh an togalaich a shreap is esan a lorg dà shreath air ais na bhruthainn bhog. Cha charaicheadh an donas *awning* òirleach. Chuir e leabhar Abby air a' bhòrd is shuath e a mhaol le nèapraig shalaich is thill e air a cheap.

'You not like, I give to cat!' dh'èigh am fear eile, a' cur cofaidh geal gu math beag air a bheulaibh. 'Meelk for mornings,' thuirt e an uair sin, a' toirt sùil a-mach air a' Mhuir Mheadhanaich mhìn, 'with your Sugar Puff and Frosties!'

Leanadh sin le *cafè grande con leche*; botal beag uisge air £1.45; Gazpacho spìosrach pinc; leann gun alcol (gun fhios nach ...). Thug Pablo (*'¡Mucho gusto, Simón!'*) thuige na dh'iarr e le ioma sgeul agus a shealladh sàraichte fhèin air an dà latha a bha air tighinn air Porto Rojo – turasachd Mhallorca san fharsaingeachd – o mheadhan nan 1960an. 'But no thing estay the same, anyways! Yes?'

Aig sia uairean bha Simon gu ro dheònach a dhol air choinneamh nam *Piraguistas* sgìthe. 'S ann acasan a bha an latha sgoinneil 'ach sàbhailte!' Glè mhath! Nam faigheadh e cead, chuireadh e na ceithir feasgaran ri thighinn seachad ann a Villa Rosa.

An dèidh dha an càr a thionndadh a-staigh seachad air Hostal Lucia, b' fheudar dha stad gu h-obann airson leigeil leis an teaghlach Bhasgach, nan Hertz 7, falbh. Bhìd am boireannach a liop, agus le bhith a' cleachdadh na làimh eile thòisich i air an uinneag fhosgladh.

'*Ahora, el mejor tiempo.*'[7] Chan e ceist idir a bha seo. Air cho mall is a bha a briathran – an obair a bha oirre – bha iad gun tionndadh sam bith.

'*Sí,*' chuir Carlos a-staigh oirre. 'Now is the time for us to crawl out of our caves. ¡Agur!' Is le sin dhùin e an uinneag aicese is a-mach a ghabh e a dh'ionnsaigh rathad-mòr Chala Bendita.

'Robh ise a' rànaich?' dh'fhaighneachd Abby an dèidh fhrasan is Capri Suns, Becks (le alcol) dhan phàrant a b' airidh air, is dhan fhear nach b' airidh.

[7] 'An-dràst' an t-sìde as fheàrr.'

'Cò?' Bha a màthair air a droch losgadh mun amhaich is i sgìth a' feitheamh suipeir *al fresco* a bha fhathast 'gus a bhith aca'.

'An tè ud shìos an staidhre leis a' ghàirdean?'

'Agus a' chas,' orsa Peadar. 'Tha an taobh sin gu lèir oirre le car ann.'

''S dòcha gu bheil Izar ann am pian, a ghaoil?' guth Jenny, a-nist aighearach, cha mhòr. 'Pian uabhasach!'

'Air an taobh a-staigh,' orsa Peadar, fhad 's a chàirich Simon 'Risotto Villa Rosa' am meadhan a' bhùird aotroim ghil air an *terraza*.

''N aire, a chlannaibh. Teth, teth': a rabhadh o shean. 'Cha dèan math dhuibh ùr ròstadh fhèin!'

An ath latha, an dèidh madainn na b' fhasa air an tràigh, shuidh Simon far an do ghabh an teaghlach an dinnear, ach aig ceann eile a' bhùird. Theann e ri rus is capiscum uaine a phiocadh far sèithear Abby, gu 'm b' urrainn dha e fhèin a dhèanamh cofhurtail. Bha an t-àite aig Peadar gun smal air: na bu ghlaine na fear Jenny. Lean a' ghrian – a bha foghainteach fad na maidne – oirre a' bruich gu mu cheithir uairean feasgar, a' toirt airsan gluasad o shuidheachan gu suidheachan; agus an sin daonnan fon chòmhdach canabhais gheal.

Chùm nobhail Abby oirre a' siubhal gu snasail, is chuir i na chuimhne, ma bha sin a dhìth air, gun robh cus a sgrìobhadairean 'inbheach' an-diugh air innse sgeulachdan a chur bhuapa, is an dùil ri glòir air sgàth chleasan teicnigeach: aithris neo-earbsach; brochan de thràthan; sruthan smaointean gun urra. Glè bheag a bha cho bòidheach, is air a chur an cèill cho math, ri màthair a' tilleadh le a triùir chloinne gu àite seunta a h-òige, is a' toirt dhaibhsan is dhuinne a bhrìgh àraid. Bhiodh e ullamh dhith a-màireach, eadhon leis an dòigh shocair fhaiceallaich san robh e ga leughadh.

Bha an cofaidh far na stòbha, mar a gheall ainm, '*rico*', agus chòrd an dà chupa le siùcar agus splaiseag bhainne ris fada na b' fheàrr na *cortado* lag Phablo – dhan chat!

"*Café Solo*", "*Café Cortado*", "*Café Grande con leche*," dh'inns e do dhà eun bheag a sgèith a-nuas far bàrr giuthais – is iad cho diombach dhen fhuamhaire san rathad orra, nuair a b' e lèirsgrios nan corran rùn am brù.

'*Aquí*.' Sheall Simon beagan *Pan Integral* dhaibh. '¡*Y aquí*. Sàr-shìol!'

Dh'fhosgladh doras na *terraza* le brag, a' sgapadh nan eun an ear is an iar – an dàrna fear gu bonaid seann Citroen Rauil. 'S ann a chraoibh-liomaid na pàirce a ghabh am fear eile, ach an ceann tiota thuit e a choimhead air nighinn bhig a bha ga tulgadh le h-athair.

'S i an nighean Bhasgach a bha na seasamh mu choinneamh-san, 's gun oirre ach *bikini* ro bheag. 'S ann a' sìneadh leabhair thuige a bha i, crith na làimh.

'*Hola*,' dh'fheuch Simon, is thug e bhuaipe a h-eallach.

'You read.'

'*Sí*.' Bha *Carrie's War* air a thionndadh an taobh a bha i.

'*Mi papá* gives you this book instead!'

'Thank you.'

'English,' dh'èigh i, is gun dad a' chòrr theich i sìos na steapaichean cloiche chun na flat fodha.

'¡*Gracias*!' dh'èigh esan, ag èirigh gun lùths às a dèidh. Shuath fionnarachd na trannsa ris, ach cuideachd dustachd on 't-seòmbar': a chùirtearan fada dùinte; a mheasan is a lusan plastaig len dathan saora salach; a dhreasair mhòr *teak* làn trealaich dhaoin' eile tron ghlainnidh.

Bha dreasair aig Mòrag Alasdair na seòmbar fuaraidh am Port Pheadair. Aocoltach ri tè Rosalia, 's ann air daraich a bha a tè-se dèante – gu 'n seasadh i aig na geamhraidhean bu chursa; coin chrèadha len coilearan òir far am b' fheàrr leis a' bhan-Spàinntich peucagan.

'Is cò dhe na rumannan bu mhotha a chitheadh daoine?' chuir Simon air fhèin. Doirbh ri ràdh. Ach 's ann am fear Chala Bendita a bhiodh esan na shìneadh fad na leth-uair mu dheireadh, a' toirt sùil tro phreusant a nàbaidh.

Thuig e gun robh a' chaileag san deise-snàimh, Garbi – a bhiodh na dias an ceann mu thrì bliadhna – a' rànaich mun tàinig i a-steach air an doras. Air at fo a sùilean dearga a bha i! An do thog i ceist mu thiodhlac a h-athar? Carson? Air neo, an e ise a dh'iarr gun toirte *Obabakoak*, sgeòil air "Obaba – àite, a dhaoine 's an saoghail", dhàsan? Bha an cruinneachadh o fhear Bernardo Atxaga, mar a gheall an nighean, sa Bheurla – Beurla ghrinn. Mura b' e an sgreuchail às ìseal, bha teans nach robh e idir air a dhùnadh ann an àm airson am biadh ullachadh.

Air feasgar Diciadain, is i 36C a-muigh, 's ann air èiginn a chaidh aig triùir nan canùthan air an draghadh fhèin às a' cheart sheòmbar dhorcha: Jenny na laighe air a' *chaise-lounge* chumhaing, a' chlann fo gheasaibh aig *sit-com* Ameireaganach sa Ghearmailtis – gàire fuadain 'an luchd-amhairc' a' dèanamh na cùis' orra a h-uile triop. Smèid Simon riutha a' falbh, air a dhruim-dìreach e fhèin, sgeul eile – ban-sgoilear thruagh à Bilbao dhen turas sa – gu bhith deiseil.

Bu chòir dha seubhadh. Pailt cho math dha fras fhuar a ghabhail às dèidh sin. Is an uair sin? Rudeigin, bha e an dùil.

Le bhith a' tionndadh a bhodhaig air falbh on t-sruth leisg, gheibheadh e sealladh meadhanach math a-mach air uinneig an taigh-bhig thar nan craobhan, is a-steach a dh'àrainn Hostal Lucia. Chìte amar nan inbheach is na bha mu thimcheall gu lèir, is mu leth de dh'fhear na cloinne. 'Fear nan leanabh,' cheartaich e e fhèin – cha robh a' chlann againne fad' sam bith an sin mun deach iad suas, ged a b' ann le bannan nan losgann orra.

Thuirt bodach Sasannach ris air a' chiad bhliadhna a fhuair Peadar a bhith na shnàmhadair mòr gun robh e nochdail gun robh e fhèin is am fear beag cho cleachdte ri bhith a' cluich còmhla; agus gu math.

'I was always so bloody busy working,' chuir e ris.

'Mur d' rinn e beagan air shaor-làithean!' Mas e an rud e, bheachdaich Simon, gun d' fhalbh iad idir sna làithean sin. Triùir, ceathrar, còignear a chloinn, tràth sna Seachdadan? Caran doirbh. Dh'fhosgail e an siampù – botal trom pinc? 'Cha robh mise riamh thall fairis ro Uni,' bhiodh e gu tric a' cur air an fheadhainn aige fhèin. Beinn a' Bhadhla a h-uile bliadhna! Geamaichean a' Chinn a Deas is a' Chinn a Tuath na h-aon bhiùgan ann an dà mhìos fhada gun chaochladh.

'Seachd seachdainean, actually, Dad!'

'Agus cha robh aon chafaidh ann, dìreach an NAAFI, far nach

fhaigheadh tu croissants no Lattes ach, ochòin, a Rìgh, taghadh beag air choreigin de chrisps is comics.'

Bheireadh an duine a bha uair cho trang iomradh cuideachd air cànail na cloinne, nuair a bhiodh iad a' buiceil is a' splaiseadh – gu tric le cus ùpraid – air a bheulaibh-san. 'So lovely! Speak English too, though? 'Course they do!'

Cha fhacas e fhèin no a bhean bho 2008.

'First they's missed in 27 yrs,' mhothaich Garaidh Gaoisideach an ath-bhliadhna. 'Bet it's the big C!' dh'inns e do dh'Audrey, le gruaim – pinnt tràth Tennents aca le chèile. Ghluais co-dhiù triùir an cuirp air am beingeannan balbha, a bhean Vera nam measg.

Bodach gasta, smaoinich Simon, ga chall fhèin san uisge fhuar is na chuimhneachain laghach. Cha mhòr nach fhaicte a-muigh an sin iad, e fhèin is a bhean dhiùid a' caismeachd air ais bhon cuairt aig a h-ochd. Reggie? Chan e. Bert? Bill? Stad! Dè 'n diofar! Sin as coireach gun robh iadsan far an robh iad am-bliadhna, ann a villa do theaghlach òg – daoin' òga. 'Villa Rosa': a' villa aig Rosalia. Cha bhiodh ise fiù 's dà fhichead. An seat ud an ath-doras, nan 60an is nan 70an – 80an a-nist – 's gun iad ach a' dol a dh'aon àite! (*Am Pub Èireannach an Cala D' Or! Ha!*) Sgaoil snodha beag mì-mhodhail air aodann fliuch.

Nochd Pepe a-mach on bhàr na lèinidh ghil is na bhriogais dhuibh: '¿*Como está, Pepe?*' '¡*Aquí. Siempre!*'[8]

'S ann a' stad aig dithis air am beul-fòdhpa a bha e, an treidhe aige cothrom na làimh dheis. Air a' bhòrd ìseal mheatailte eatarra shuidhich e ceithir mataichean beaga le cùram – a dhà air gach taobh. Chuir e an uair sin sìos glainne làn deigh an duine dhaibh, is theann e ri slaodadh air dà bhotal bheag stobach. Nuair a bha e an dèis na glainneachan a lìonadh, dhith e àrc an amhaich gach botail, is chuir e iad sin air na mataichean eile, gan tionndadh rud beag bìodach air falbh bhon ghrèin.

Cha b' urrainn do Shimon a bhith buileach cinnteach an ann dha-rìribh 'beò' a bha an gnàths fìnealta seo aig Pepe a' gabhail àite, oir b' e an taobh a-bhos – eadar an t-amar is am balla àrd – am fear bu duilghe

---

[8] "Ciamar a tha sibh, a Phepe?" "An seo. Fad an t-siubhail!"

fhaicinn. Cuideachd, dh'iarradh meanglain nam *mata* aig Raul tomhas de mhac-meanmna gu rud mionaideach fhidreachdainn tromhpa. Dhèanadh e a-mach cumadh nan daoine, ge-tà, gun strì sam bith.

Mhosgail casad grad bhon Spàinnteach fear fionnach, reamhar, le feusaig ghlais: Garaidh Gaoisideach! Dia, Dia, ach an aois a bha air an duine sin ann an dà bhliadhna – Garaidh ('The') King! Agus e a-nist air an uisge fhallain. Nach math dhut, 'ille – 'n e an t-eagal a ghabh thu? Nas glice obair an òil a chumail gu oidhche, 'n e? No an deireadh-seachdain? No gun idir a bhith rithe? Do thoil fhèin, ma-tà!

Air a' bhuillidh, agus mar gum b' ann le cleas-làimhe, thionndaidh a' bhean dhiùid – a b' àbhaist a bhith aig an duine a b' àbhaist a bhith trang – is ghabh i balgam sòbarra còmhla ri a caraid (coimhleapach?) cruinn. Wow, smaoinich Simon, nach tu *tha* a' coimhead fiot – do bhoireannach mu 74!

Dh'fhairich Simon e fhèin a' fàs cruaidh is ghluais tàmailt a làmhan suas gu sgiobalta gus an fhras a chur dheth. Bha a chorp fuar, fuar, is preasach air fheadh; boladh bùth shuiteas far a ghruaig. Cia mheud turas a bha e an dèidh a nighe? An do liacraich e siabann air fhèin air fad? Cha d' rinn mun chamas. An-dràst'? *Na bodraig!* Well, well, Garaidh agus a' bhean dhiùid – Marjory? Seadh, Marjory, agus ... Clive, Clive Peter. Ciamar a b' urrainn dha a bhith air dìochuimhneachadh!

'Well named, the little un,' thuirt esan, Peadar fhathast sa phram is gun an teas a' tighinn ri duine aca. 'Clive Peter Constable, the full title.'

Garaidh + Viagra, an e? Agus Marjory + HRT + Gym – Clive trang?

"Mo thogair, Simon!" mhaoidh guth fulangach Jenny. 'Dìreach sin,' fhreagair pàirt glè reusanta dheth fhèin. Snog, ge-tà, dhaibhsan aig an àm sin dhem beatha – tacsa ann no às.

A dh'aindeòin cion dath air searbhadair Rosalia, bha blàths gu leòr ann, is thiormaich e Simon gu math. Mar sin, an d' fhuair Garaidh Gaoisideach clìoras an tè *mhahogany*, Vera? No an do theich ise airsan? B' fheàrr dha fhèin a bhith air a dhol a-mach ann an canù, smaoinich Simon, a' cur briogais ghoirid is lèine thana ùr air. Inntinn a' teannadh ri dhol a dholaidh air ais ann a Villa Rosa: dà fhichead bliadhna 's a còig air 'Tìoraidh, ma-thà!' fhàgail aige o chionn grunn sheachdainean a-nist.

Leis gun robh e anmoch mun d' ràinig iad a' chiad oidhche, chaidh a' chlann innte, is shuidh e fhèin is Jenny air a' bhalconaidh bheag aig cùl na villa, a' coimhead chraobhan crògach na coille a' dol am bogadh ann an tuil na gealaich; adhar glan air bhoil le brag nam planaidean.

'Nas fheàrr even na Beinn a' Bhadhla, a ghràidh.'

'Fada fichead!' a freagairt chinnteach.

Shaoil leis gum biodh i fhathast teth ann an sin an-dràsta, ach 's ann a fhuair e glè chofhurtail i: aig còig uairean. Dè!? Bhiodh an teaghlach air ais an-ceartuair. Is dè bha ceàrr air a sin? Ciamar dìreach a bha còir aige a bhith a' dèanamh feum dhen ùine seo? An-diugh? An-dè? A-màireach? A bharrachd air Spàinntis! Cha do dh'fhiosraich e fhathast an robh *pad* am bùth na tràghad. Cha b' urrainn dha pàipear san t-sreath a chleachdadh: dh'fheumadh meas a bhith aige air. Thug fear Volvo peann meadhanach deusant dha – a bha e air a chur gu sàbhailte na mhàileid. Ach, nan robh *Piragua* air a bhith ann do cheathrar, cha bhiodh an còmhradh seo eadar 'esan is e fhèin' fiù 's a' tachairt! Ghlèidh e am peann: airson formaichean oifigeil a lìonadh; gus sgròbadh gu soilleir air cairtean-puist; mar iasad (fìor!) dhan chloinn nuair a bha inc am feadhainn-san air cruadhachadh san teas bhrùideil.

Choinnich sùilean Shimon aodann a' bhoireannaich a bha na suidhe fodha. O shealladh-san, cha robh coltas idir oirre gun robh i air leth-chothrom. Chitheadh tu cò bhuaithe a thug an nighean a bòidhchead. Chluinnte ise air cùl na craoibh-pailm: a' splaiseadh, a' plumail, ag èigheachd gu cruaidh ann an Euskara (shaoil leis) ri a h-athair, is an Spàinntis ri a seanair is a seanmhair. 'S ann nuair a chaidh ball beag dathte a rotadh às an amar-snàimh, is a dh'fheuch a màthair a dhol ga iarraidh, a rinn an anshocair i fhèin follaiseach a-rithist.

Dh'fhalbh i siud le bacaig, air a' cheum air beulaibh a' chactais is an fheòir, is tarsainn an talaimh chorraich eadar cùl an amair is am feansa ìseal. Ach dh'fhaillich e oirre a chaitheamh gu a nighinn – cha rachadh am ball àrd gu leòr no fada gu leòr. An dèidh dhi a ruighinn a-rithist, chrùb i gu cugallach is thog i e is choisich i leis gu ruige bàrr an àraidh mheatailte. Às a sin leig i às a-staigh dhan uisge e. Thill i an uair sin gu a suidheachan, is thug i às *laptop* beag, is le a làimh chlì a-mhàin thòisich i ri taidhpeadh gun choimhead suas fad mu fhichead mionaid. 'S e guth a' bhodaich bu treasa a bha sa chluich. Seantansan goirid teithe, air an sgalathart ann an Castellano. Chan fhaiceadh Simon, tro dhuilleach na craoibh-pailm, ach corra shealladh dhiubh a' gluasad. 'N ann ri pòlo-uisge a bha iad?

Gun rabhadh, thòisich an nighean òg a' bòilich àird a cinn, mar phàiste beag, agus chleachd a seanair guth annasach, mar gum biodh e a' feuchainn ris am pàiste a shocrachadh, ach cuideachd na rinn esan a dhìon. Chuala Simon '*agua ... agua, Garbi*' na chòmhradh rithe. An do shluig i cus? Carson? Dhragh am boireannach i fhèin far an t-sèithir, is le gnùsdail nach do lasaich rinn i air an amar-snàimh. Ghabh i grèim air an nighinn is stiùir i air ais is a-staigh dhan flat i, air a suainteadh ann an searbhadair-tràghad gun snas.

'¡*Nada*! ¡*Agua*!' chuala Simon aig an t-seann fhear a-rithist bho air cùl na craoibhe – 'Dìreach uisge!' – agus an uair sin athair na h-ighne, a bha air a bhith sàmhach thuige seo, a' toirt taic dha, ag èigheachd an aon rud ri a bhean: '¡*Nada, Izar! Sólo es agua!*'

Na rathad air ais dhan *villa*, stad Carlos aig a' bhòrd phlastaig. Dhùin is thog e an coimpiutair tana aice is thug e sùil suas far an robh Simon. Bheannaich e an latha dha le comharra, mas fhìor èibhinn, mu oir a chinn, '¡*Atxaga!*' thuirt e, a' sealltainn air an leabhar dhùinte air sèithear Jenny. '¿*Escritor que escribe, No?*'[9]

'¡*De veras!*'[10] dh'aontaich Simon. '*Tengo que preparar cena para las piraguistas.*'[11]

---

[9] 'Sgrìobhadair a sgrìobhas, nach e?'
[10] 'Gu dearbha.'
[11] 'Feumaidh mi dinnear ullachadh airson muinntir nan canù.'

101

Bha am BBQ àrd crèadha deiseil aige ann an iomlaid mhionaidean. Mun àm a dh'imlich an lasair mu dheireadh an gual-fiodha, bha Simon air sailead sìmplidh a dhèanamh is am bòrd air an *terraza* mhòr a chur air dòigh: uisge fuar (à botal) am pailteas dhaibh, a' chearc is an fheòil air an càradh far nach loisgeadh iad. Fhreagradh seo, bha e an dòchas, orra sin a bhiodh gu tolladh, no a bha air reòiteagan a ghlamhadh is a dh'iarradh fras is aodach ùr an toiseach.

'Bu chòir dhut a bhith air faicinn an Eskimo Roll agam!' ghlaodh Abby, is iad a' bristeadh a-steach air doras na flat dhan trannsa fharamach.

'Sònraichte a bha i, a ghaoil, an robh?'

'Roberto and me done four': am bàrr-urram aig Peadar oirre.

Bha Simon toilichte gun robh a mhac air caraid a dhèanamh – ro thric cha bhitheadh – is chuir e roimhe an laigse seo na ghràmar a cheartachadh mun tòisicheadh e aig an Acadamaidh san t-Sultain.

Thug e Corona làn alcoil dha a bhean le pòig làn moit, is bha e an impis dalladh air 'Cha chreid thu idir na chunnaic mise … ', ach dh'fhan e mionaid, gus leigeil leathase naidheachd iargaineach innse air mar a chaidh a siabadh a-mach gu fairge, is mar a b' fheudar a teasairginn – 'Mo nàire!' – le bàta nan òganach. Mu dheireadh, roghnaich e gun dìomhaireachd a' bhogsa-froise a bhristeadh.

An ath mhadainn, 's ann mean air mhean air mhean a bha mothachachadh a' tighinn gu Simon air dranndan nan cartùnaichean is trod lagchuiseach na cloinne. 'S i grian fada na bu chruaidhe a bha a' dòrtadh tro chùirtearan sraointe an rùim-san. Mura do chaidil iad a-staigh? Chan fhaiceadh e tuar gluasaid air Jenny – is i na laighe dearg-rùisgte ann am bruadar.

Bualadh trom. Fear eile. Is an uair sin an treas fear, air doras na flat. Chan fhosgaileadh Abby e. Dh'fhosgaileadh Peadar, ge-tà. 'S dòcha nach bu chòir dha.

'OK: Dad a' tighinn,' dh'èigh Simon, a' sporghail 'son drathais.

Cha do dh'aithnich e idir am fear beag spaideil a bha na sheasamh air a' mhaide-buinn, a làmhan an tacsa a chruaichnean. 'S ann a' sgrùdadh seann shliopars Pheadair a bha e.

'*Amigos abajo*,' thòisich e, gun diog a chall. 'Your friends. Where gone?'

'Sorry?' dh'iarr Simon, a' tarraing is a' ceangal a chrios.

'Where go the Vascos? *¡Finanza 200 euros!*' Sheall e *deposit* nan nàbaidhean aca ann an cèis. Seo, feumaidh, Jesús, an duin' aig Rosalia. 'They says stay here one week!'

'The apartment OK?' aigesan, is gun e cinnteach carson.

'*¡Perfecto!* You take this? For them?'

'*¡Sí!*' orsa Simon. Bha seòladh Charlois sgrìobhte an taobh a-staigh leabhar Atxaga. Bu mhath leis riamh Dùthaich nam Basgach fhaicinn. A-nist bha cothrom math aige. Ghreas sgiamh on TV is dùrdan Jenny a' tighinn beò ciall thuige. 'No. Sorry, Jesús.'

'*¡Pero, Si!*' chùm am fear eile air, a' toirt a-mach post-dealain air pàipear, bho à measg an airgid. Bha Spàinntis Shimon (gun sgath obrach oirre an seo) math gu leòr.

Anns an Ògmhios, dhearbh Carlos gum biodh e fhèin, Izar, Garbi, agus seanair is seanmhair na h-ighne, ann a Villa Rosa bho Dhidòmhnaich 03 an t-Iuchar. Bha fadachd orra coinneachadh ri Rosalia is Jesús, agus seachdain a chur seachad ann an cuideachd an caraidean Simon, Jenny, Abby is Peadar. 'Am faod mi am *finanza* a thoirt dhut nuair a ruigeas sinn?' chrìochnaich e.

Fiù 's ainmean na cloinne! A h-uile h-aon aca ceart aige. Sheirm fòn-làimhe Jesús is ghabh e dhi ann am Mallorquín chabhagach bhiorach.

'Rosa,' thuirt e, a' dùnadh na fòn. 'They call her now. *¡Rapidos se marcharon!* They leave too rapid. No time for goodbye. We keep deposit. Maybe they come again next year.'

Cha b' e seo an t-àm dragh a chur air sgioba a bha gu bhith ga cur tro dheuchainn an-diugh ann an clas *avanzado* – tè aca cinnteach, a-muigh no a-mach, nach rachadh a maslachachadh. Dh'fhuiricheadh e – ach dè cho fada! 'N e *hacker* a bh' ann an Carlos? Fear-brathaidh? An robh an dà shealladh Basgach aige? Cuin a dh'aontaich Jenny cùisean dhaibhsan? Toiseach a' Ghiblein? 'S ann. 'S dòcha gun robh iad air faighneachd mun flat gu h-àrd, is gun tuirt Rosalia riutha gum biodh *Ingleses* ann fad na seachdain sin. Ach cha biodh i air na ceithir ainmean a thoirt dhaibh. Mura do dh'iarr Carlos iad?

Bha faireachdainn neònach, mharbh mu Villa Rosa am feasgar ud, gun ghuthan no gluasadan an teaghlaich eile. Laigh Simon air an leabaidh greis is rinn e norrag. Shnàmh e an uair sin 40 uair suas is sìos an t-amar beag falamh, ghoil e poit chofaidh, is thug e air fhèin dà stòiridh eile bho Obabakoak a leughadh. Bha còir aige a bhith air saor-làithean ach cha b' ann coltach riutha a bha seo – tuilleadh 's a chòir cheistean gun fhreagairtean a-muigh an sin, is cion spionnaidh far an robh e fhèin airson inntinn a chur gu dol.

'S ann na fhear-brathaidh a chaidh e fhèin nuair a dh'èalaidh e tro phàirc na cloinne a dh'ionnsaigh cùl an taigh-òsta. Cha robh aon sìon nach bu lèir dha tron bhalla choncrait. Air sgàth cùram Rauil, ge-tà, cha b' urrainn do mhuinntir Hostal Lucia esan fhaicinn on taobh a-staigh. Ach dubh no dath cha d' fhuaireadh air crìosdaidh a dh'aithnich e am measg an trèid chadalaich; agus am fear a bha a' frithealadh orra uile, uill, dh'fhaodadh gur ann à Tìr nan Òg (no Arenál!) a thàinig esan.

Na rathad a-staigh a bhùth bhig na tràghad, thachair an deagh thòrr fhlotaichean ris, buill ro aotrom, agus bucaidean is spaidean-dìneasair. Ghabh e ealla cuideachd ri cairtean-puist, deannan leabhraichean (Spàinntis is Gearmailtis), Daily Expresses, pacaidean bhriosgaidean, corra chanastair agus crogain bheaga is mhòra de dh'olives. Ach bha cuideachd rud eile aig an tè ghreannaich sheing ga chumail innte – an aon seors' a-mhàin: leabhran-sgrìobhaidh – do chloinn-sgoile! Còmhdach buidhe a bh' air, is e air a sgeadachadh le bailiùnaichean purpaidh is ann an clò làidir liath na faclan Las Sorpresas.

Cha robh leasachadh aige air. Gun ach latha air fhàgail aige is gun duine roimhe, sgrìobh e gu sgiobalta air a' chiad duilleig 'Cala Bendita 's ...' agus phàigh e. An uair sin, smaoinich e ach ciamar a rachadh e an sàs san dùbhlan seo. Dè an seòrsa sgeulachd a bhiodh ann? Cò na prìomh charactaran? Dè na h-arrasbhacain a dh'fheumadh tighinn eatarra is an ceann-uidhe? Bhiodh gu leòr ri innse, am barrachd ri chumail am falach. Is càite dìreach an tachradh na thachradh?

104

'Not brought homework, has ye?' orsa Garaidh King le craos on frids. 'We fought you was done in by the Euro too. No Sheila, now. No Norm. No Clive. No nobody now, 'cept Trevor, 'course.'

'Garaidh!' aig Simon dha, cho diabhalta furasta an 'Gaoisideach' beag a chur ris. Chan e Marjory a chompanach idir ach tè na b' òige coltach rithe. 'Life treating you well?'

'Bloody beautiful, mate,' fhreagair mo liagh calgach, is dh'fhàisg e a làmh gun eagal. Is cò a chanadh nach e sunnd agus '*cerveza*' Gharaidh an lùib nan 'trosg' a thug air Simon suidhe ri ficsean – *Cala Bendita 's a Bheannachdan* – airson na ciad uair on Mhillennium.

Ochd mìosa deug an dèidh sin, fon tiotal *A' Bhean Ùr aig Garaidh Gaoisideach*, thuirt cailleach le cus peant air a bilean, *beret*, agus fàileadh a' chàil dhith, gun do chuireadh an Aegean sna 60an na cuimhne – mar a bha na dathan a' dannsa. Shaoil tè òg Àisianach, ann am beannaig a peathar, gun robh i èibhinn ann am pàirtean ach truagh an àitean eile. B' fheàrr le Alex, a bha an ceann na buidhne – 's e an dùil nobhail a chur an clò – structar na bu teinne, is le sin bhiodh ruith an sgeòil cunbhalach, ceart.

'But, yeah, thanks for sharing that, Simon. Great description of the disco, with apposite detail on the *bad* 80s sounds. Loved the corny car-chase, by the way. Anyone have a last comment?'

Thog clèiriche – fhathast na dheise – aig Comhairle Roinn Friù a làmh. 'The woman's the spy!'

Cathair sa Chreig

Chan eil an rathad on taigh-òsta sìos gu Playa Bendita ach goirid – ro ghoirid an-diugh. Ruigeadh Lucia a h-àite fhèin air an tràigh ann an dòigh cus na b' àille. Bidh a' choille beannaichte le boladh na stoirm on t-seachdain sa chaidh, ach tha a casan air at is chan fhuiling na h-òrdagan grànda goirte sin reumhaichean no claisean.

Chan eil sgeul air duine aig aon uair deug – duin' idir – far an robh fhathast na ceudan o chionn beagan sheachdainean. Coisichidh i seachad air Hotel Playa Bendita – an aon fhear eile san oisean bheag seo de Mhallorca a fhuair cead ro inbhe Pàirce Nàiseanta. Coltach riutha fhèin, tha greis bho dhùin Pablo is Laura an dorsan dathte. Ghlan iad gach seòmar, sgùr is chòmhdaich iad na h-amaran-snàimh is theich iad. Ameireaga am-bliadhna, dh'inns cuideigin dhi: co-ogha aigesan sna Rocky Mountains air *rancho*.

Dh'fheitheadh an làithean-saora fhèin le foighidinn gu 'm biodh Raul bochd tron rannsachadh ann am Palma. A ghrùthan, dh'inns an t-àrd-lighiche dhaibh: fada cus geir ann. Ach cha robh coire ri cur air deoch-làidir no beatha chunnartach; chan e hepatitis no gu dearbha cirrhosis a bh' ann idir. *No, no, Lucia, amor, ach feumaidh sinn smachd a chumail air – los gun gabh am balach seo làn-bhrath air a' chothrom an dèidh dha a dhreuchd a leigeil dheth.*

A' leigeil dheth – dhiubh – nan dreuchdan! *La Jubilación!* Faclan gun bhrìgh le feadhainn eile, a chuir an uairean seachad ann an oifis o bha iad fichead – mar bu chòir – is a phàigh a-steach a dh'urras cinnnteach. 'S ann a bha iadsan a-niste air chomas an deise, no an inneal, no an rùnaire a chrochadh is duais an dìchill a sgobadh leotha le saorsa.

Cha b' ann leth cho fialaidh 's a bha 'Gnìomhachas na Fialaidheachd'! Dà fhichead bliadhna 's a còig de mhoch gu greis mhath seachad air dubh – gann mionaid leis an teaghlach, sgath idir as t-samhradh, is gun ann ach sochair bheag phrìobaideach 'son an rathad dhan uaigh a dhèanamh na b' fhasa. Clachan is aol is fallas an togalaich a shluig an còrr; agus e a-niste reicte – air prìs a bhristeadh cridhe gach cruaidh-chrìosdaidh! Cho luath 's a thachair e cuideachd! Deireadh an earraich, ma-thà: deireadh Hostal Lucia.

'Thoireadh sibhse is Raul ur seusan gu ceann, *cariñosa*, is nì sinne fìor oidhirp an t-ainm a ghleidheadh!' dhìosg fear maiseach na dithis – fhathast sna badain.

'Sibh nach dèan, *hombrecito*.' Carson a bhios fireannaich ag innse bhreugan cho truagh? 'Chan iarrainn oirbh a chumail co-dhiù. Leibhse a bhios an t-àite. Chan fhada gu 'm bi mise marbh.'

Chan eil Lucia idir marbh no a' bàsachadh, ach buidhe bàn beò, nuair a thig i an toiseach na ruith is na leum is na car mu char a dh'ionnsaigh òr àlainn Playa Bendita. Cheangail a màthair a falt na fhigheachan snog a-raoir agus leigidh a h-athair – a chumas grèim cho teann – leatha falbh na h-aonar air a' ghainmhich. Saoraidh esan Rey bho a shrathair theth is bheir e biadh is uisge dha.

'*No et banyis sola - m'has sentit Lucita?*' èighidh e le cùram gu a chaileig bhig chomaig de cheithir bliadhna! '*Allà vaig!*'

Ach chan eil sìon a dhùil aig Lucia a dhol a-staigh dhan chuan leatha fhèin. Carson a dhèanadh i sin? Cò a dhèanadh a leithid? Air an eilean ghrianmhor thràighmhor seo, chan fhaca i riamh duine a' snàmh sa mhuir – no gu dearbha ann an àite sam bith eile.

Their cuid gu bheil amaran-snàimh ann am Palma. Ach 's fhada a-mach sin. Ro fhada air each is cairt.

Ach 's e, ge-tà, rud gu math dùthchasach do Mhallorca *banyarse* – seadh, thu fhèin a nighe – fo na stuaghannan – uair sa bhliadhna. Bidh a h-athair, Antonio, a' tighinn ann a sheo daonnan air an dàrna Disathairne dhen Iuchar. Rud a tha e air a dhèanamh o fhuair e aois.

Bidh e a' stad, an dèidh làimh, aig bothan beag a phàrantan taobh a-muigh S' Alqueria Blanca 'son uighean is aran ùr on stòbh-fhiodh.

Tha Lucia a-niste mòr gu leòr 'son a dhol còmhla ris air an turas à Ses Salinas. Faodar earbsadh aiste nach cuir i a beatha-se no a bheatha-san ann an cunnart. Tè bheag ghlic a th' innte, mas ann car millte – ach math gu obair.

'Fada nas stòlda na a' chuid as motha de chloinn dhe h-aois, Antonio!' chuir a bhean na fhaireachadh, mun do dhealaich iad rithe aig càinealachadh an latha.

Tha an dearbh thè bheag trang a' tilgeil gainmhcheadh nuair a ruigeas a h-athair an tràigh is a thòisicheas e air am plaide tachasach a sgaoileadh. Bheir a nighean thuige sligean – tè mu seach, mòran gun cus loinn orra – 'son am moladh is an cumail gu bràth. Cha dèan Antonio snàmh idir, ach 's toigh leis faireachdainn na fairge blàithe mu mheadhan. Thèid e air a dhruim-dìreach oirre is leigidh e leatha cuideam a ghuailnean sgìthe làn siataig a ghabhail. Chan e deagh bhliadhna a tha air a bhith ann an 1949 'son *almonds*. Rug an teas obann orra ro thràth agus sheac iad. Tha an dìol cuideachd air a bhith aig a' chrodh fodar gu leòr fhaighinn eadar na clachan is na dìgean sna buailtean tiacte.

Ach an-dràsta fhèin chan eil fa chomhair is fa dheòin ach a dhol a-steach dhan Mhuir Mheadhanaich is dèanamh cinnteach gu bheil a nighean bheag bhinn, Lucia, buileach sàbhailte.

'Seo, Phapá!' èighidh i, na crùban – on àm sin a-mach, na h-àite-se – an taobh thall na tràghad: palla sleamhainn a shnaigh na tuinn gu snog dhan chreig chais.

'*No, no, amor!*' rabhadh Antonio. '*Es perillós!* Ro chunnartach! Feumaidh tu coimhead air na creagan fodhad cuideachd! Trobhad air ais a-nall an seo, is feuchaidh sinn a-staigh on chladach.'

Tillidh i thuige sa mhionaid, is cumaidh Antonio na seasamh i – ise na drathais bhig dhìtheanan; esan na bhriogais ghoirid chotain: grèim aca air làmhan a chèile. Dadaidh is a dhoileag. A' ghrian is an t-adhar. A' ghainmheach is a' mhuir. Gun sgeul air anam eile. An dithis aca – is an samhradh cho saor ri faoileig. Biothbhuantachd saoghail romhpa.

'S e glè bheag a dh'atharrachadh a tha air tighinn air a h-àite ann an trì fichead bliadhna 's a còig ach gu bheil am palla a-niste fada nas cùmte, mìn, ach tha na bodhannan am falach fo bhàrr an uisge fhathast cho bagarrach lìogach. 'S ann a bha ise glic gu leòr aig aois ceithir gun leum, rud nach robh cuid eile bhon uair sin.

Seo an t-àm dhen bhliadhna nuair a dh'fhaodas luchd nan con an leigeil mu sgaoil gun chiont no càin. Chan fhaic i fianais sam bith gun do dh'fheuch gin a bheathach air an tràigh o dh'fhalbh an làn sa ghlasadh. Bu bheag reusan dhaibh a seachnadh, ge-tà, leis mar a tha an t-sìde a-rithist car cofhurtail 'son mìos meadhanach a' gheamhraidh. 'S e peitean a chuir ise oirre nach eil idir tiugh.

Bho thug a h-athair an toiseach i gu Playa Bendita, o chionn nam bliadhnachan mòra sin, tha Lucia air sìor thilleadh gu a h-àite fhèin rè na h-ùine sin, feuch an lorg i esan, gu bhith còmhla ris – ach am fairich i a ghàirdeanan *muscular* mu h-uachdar.

Chan eil fhios nach e seo an turas mu dheireadh a thig i. A rèir slàinte Rauil is cùisean teaghlaich eile, 's dòcha gun dèan iad imprig cheart a Phalma, an seann taigh an Ses Salinas a chur bhuapa. Dè bheireadh oirre an uair sin siubhal fad uair a thìde 'son taigh-òsta a cuid fala fhaicinn, air a dhroch ruith – no co-dhiù air atharrachadh gu bràth – le dithis bhragail à Bhaileinsia?

B' fheàrr dhi a dhol a dh'àiteigin eile – a-null fairis, 's dòcha, 'son na ciad uair ann an linntean? An toiseach an t-aiseag gu Barcelona – beagan spòrs suas is sìos an Costa Brava: bailtean ùra, chan e feadhainn phiantail làn chuimhneachan thaibhsean. Dh'fhaodadh iad an uair sin leantail orra tarsainn gu Perpignan na Frainge – fada seachad nam bu mhiann leotha.

Chan eil mu coinneimh an-diugh ach ciùinead shoilleir liath agus i fhèin: a cor: an staid sam bi i aig a' chrìch. Ma bha ciad seusan gu bhith ann, nach fheumadh am fear mu dheireadh tighinn cuideachd? 'S ann a bhiodh e air nochdadh fada na bu tràithe na seo nan robh duine aca air fàs tinn. Ach cha d' fhàs. Tha i fhèin is Raul air fuireach gu math fallain fad na h-ùine sin, is chaidh aca air cumail ri ciùird a bha daonnan a' caochladh is gan sìor chur gu dùbhlan. Nach do thog iad teaghlach laghach de thriùir? Nach do rinn is nach do ghlèidh iad tòrr charaidean: ioma beannachd Nollaig shnog Shasannach is Ghearmailteach – riamh, on fhìor thoiseach.

'Agus, thig an dithis agaibh air aoigheachd thugainn! Òrdugh a tha siud,' phut an *chico* a b' àirde – am fear leis a' bheuc bhoireann. 'An toir sibhse comhairl' oirnn, Lucia? Am bi sibhse nur n-antaidh!'

Laghach dhaibh iarraidh oirre, ge-tà. Is cò aige a bha brath nach robh iad ga chiallachadh nan dòigh àraid fhèin. Ach nach truagh, goirt, ge-tà, an sonas buan sin fhulang is tu na lùib gun chumhachd. Gu h-àraid far na chleachd a h-uile pioc dheth a bhith fod smachd-sa – ort an dleastanas cùisean a ruith is a chumail cho math 's a ghabhadh.

Air cho taiceil is gun robh Raul, is sàr làmhcharach, 's beag for a bh' aige air gnothachas an àite – obair an airgid. 'S ann a bhiodh e air a bhith pailt cho math dhi sin iarraidh air neochoireach beag sheachd bliadhna à sgoil Phorto Rojo. Ach nach robh neartan is laigsean annainn uile? Agus an fheadhainn aicese a-niste?

Tha na tuinn a' gluasad, mean air mean, nas fhaisge, is a' sluaisreadh air na creagan marbhtach sin fo a buinn làidir leathair. Cluichidh a' ghaoth le iallan a sgiorta ùir, a chòrd rithe aig fèill Felanitx – no am bùth shnasail ri a taobh – Didòmhnaich sa chaidh. Trusgan iomchaidh, gun aithreachas, gu falbh. Nach e?

Gu fortanach, phòs i fhèin is Raul mìos mun do chuir iad an ainm ris na pàipearan, air neo cha robh mionaid air a bhith aca gus sin fhèin a dhèanamh 'son grunn bhliadhnachan. Ullachadh a' gheamhraidh: cumail suas, càradh, peantadh, saothair mhòr mhòr sna làithean sin. Iadsan a bha an urra ri gach sgrios dhith – gun sgillinn a bharrachd ann do phlumair no eile, an dèidh dhaibh an t-iasad a phàigheadh aig ceann gach mìos. Is an cùl a bh' aca? A dhà no thrì mìle peseta is creideas ann an dùthaich a bha deònach gluasad, is meas air Mallorca na chois – rud a thachair. An diugh, ge-tà, dh'fhaodte falbh a dh'uimhir a dh'àitean, is bha cruth-atharrachadh air tighinn air na dh'iarradh daoine bho shaor-làithean.

Apartamentos is taighean sam faodadh iad dèanamh air an son fhèin, campadh gun chràdh, fiù 's sna carbadan sin a bha na bu shnasaile na na dachaighean a dh'fhag iad às an dèidh! Chan fhada a mhaireadh taighean-òsta beaga teaghlaich do theaghlaichean. Abair gun robh planaichean eile aig Walter is Marco, thuirt iad: Wi-Fi; bàraichean *à la mode*; oidhcheannan partaidh – tòrr rudan a bheireadh *clientele* na b' ùire is na b' òige a-steach.

Is gura math a rachadh leotha. Droch theans gun cumadh iad duine dhe na bha ag obair ann – seadh, a chleachd a bhith ag obair ann! B' fheàrr an t-àite ùrachadh sa h-uile dòigh is *vibe* fada nas *contemporario* fhilleadh air fheadh. Fiù 's Angel – gu bhith 47, ach fhathast 21 – cha leig iad air bòrd. Mur a h-e seo am breab san tòin a bha dhìth air! Cus chothroman air an toirt dhan cheart mheàirleach – is carson, a bharrachd air a dhualan brèagha? A chionn 's gur e bràthair Phepe a th' ann – fìor *trabajador* nach d' rinn a trèigsinn. Ro anmoch dhàsan a-niste sìon a dhèanamh: a' phrìs a dh'fheumar a phàigheadh airson dìlseachd is cion smuais.

Slaodaidh Lucia a peitean beagan nas dlùithe is gheibh i air a casan a ghluasad air an sgeilp-chreige. Bidh teanntachd buailteach tighinn na calpaidh dheis ma chumas i ro fhada gun ghluasad i. Tha na calpannan – agus na sliasaidean – fhathast car caol, tarraingeach do bhoireannach dhe a h-aois. Cha deach an truailleadh le cuisleanan craobhach grànda, a dh'aindeoin nan uairean a thug i air a cois. Is dòcha nach do sheas i fada gu leòr san aon àite! Nan robh bonn a casan air dèanamh cho math, b' urrainn dhi bròg bhrèagha Eadailteach fheuchainn seach an tè ghranaidh a th' oirre. Chan ann an seo, ge-tà – dhan tràigh, dha a h-àite fhèin, a chreagan marbhtach fodha.

Cluinnidh i fuaim, mar ghaoith air pàipear tioram, air a cùlaibh. Is dòcha gu bheil, mu dheireadh thall, cù is a mhaighstir an dùil a sìth a thoirt bhuaipe? Ach chan e. 'S e a th' ann ach cat: tè dhubh, ribeagach, fad' às, a tha ri sealg. '*Moixet!*' canaidh i, 'ma leigeas mise leatsa, leigidh tusa leamsa, *vale?*' Tha an cat aontach gu leòr is falbhaidh i tro fhraoch is lus na tùise chun na coille-giuthais. Furichidh Lucia gu 'n nochd i thall far a bheil na sia BBQs phoblach – coltas fuar fàs air an àite is e cho glan. Uaireannan bidh e a' cur sgàig oirre a bhith na chòir as t-samhradh – an sgudal grod sin ga

111

dhìobhairt a-mach às na bionachan, no sgapte thall 's a-bhos gun diù, biastagan dhe gach seòrsa a' dannsa nan sgaoth mun cuairt air. Sluagh mòr air an dinneadh a-steach a dh'àite ro chumhang: gun fo dhuine aca ach a bhith a' slugadh a' *vacacion* 'acasan'.

Tha Café Bendita – no 'Bothan nan Trosg', mar a thug Simon às Alba air – cuideachd falamh, ach leis gu bheil na sgàileanan mòra meatailte air an draghadh a-nuas gu làr, thèid aige air a mhiann fhalach – an luchd-turais a bhios rin slugadh a shlugadh!

Truisg lethchar sean iad fhèin a-niste, an triùir bhràithrean *Spaghetti Western*: Ramón, Chave is Vicente. Cumaidh iad orra greis fhathast, is an uair sin reicidh iadsan an t-àite aca cuideachd. Cha ghabh duine dhen teaghlach e, sin aon rud cinnteach. Chan e an caitheamh-beatha a tha a dhìth air *los jovenes* an diugh. Cò a gheibheadh coire dhaibh? Tuilleadh sgoile, oilthigh, obair phroifeiseanta – soraidh leis an sgalagaireachd. Bliadhnachan o nach robh i fhèin no Raul sa chafaidh aca – fiù 's feasgar Didòmhnaich 'son dram.

Co-dhiù, 's e boireannaich à dùthchannan cèin a tha air clàr-obrach nan 'trosg', feadhainn nas òige na 35 (ged nach eil sin furasta tuilleadh) le cìochan sgoinneil. Chì muinntir an àite a' tighinn iad. Nì iad amharc trom mionaich mhòra agus 's e glè bheag as d' fhiach a gheibh iad brùthte nam broinn. Tha Raul dhen bharail nach eil annta ach na gadaichean. Tha barrachd truais aicese riutha, san dòigh sam bi i uaireannan a' gabhail truais rithe fhèin, ach gun sgath dhen t-slìogaireachd. Ged a tha a saoghal-se is fear an duin' aice air a bhith cruaidh – dithis shearbhantan beaga – chan ann ri slìogaireachd a bha iad. Taing mhòr do Dhia.

Nochdaidh gheata mun cuairt rubha Buena Fortuna – a' dèanamh air Cala Figuera mun tionndaidh i a-rithist, 's cinnteach, gus tòiseachadh air tac teann gu tuath. 'S ann am Porto Rojo a bhios i ceangailte a-nochd, a' gabhail brath air an t-side mhath – 'am fèath an dèidh na stoirme!' – is gun cus dragh orra mun tòrr feamad air Playa Bendita. Chan fhalbh iad fada sa bhàta bheag sin, gu h-àraid tè a bhuineas dhan sgìre. Tha na coigrich nas dàine. Cuiridh iad iad fhèin is an teaghlaichean an cunnart am beatha ach am faigh iad beagan plòidh.

Thug an t-Albannach eile, am 'Brigidista', ise is a h-athair a-mach air a' bhàta – car an aon slighe ris an luchd-turais – ùine mhòr ron a sin. Nochd Calum mu chòig bliadhna an dèidh dha a h-athair a toirt leis gu Cala Bendita 'son a' chiad turais; ise na h-ionad prìseil sa chreig. Chuir nàdar an t-seann saighdeir annas orra le chèile, ach neo-ar-thaing tarraing ann. Thug e gu *restaurant* leòmach iad faisg air Cala D' Or, gun fàth aig duin' aca gum biodh gach cùil – is cha b' fhìor fhada thuige – air a truailleadh le *tat* turasachd is biadh suaithichte saor.

Bha e fhèin is Antonio glè mhòr aig a chèile, gu 'n deach crìoch a chur air an dàrna botal. Thòisich Calum air cur às a bhroinn mu Franco, a' ghràin a bh' aige air; mar a chìosnaich e an Spàinn is mar a ruaig e a h-uile duine ach a dhaoine fhèin dhan t-sitig; mar a mhùch e an leasachadh a bu chòir a bhith aig rìoghachd an ceann an iar na h-Eòrpa aig toiseach an dàrna leth dhen fhicheadamh linn. Bha 'na Balearics thruagha' – is dh'ainmich e iad: 'Mallorca, Menorca, Ibiza' – gu h-àraid suarach leis, is iad aig an aon àm a' fulang fo làmhan nan uaislean aca fhèin.

Dh'èirich a nàdar air Antonio! Cha robh a thaic-san riamh aig *E Generalisim*, ach mar fhear a thuig lèirsgrios Stalin, 's e bha amharasach mun 'cho-ionannachd' a ghealladh siostam àraid sam bith. Bha e cuideachd glè mhoiteil às an eilean dham buineadh e.

Thoireadh an trustar grunnd Ifhreann air! 'S iadsan nach tilleadh a-mach gu fairge san tuba bhadhsgaideach sin. Choisicheadh e fhèin is a nighean òg tarsainn a' bhealaich san teas bhrùideil. Stadadh cuideigin dhaibh. Sin a bhiodh muinntir Mhallorca a' dèanamh, a' cuideachadh a chèile, oir bha gràdh aca air a chèile. 'N ann deireannach a bha sin? *Primitivo?*

Fhuair iad lioft ann an làraidh. Thug luaths a' charbaid thar nan seachd mìle gu Bendita air Antonio an t-each a thoirt far an astair fhada às dèidh sin tuilleadh. Ach air an latha mhurtaidh ud, bha Rey na sheasamh an sin romhpa am fasgadh fionnar na foighidinn. Gun ach an siot bu lugha fàilte a chur orra, thionndaidh e a cheann *'rumbo los abuelos'.* Cha robh beò dhen chàraid mun àm a thachair seo ach seanmhair Lucia, boireannach geur làn gaoil air eich, mic is oghaichean – san òrdan sin.

'*Os vareu banyar?* (An deach sibh am bogadh?)' dh'fhaighneachd *la abuela, Magdalena.*

'*Si, Mamá!*' fhreagair a mac. '*A la sang de l'ignorància!* (Ann am fuil an aineolais!).'

Cha do thill iad tuilleadh còmhla mar sin gu Playa Bendita, Lucia is Antonio. Bha a seanmhair fon fhòid ro dheireadh na bliadhna. Bheireadh an Seat 80 gu tràighean eile cus na bu bhrèagha iad – agus dè cho fad' 's a bu chòir do nighinn òig is a h-athair a bhith ri a leithid còmhla co-dhiù?

Aon latha, nach do dh'iarr i air Raul – a bha sia bliadhn' deug, is a fhuair grèim air motair-baidhsagal 'son an latha – a toirt a dh'àite socair, dlùth dha a cridhe. Shuidh Lucia air a' phillean is shad a' ghaoth bhlàth a falt na h-aodann. Dh'fhairich i amhaich a leannain frioghanach le blas searbh an fhallais oirre.

Romhpa an Cala Bendita bha tè mhòr bhàn na suidhe leatha fhèin am meadhan na tràghad, fhad 's a dhèanadh a triùir cloinne geala cluich ri oir a' chuain. Tha cuimhn' aig Lucia gun robh sgiorta uaine shoilleir aig a' mhàthair, a thaisbein a h-iosgaidean tana, agus *tank-top* trom faiceadh tu gu furasta *brassiere* làn chearcallan orains. Bha còmhdach bog air an leabhar *Katz und Maus* ('Cat is Luch', mar a fhuair i a-mach bliadhnachan an dèidh làimh). Agus na casan fada donna sin – rùisgte is a' sìneadh a-mach gu sìorraidheachd sa ghainmhich, len ìnean beaga bòidheach air am peantadh cho snog is air an dearbh thuar ri a bilean.

Dh'fhan Lucia is Raul gun chothrom nan cas – agus glè fhaisg dhi – ga sgrùdadh. Rinn am boireannach gàire is le comharra dh'iarr i orra suidhe ri taobh. 'S ann dathte a bha a plaide mòr cuideachd – pàtaran de dh'eich-mhara a' sìor ruith nan stuagh – is gun choltas tachasach idir air, seach fear a h-athar. Thòisich Raul air gluasad. Shlaod Lucia air ais e.

'*Sol!*' ors an tè bhàn, a' tobhadh dhan adhar le a corraig.

'*Si,*' dh'aontaich iad, a' coimhead suas. '*Siempre sol.*' Cha do choisinn seo freagairt is thill am boireannach gu a leabhar tiotan. Thug i an uair sin pacaid thoitean às a baga-sràibh is thabhainn i fear orra. Dhiùlt Lucia dhan dithis aca.

'*Bonitos*,' orsa Lucia, a' cur gean oirre is a' sealltainn air a' chloinn bhig bhàin gun smal.

'*Meine kinder*,' fhreagair ise, a' stiùireadh a corraig a-rithist – dhan ionnsaigh-san an toiseach, is an uair sin ga cur air a com eadar a dà chìch chruinn.

Dh'èirich miann uabhasach ann an Lucia – miann ceist thar ceist a chur air an tè eireachdail seo. Ciamar a chaidh dhi an àm saothrachadh na cloinne sin – an triùir aca a-staigh, no duine no dithis san ospadal? An robh a màthair-se còmhla rithe? Cà robh an duin' aice an-dràsta? Dè na h-ainmeannan a thug i air na *niños*? 'N ise a bhiathaich iad? Thuirt a Mamá, ann an Ameireaga a-niste, gum bite a' toirt bainne ann am pùdar dha na pàistean airson na broillich a chumail bòidheach dha na fir.

Bha làmh na leadaidh air ais air a h-uchd. '*Tourist?*' ors ise.

Chrath Lucia a ceann.

Shiubhail i na baga leathann bog is thog i às leabhar na bu lugha is na bu tighe. Thionndaidh i na duilleagan tana gu sgiobalta

'*Soy turista!*' dh'èigh i an uair sin. Leig Raul às lasgan ro mhòr: '*Muy bien. Muy bien! Es turista!*' Chuir mar a leum e chun a' bhoireannaich an t-eagal air Lucia. Shaoil i gur ann a' dol ga pògadh a bha e, ach an àite sin rug e air làimh oirre is chrath e suas is sìos le sgoinn i: '¡Bienvenida, Señora!'

Dh'fhairicheadh Lucia guailnean a' ghàire ghòraich ud fhathast is iad a' buiceil is a' burralaich suas rathad na cartach on tràigh. Sheachain iad a' mhuir an latha ud, gun fhios nach cuireadh sin dragh oirrese is air a cloinn.

Nuair a bha iad mu thri-chairteil suas am bruthach, stad Raul am motair-baidhc is choimhead e timcheall. Chan fhaiceadh an t-sùil lèirsinneach ach coille thiugh ghiuthais is *mhata*. Bha Playa Bendita na leug falaichte fòdhpa. Cò idir a chanadh nach e geasag bheag na grèine a bha sa mhàthair is a pàistean riochdail.

'Nach eil fhios agadsa de th' ann an *turista*'? dh'fhaighneachd e.

'Dè? Dùin do bheul – is thoir dhachaigh mi!'

'*Heh, tranquila, mi corazón*. Tha i dìreach àlainn an seo. Nach fhan sin mionaid no dhà a bharrachd? '

Mu dheich meataran o far an do stad iad an latha ud, is mu chòig bliadhna an dèidh laimhe, dh'fhosgail Hostal Lucia do *turistas* – a' chiad fhear dhe a sheòrsa ann an Cala Bendita, air a' cheann sin dhen rubha. Bha iad fad' air thoiseach air Cala D' Or is a luidealaich choimheach: taigh-òsta beag le teaghlach ceart cùramach. A màthair, Doňa Maria, sa chidsin; Antonio, a' càradh is a' cumail gach nì an òrdugh; is a chliamhainn Raul dìleas is deònach a dhol fo làimh. Ghabh piuthar òg comannd air an t-seòmar-ithe le sunnd; ghlan dà cho-ogha na rumannan – dìreach 25 dhiubh mun do chuireadh a-mach am pìos ùr ann an 1979. Chaidh a h-uile sgath a dhèanamh gu snog, gun sgìom, a rèir nàdair is nàdar an teaghlaich. Dreuchd a bh' ann cuideachd – dòigh air teicheadh bho bhaile beag do bhreith is fearann truagh. Beatha a chuireadh tu fhèin romhad.

Mu dheireadh thall, tha cuideigin eile còmhla rithe air Playa Bendita. Duine àrd. Thàinig e on bhàgh ud thall – S' Arcador. Cha bhi uiread a dhaoine a' taghadh a dhol an sin. Chan eil *restaurant* no dad mar sin ann dhaibh. Bhiodh cuid dhe na bhiodh a' fuireach aice a' snàmh a-null is a' coiseachd air ais. Cha do rinn esan sin. Dh'fhaodadh e bhith air dràibheadh à Santanyi, an càr fhàgail san àite shònraichte is a shlighe a dhèanamh sìos tro na craobhan. Sin, no tha taigh aige ann a sheo, faisg air làimh, is tha e muigh air chuairt mun gabh iad am biadh. Bheir e an aire do Lucia air a sgeilp is smèididh e le modh. Chan eil i idir ga aithneachadh. Tha e na sheasamh a-niste, a' sealltainn a-mach air a' chuan shèimh. Tha an t-eagal air Lucia gun tig e a bhruidhinn rithe – 'son beagan ùine a chur seachad. Chan ann às a seo a tha e. *Inglés* eile, 's dòcha. Bidh e mu dheich bliadhna nas òige tha i – gu leòr mòr aige as d' fhiach èirigh air a shon. Mura do leig e sin uile seachad tràth.

'Falbh a shnàmh,' èighidh e gu h-aoibhneach an deagh Spàinntis.

'A bheil?' Chan urrainn dhìse fhathast, a dh'aindeoin beatha loma-làn '*piscina y playa*'.

'*¡Muy frio!*'

'*Refrescante,*' canaidh e – ga chiallachadh? – is cuiridh e dheth a lèine is a bhriogais gheal is leumaidh e a-mach air a' mhuir. Èighear creach na dunaich. Chan eil an t-uisge cho fuar sin, 18C no mar sin, ach tha e ag iarraidh pàirt a thoirt dhìse sa chùis. Is dòcha gu bheil fhios aige cò i. Gun ach an dà thaigh-osta sa Chala, tha Lucia is Laura nan *celebrities.* Tha an dithis a tha pòsta aca nas diùide, ged as aithne dha na fir a tha ag obair mun sgìre gu math iad. Bidh iad uaireannan ag òl còmhla riutha.

An cuala an duine seo gun do reic i an t-àite – gur e seo an seusan mu dheireadh aice? Bheil e ag iarraidh dearbhadh fhaighinn air na fathannan: thèid Hostal Lucia na Chlub Med do Bhreatannaich òga bhorba!

'*Todos Los Dias,*' innsidh e dhi, a' tighinn dlùth, e ga thiormachadh fhèin aig an aon àm le searbhadair – nas coltaiche ri tubhailt bhig – a thug e às a bhaga-droma beag. Cha tug Lucia an aire dha nuair a ghabh an duine a chiad cheum air an tràigh. 'Uaireannan cha dèan mi ach còig mionaidean; uaireannan nas fhaide. Ach bho thionndaidh mi leth-cheud, shnàmh mi a h-uile latha.'

Nan robh dùil aige gun canadh i rudeigin mar '*De veras?*' – no, na b' fheàrr buileach, 'Chan fhada on uair sin, ma-thà!' – bha e ceàrr. 'S ann airson sin a chaidh a pàigheadh thar an dà fhichead bliadhna 's a còig a dh'fhalbh. Dh'fhaodadh i a-niste roghnachadh cuin is ciamar a bhiodh i ri moladh.

'*Mejor asi*': tha an tràigh fhalamh is an dà thaigh-bìdh dùinte a' còrdadh ris.

'*Depende,*' aicese. '*Si vives del turismo?*'

'Agus air sin a tha sibhse beò?'

''S ann a bha mi.'

'Gérard,' canaidh e, a' tairgsinn a làimhe dhi.

'*Hola.*' Cha ghabh i ach gu lag i – gnothachas air traoghadh aiste.

Tha Gérard air dràibheadh a-nall à Soller, innsidh e dhi. Tha *apartment* aige ann, ach uair ainneamh a gheibh e air tighinn mòran nas tràithe na an t-àm sa a bhliadhna. Bidh e daonnan a' cur seachad latha mu Chala Bendita. An turas mu dheireadh, stad e aig a' cheann sa dhen bhàgh, ach an-diugh thagh e an taobh thall – ged a tha an rathad nas fhaide is mòran nas cumhainge; tha faileadh nan liomaid fhathast làidir far nam *finca*. Tha a calpa air teannachadh a-rithist is chan fhairich i a tòn ged a tha an cuisean ud oirre nach robh oirre riamh. Feumaidh i i fhèin a ghluasad, ach ann an dòigh nach leig sìon ris: cridhealas; càirdeas; diùltadh is "Am falbh thu?"

'Frangach thusa?' aice airsan, ga cur fhèin air dòigh – feitheamh a' chràidh sgriosail ud na cois, na nearbhan gan toirt beò às ùr, lìon beag is beag.

'*Si*. Às Lille, sa cheann a tuath."

'Cò ris a tha e coltach?'

'Gun cus de choltas.'

''S olc an airidh. Tha leithid a bhòidhchead san Fhraing.'

'Agus suarach cho math 's a tha an t-side,' cuiridh e ris ann an Spàinntis shnog ghnàthasaich. 'Na thoil-inntinn a bhith teicheadh às 'son deireadh-seachdain.'

'Sin na th' agad?'

''S e, ma-thà.'

'Fada ro ghoirid. Tha Mallorca, Cala Bendita ...'

'*Café?*' cuiridh e a-staigh oirre, is bheir e flasg is cupannan grinne cearta a-mach às an aon bhaga is teannaidh e ri riarachadh air fhaicill.

'An dùil ri cuideachd?' faighneachdaidh i, a' gabhail an fhir aicese na dà làimh mun tionndaidh i a' chluas a-staigh.

'Chan eil. 'S toigh leam a bhith toirt seachad. Bidh thu fhèin tric ann an Soller?'

Crathaidh Lucia a ceann is thig fiamh-gàire neònach oirre: 'Aon uair riamh! Cha deach mi air an trèan sin fhathast – ged a dh'fhaodainn a bhith air a ceannach leis na reic mi de thiogaidean air a son!' Agus le sin tòisichidh sgeulachd a beatha, far am bi sin tric a' tachairt, aig a' chrìch.

Deuchainnean Rauil. Ged a thuirt na dotairean gum biodh e ceart gu leòr, tha e 71 a-niste. Chan eil ise cho cinnteach. Tha dithis dhen triùir nighean a' fuireach am Palma – tè aca na saic-eòlaiche cloinne, an tè eile a' teagasg. 'S ann an Girona a tha an tè as sine, le a h-àl fhèin

– ceathrar aca!' 'Chuir mi fhìn is an duin' agam seachad ar beatha ag obair ann an òstaireachd – san aon fhear a-mhàin, shuas an rathad.'

Thug an còrr dhen teaghlach gu leòr a chuideachadh dhaibh? 'Si,' dhearbh i. 'An dàrna fear! Air an làimh chlì.' Stad Gérard ann airson biadh turas, bliadhnachan air ais, innsidh e dhi, aig àird an t-samhraidh – an t-àite làn chorp air an cur a-null leis an teas thais thachdach. B' e sin a thug air fhèin èirigh is an tràigh sa fhàgail. Sin, 's na bha de dhaoine oirre – dìreach staghte a bha i, gun uspaig chòir. Oasis a bh' ann am bàr fionnar Hostal Lucia an taca ris an òbhainn sin.

'Dè dh'ith sibh?' faighneachdaidh i.

Chan eil cuimhn' aige. Leigidh i leatha fhèin mìr beag de bhristeadh-dùil a shealltainn, is cumaidh i oirre le a liosta dhen t-seann àbhaist: seusan gun abhsadh bhon Ghiblean gu deireadh an Dàmhair, ach mu dheireadh fear slaodach eadar 01 an Cèitean gu 30 an t-Sultain – 'muy corta – no tè paga!' Mura b' e dìlseachd an luchd-obrach, 's fhada o bha iad air leigeil roimhe. 'S ann a' sileadh nan deur a bha Pepe – dìreach mar leanabh – an latha a dh'inns i dha. Dh'fhàs e suas san àite – an gille òg amh sin nach robh riamh roimhe na b' fhaide na deich mìle on taigh, gun tighinn air La Peninsula fhàgail. Ach 's e a thug a-mach a chiùird rè nam bliadhnachan! Cha robh duine mu dheireadh – Raul bochd nam measg – na b' fheàrr na e gu bruidhinn is gu dèiligeadh ri na daoine. Chuireadh e gruaim far gnùis nam Breatannach is nan Gearmailteach bu duilghe. Glè bheag a Fhrangaich a bhiodh a' tighinn. Saoil carson?

Canaidh Gérard nach eil fhios aige.

An toiseach, 's e teaghlaichean a bh' ann – na ceudan dhiubh – ach sna bliadhnachan mu dheireadh 's e bodaich is cailleachan – 'mar mi fhìn' – a bu mhotha a thigeadh: feadhainn dhìleas eile! Corra uair, 'agus 's e bha snog', gheibheadh tu cupall le bèibidh òg. Ach stad sin cuideachd. Desastre a bha san Euro.

'Tha iad ag iarraidh cus a bharrachd a-niste. Cha dèan biadh ceart na dachaigh trì uairean san latha is an t-amar-snàimh a' chùis tuilleadh. Tha dibhearsain a dhìth orra – diversión estupenda!' Nì i atharrais air guth sanas TV no rèidio thruaigh. 'Agus cha mhath a

119

bhith ro fhaisg air daoine eile, leis cho riatanach is a tha sinn uile air ar n-àite fhìn, ar n-ùine leinn fhìn dhuinn fhìn. Bheil fhios agadsa cia mheud taigh is flat air màl a tha air nochdadh an seo bho dh'fhosgail sinne? Mu 800! Dìreach sa chaob bheag sa san ear-dheas. Chan e sin idir Cala D' Or, ach eadar La Rustica is Porto Rojo! Riaghailtean na Pàirce Naiseanta gan deagh chur an grèim, dè? Na cluinneam an còrr!'

Cha robh rathad aca air farpais ris na bha siud, innsidh i do Ghérard. Ach cho fortanach is a bha iad an taigh-òsta a reic na ghnothachas, gaiseach is gun robh e. Gura math a rachadh le balaich bhòidheach Bhaileinsia is am bruadaran!

Cumaidh i sùil air am feadh 's a nì e a shlighe tarsainn na tràghad, is a dhìreas e na sia steapagan chun an fhrith-rathaid a bheir air ais gu tràigh S' Arcador e. Bidh e a' tilleadh tro na craobhan, suas gu a chàr cofhurtail, is an uair sin, an cuideachd beagan ciùil chlasaigich chaoimh, air ais leis gu Soller tro Champos, Llucmajor is tunail nam beann. Stadaidh e aig a' bheingidh mun lùb an ceum à sealladh. '*Au revoir, Lucia!*' èighidh e. '*Bonne journée! Bon courage!*'

Duine gasta. Socair. Suimeil. Glè bheag a thog ise mu a bheatha-san ann an Lille, ge-tà. Cha robh fàinne ri faicinn air a mheòirean caola, no coltas cuing sam bith air. Ach a-rithist, 's ann air làithean-saora a bha e – ged nach dèanadh e ach an deireadh-seachdain fhèin dheth. Cò aige a tha brath dè no cò a bhiodh mu choinneimh ann an Lille? A dh'aindeoin 's gur e '*oasis*' a bh' ann a Hostal Lucia air an latha gun tlachd ud, o chionn fhad' an t-saoghail, cha taghadh Gérard fuireach an sin air a bheatha bhuain. Chan ann air sgàth 's gun robh e beairteach. 'S e dìreach gum b' fheàrr leis rud na bu shaidhbhire. Bhiodh e fhèin is Raul air bruidhinn ri chèile gu math sìobhalta, ach chan e caraidean mòra a bha air a bhith annta.

Bha i air cus a thoirt dha. Rinn i cabadaich, nuair a bha dùil aice cumail aice fhèin. B' e a h-obair-se daonnan èisteachd ri na sgeòil sin – is gun iad tric ro bhrònach – ach 's ann ainneamh a dh'innis i a sgeul fhèin, ach do theaghlach nach fhaighneachdadh mòran, leis nach fheumadh iad!

Cha tug i iomradh air a pàrantan mun do thòisich iad san taigh. Am b' urrainn do Ghérard a bhith air athair is nighean fhaicinn a' tighinn nan trotan sa chairt – a' glàmadh *tortilla* làn buntàta nuair a bha iad air an leòr dhen mhuir fhaighinn, an tràigh cho sàmhach fàsail san teas mhòr? 'N e daoine bochda beaga – *paysanos* – a bh' ann an sinnsirean Ghérard? An dèanadh iadsan leughadh is sgrìobhadh? Dè an t-atharrachadh a thàinig air am beatha-san? Gach nì air a dhol global a-niste: txt is *tweet* eadar seo is Torres del Fuego – mu dheidhinn? An aon rud. Daoine. An laigseachan. Breith. Bàs. Seachnadh na fìrinn.

Tha am fòn aice sa chàr, far a bheil i air parcadh fad còrr air dà fhichead bliadhna aig doras striopach a' chidsin. 'S ann a tha e na thlachd Rosalia is Jesús a bhith bhos latha no dhà. Neònach nach do ghabh iad fhèin sìos chun na tràghad. Boireannach ar latha fhìn, Rosalia, ach còir. Cha do dh'fhuirich Simon is a theaghlach sa flat aice ach an aon uair, is cha do thill iad tuilleadh a Chala Bendita. 'N e gun cuala iad: na Basgaich – an tè cham ud – gun do rug *culto* chreidmheach orra sna Stàitean – fada chun na làimhe deise – an nighean air ais am Bilbao le a seanair is a seanmhair? Cha lèir dhuinne ach na corran! Cha ghabh daoine mìneachadh no cur an iomairean cinnteach. Fiù 's Raul! Bhiodh e air fònadh – an dèidh dha taigh sàmhach a ruighinn ann an Ses Salinas. Mar sin, an t-àm carachadh; cha d' fhiach do dhuine dràibheadh san dorchadas gun adhbhar. Bhiodh an t-euslainteach ag iarraidh bruidhinn air gach facal fa leth a chomhairlich an dotair dha, na diofar nithean roimhe a-niste – an trafaig gu Palma. Agus an tigeadh oirrese an uair sin 'an lèabag as seachd fheàrr san t-saoghal' a bhruich a-rithist? Thigeadh – mas e sin a dh' fheumte.

'*Adios, Playa Bendita. Adios, Papá. Adios, Gérard de France.*'

Dà Uinneig air an t-Saoghal

An dèidh a bhith smaointinn, fad ùine, air a' Cholaiste Ghàidhlig fheuchainn, dh'fhàs an nòisean mòran na bu treasa nuair a leig i leatha fhèin aideachadh – bho dheireadh thall – ge b' e dè a thachradh, nach fhuilingeadh J. Atkins LLB lagh tuilleadh! Sin aisling a h-athar nach maireann, Harry, dha fhèin, ged a fhuair i a deagh bhrosnachadh bho a màthair 'reusanta', Fiona.

An cois na saorsa seo, thill sùim Jenny de rudan eile a b' fheudar a leigeil seachad, mar cumail fiot, san fharsaingeachd – gun idir a dhol ro throm air: coiseachd, baidhsagal, snàmh.

B' ann am Beinn a' Bhadhla a thug a seanmhair, Ceit Chaimbeul – fada fon fhòid – bliadhnachan a h-òige, gus an deach a h-athair a ghairm gu paraiste an Goillspidh. Cha do chaill Ceit riamh cànan a màthar is cha do shìn i do dh'aon dhe a cloinn an Cataibh i. Bu mhòr am beud beachd Jenny riamh, air a brosnachadh an turas sa le màthair 'romansach' – Fionnghala. "The old people loved visiting Mum. They'd chat away in Gaelic all afternoon long – which delighted her. Not so father, who pressed too hard for details."

Chaidh Jenny gu clas-oidhche sa chiad gheamhradh an Glaschu, is an uair sin, an-uiridh, fhuair i cèiseagan air iasad bho Leabharlann Hillhead. Bha i a-nist air a beò-ghlacadh aig *Speaking Our Language* air an TV. Bhiodh tè dhorcha bheothail a' toirt gach oileanach air astar tron ceumannan is gu grunnd àiteachan brèagha an Albainn. Dhaingnich am pàirt dràma – èibhinn is *ham* – gum bu chòir Dadaidhean Gàidhlig a sheachnadh sa mhadainn cuideachd.

Cha b' fhada o thòisich siabann à Leodhas – do dh'fhileantaich, ach furasta a leantail – a chùm taic ri a foghlam le sgeòil air òigridh gun sgot is nàimhdeas theaghlaichean air a lasadh às ùr. Chan e tè a bha 'n Jenny a bhiodh tric a' coimhead a' ghnè prògraim seo, is leabhar daonnan ga ruith, ach b' fhìor ri aideachadh gun d' rug *Neighbours* is *Pot Noodle* air a càil is a cèill sa bhliadhna mu dheireadh dhen Oilthigh.

'If you're going to Skye,' ors a màthair, a' toirt dhi mheasan agus muesli ann an Cramond, 'why don't you make a holiday of it and go across to Benbecula? Ages since you've been.'

Dh'aontaich a nighean ceithir bliadhna fichead a dh'aois, a thill dhachaigh – 'son greis – o chionn sia seachdainean gun gabhadh i beachd air. Chitheadh Jenny gun robh Fiona air chall a-nist san taigh mhòr sin gun Harry, gun robh i a' feuchainn ri a dìcheall a dhèanamh is cuideachd ri smachd fhaighinn air ais air beatha a h-aona leanaibh.

'You do need a holiday, though, Jen. Time to think.'

'Yip.'

'Why the sudden Gaelic interest?'

'To have one.'

'Do you good to meet some nice new people, dear.'

Cha robh Jenny gann de dhaoine ùra. 'S e a bha dhìth oirre ach seann daoine – seann charaidean – a bha i air a dhèanamh is air a thoirt leatha air slighe a saoghail. Feadhainn a bha fhathast ann dhi air ceann fòn, no le dachaighean blàtha fosgailte nuair nach robh mòran a' dol (an àbhaist!) aig an deireadh-sheachdainn. Cha b' ann mar seo a chaidh dhi, ge-tà. Chuir i a cùl ri a deugaireachd is chaidh i na h-inbheach òg na h-aonar. Bhiodh i ag eudachd riutha sin a bhruidhinneadh, san dol-seachad, air caraidean a-bhos às na Stàitean no Èirinn – fiù 's corra phal a' tadhal à Inbhir Nis.

Chan e gun robh dìth dhaoine oirre ris an deànadh i còmhradh, no leis an rachadh i gu tachartas a chuireadh air dòigh ro-làimh (leathase, mar bu trice); ach leasachadh cha tàinig air an dàimh 'son 's gum biodh iad, an dèidh sin, dlùth. Neo-ar-thaing nach robh a' mhòr-chuid an oifis Garnet Stevens, far an d' rinn i an trèanadh, 'glè shnog', 'briathrach', 'fun' – mar thòrr de mhuinntir Ghlaschu – ach cha d' iarr duine aca riamh i gu dad a bha pearsanta. Chuimhnich iad air a co-là-breith, ge-tà, is cheannaich iad preusantan car còir dhi – gu fiach £5 an urra.

Thug bàs a h-athar an cothrom dhi barrachd ùine a chur seachad còmhla ri a màthair – an dàimh-san a neartachadh. Ach an dèidh mìos gu leth air ais san taigh a dh'fhàg i ann an 1983, is gun mòran atharrachaidh air tighinn air Fiona, bha cùisean a' teannadh ri a cur clì. Dithis cho coltach ri chèile, chanadh cuid. Fada ro choltach, bha teans, Fi agus Jen – ged a bha na bliadhnachan mòra a bha a màthair an innibh a h-athar nan crois a bharrachd.

Air Disathairne brèagha earraich, thog Jenny oirre a Shlèite 'son seachdain, is i an dùil, nam freagradh e air a triom, an dèidh sin Beinn a' Bhadhla a thoirt a-mach. Bha i taingeil gun do dh'fhòn Fiona gu a dàrna *cousin*, Raghnaid, is cha do dh'fheuch i ri toirt oirrese tighinn còmhla rithe.

Rinn an ìomhaigh an cois 'Over the Sea to Skye' mac-meanmna Jenny òig a lasadh nuair a bha i fhèin is càch a' co-sheirm ro Chonsart nan Sgoiltean an Ceann a Tuath Dhùn Èideann ann an 1975. 'S ann le '*rock*' a rinn i a slighe gu dùrachdach a-mach à clas Ms Richardson, is le '*roar*' a leum i air a' bhus dhachaigh. Naoi bliadhna deug on uair sin, ach fhathast cha dèanadh deich mionaidean air aiseag beag a' Chaoil a sàsachadh a-muigh no mach. 'S e an turas a-null a dh'Armadal fada a b' iomchaidhe do Jenny òig agus do Jenny – dè? Robh i nist sean aig 26?

Chan e nach robh tuigse a-nist aig an dàrna tè – an tè bu shine – gur ann mu long à Uibhist (is *cross-dresser* ainmeil air bòrd) a rinneadh an t-òran, ach dè 'n diofar? Bha i fhathast ag iarraidh Eilean a' Cheò a ruighinn airson a' chiad turais san dòigh cheart.

'Blessed' is 'bountiful' na thug Fiona air na siantan, nuair a bha a nighean a' càradh dà cheas mhòr a chùl na Ford Fiesta Coupe. B' e BMW pròiseil Harry pàirt de dhìleab Jenny – uinneagan fo smachd putain, suidheachain leathair etc – ach dh'iarr i air a màthair a chumail is an càr bu lugha a thoirt dhìse.

Dh'fhan an latha brèagha – gu dearbha, dh'fhàs e na b' fheàrr mar a b' fhaide bho na bailtean a shiubhail i, is a-staigh a dhùthaich dhuilleagaich Sgìre Shruighlea is Latharna. Thug an rathad cumhang an iar air a' Ghearastan oirre a dhol nas maille is tòiseachadh air seinn. Roghnaich Jenny an cofaidh *fair-trade*, is an ceapaire a dheasaich Fiona dhi, a chumail airson àilleachd tràigh Mhòrair, is gu dearbha cha do leig a h-aon dhiubh sìos i. Math dh'fhaodte gum biodh i air leum a-mach air a' mhuir gun dàil nan robh deise-snàimh na baga, is nam b' e an t-Iuchar a bh' ann seach deireadh a' Mhàirt.

Rinn tè àrd dhorcha le a dithis bheaga splaiseadh san tanalach mu thiùrr a' chladaich – a' mhàthair a' leigeil leis an fhear a b' òige dhiubh feuchainn ann, ach a' gealltainn tacsa dha le sùil gheur agus gàirdean làidir mar a dh'fheumte.

Chitheadh Jenny i fhèin – nach ann rithe a chòrdadh e! – an lorgan a' bhoireannaich ud, ach aig an ìre seo, is i gun duine na beatha fad trì bliadhna, cha robh i buileach a' creidsinn gun tachradh e. Bha fhios aice gun robh i bòidheach – bha riamh. 'Whit a heartbreaker that wan's gonnae be,' thuirt Sannie Jannie air an latha mu dheireadh de Chramond Primary, is thug e dhi (agus dha a màthair!) cudail annasach. Cha b' fhìor sin, ge-tà – is cha bu mhotha a chaidh a cridhe-se a bhristeadh. 'S dòcha gun deach a bhlàthachadh uair no dhà, is an uair sin fhàgail gu 'm fuaricheadh e, mun do chuireadh air ais dhan phreasa e.

'S cinnteach gu bheil rudeigin mum dheidhinn-sa nach eil tarraingeach, smaoinich i a-rithist – fhad 's a thàinig dà bhrìdean bhrèagha a-nuas air creig air a breacadh le bàirnich. 'A bheil mi rudeigin eagalach, no dìreach *boring*, no an e nach eil an spòrs agam – a tha geur uaireannan – coibhneil gu leòr? Ro ... rudeigin?'

''S coma,' dh'èigh i, ag èirigh na seasamh. 'Tha an t-àite seo "*fèar àlainn*"!', rud nach b' urrainn a ràdh mu Mhalaig – ged nach robh e a leth cho dona sa ghrèin bhàidheil agus a chuir a màthair air shùilean dhi. Thug an cala car dripeil na cuimhne fear cus na bu mhotha, deas air Amsterdam, is fìor dhroch sheachdain, còmhla ri Rob, ann an ostailean na h-Òlaind. Ghreas gairisneachadh gun fhiosta a rothan a dh'ionnsaigh cùl fosgailte a' *Phioneer*.

Leis gum biodh clasaichean a' ruith Diluain gu Dihaoine is nach robh am bàta sa a' ruith air Didòmhnaich, dh'iarr Jenny oidhche a bharrachd an taigh Joan an Sàsaig – baile beag mu dhà mhìle seachad air Armadal. Bho iris na Colaiste thuig i gur e a bh' ann an Sabhal Mòr Ostaig ach seann bhàthach is a togalaichean ìseal air an leasachadh ceithir-thimcheall raoin bhig dhùinte. Ann an saoghal eile, a rèir Fiona, ghabh fògarraich fo leòn fasgadh san fhàrdaich seo mun do chuireadh thar a' chuain iad. B' e an ceann-cinnidh fhèin, Dòmhnallach Shlèite, a ruaig an sluagh à cuid dhe na bailtean a b' fheàrr 'son mathas chaorach. Dh'inns a màthair seo uile dhi a-raoir, is iad a' gabhail *nightcap* (cho ainneamh) còmhla. Bha spèis aig Jenny do dh'eòlas Fiona air uachdaranas is fuadach, ach cha b' urrainn dhi cuimhneachadh gun do bhruidhinn iad air an leithid riamh roimhe. Chan e gun robh Harry air stad a chur orra, no dragh a ghabhail – 's e dìreach nach biodh e fhèin air leithid a chuspair a thoirt gu bith no air leigeil leis leantail ro fhada.

B' e an Sabhal an t-aon ionad-foghlaim dhe a sheòrsa ann an Alba, agus 's ann an ceann uachdarain ùir Shasannaich – a rugadh sa Ghearmailt – a dhùisg an smaoin. Bha esan air 'cànan an àite' ionnsachadh, agus 's ann leis cuideachd a bha an taigh-òsta Gàidhlig letheach-rathaid suas Rubha Shlèite. An-diugh, dh'fhaodadh an òigridh – is cuid nach robh cho òg – HND le Rianachd no Coimpiutaireachd no Gnìomhachas a ghabhail ann tron Ghàidhlig. Fhad 's a bhiodh iadsan air shaor-làithean, thigeadh feadhainn eile – mar Jenny – air cùrsaichean goirid ann an cànain is ceòl. *Perfect!* Cha robh rian nach b' e seo an innleachd a chuireadh ri a sgilean-labhairt, ged nach bu shaor i – siubhal, biadh is àite-fuirich nan cosgaisean a bharrachd. Ach coltach gu leòr, bha fhios, ri prìs sgoiltean-samhraidh eile air feadh na dùthcha. Is cò aca siud a thigeadh suas ris an tè sa na suidheachadh no na h-eachdraidh.

Thilg an t-oifigeach sona ag CalMac a ròpa tiugh cruinn ro luath airson 'bodach a' chidhe'. Bha esan air a bhith a' bruidhinn gun sgur ri a charaid, is chaidh an dithis aca a-nist gu gàireachdainn is guidheachdainn – car modhail. Abair gun tug e toileachas mòr do

126

Jenny blas nam faclan Gàidhlig fhaighinn is fhaireachdainn na beul, is iad a' tighinn thuice gun strì nan àrainn nàdarra.

Dh'iarr i fuireach an Sàsaig air dà adhbhar: gun robh an taigh pìos fallainn on Cholaiste, is mar sin, ri sìde reusanta, gun coisicheadh i gach dàrna uair is gun leumadh i air baidhsagal na lathaichean eile; cuideachd, air sgàth 'G' bhig san leabhran, dh'fhaodadh dùil a bhith agad ri Gàidhlig a chluinntinn an taigh Joan.

Cha bu bhreug sin feasgar Disathairne, is Murdo Minibus – a thog a bagaichean suas an staidhre V-lined dhi – a' leigeil soraidh bhuan is beannachd le gach duine mu seach – is bha grunnan dhiubh sin ann.

'*Hasta mañana*,' orsa Jenny.

'*Pasado mañana!*' cheartaich fear caol, *serious* ann an sandals. B' e seo an treas seachdain (agus an ceathramh bliadhna) do Ghreg a bhith air na cùrsaichean seo. Bha a' bhuil sin air a Bh. O.

'*No es cierto!*' thill i sa bhad, agus chuir i ris le barrachd faicill, 'Thèididh Murdo agus mise don eaglais a-mmàireach.'

'Are you really?' dh'fhaighneachd Joan, is an uair sin, mar gun do chuimhnich i gun robhar ga pàigheadh 'son Gàidhlig a bhruidhinn, thuirt i, 'Tha mi an dòchas gun còrd sin riut, ma-thà.'

'Còrdaidh e gu dearbh,' fhreagair Jenny, ged nach robh i buileach cinnteach dè cho furasta is a bhiodh uair a thìde de theine is pronnasg. Is dòcha gun dùisgeadh e ciont a' chion-lagha, mar eisimpleir. Ach smaointich i gum biodh e eadar-dhealaichte – math dhi, 's dòcha – a dhol innte, is leis gun robh Murchadh còir gu leòr faighneachd, carson a dhiùltadh i? When on Skye ... When in the Highlands ... *Nuair a bhithear air a' Ghàidhealtachd?* Bu thoigh le Jenny gràmar. Bha a cuid Spàinntis, nach do ghabh i ach 'son bliadhna san Oilthigh, fhathast riatanach làidir. Bu bhochd nach robh cus dhen chànain aice an turas uabhasach ud a thug Mum is Dad cuireadh a Mhallorca do Lizzie. *Slut* gun bhuatham, ach cunnartach! Cha robh iad fiù 's nan caraidean san t-seagh san robh 'caraidean' aice. Chluicheadh iad beagan ball-lìn còmhla – sin e; is bha iad ann an cuid dhe na h-aon chlasaichean. Abair masladh! Chan iongnadh gun do bhreab iad dhachaigh far a Gap i – a' sealltainn dhan chloinn mar a smocadh is mar a dh'òladh iad a bhiodh i siud.

Rinn Jenny cireasail bheag, is i a' tighinn a-nuas gu a dinnear. Chitheadh i Lizzie còmhla rithe an Slèite, a' sadail a beachdan faoin air fionnadh tiugh Ghreg à Derby. An e sinnsirean Ghreg a bha air an 'drag-artist' Frangach a sgiùrsadh air ais suas gu tuath? 'N i a' Ghaidhlig mar sin an ciont leis an do rugadh esan? Bu choltach, ge-tà, gun robh Linda, an aon tè eile, mu 45, an taigh Joan, na boireannach deusant, *ordinary* (facal Fiona), ach car *flat*, 's dòcha, gu seo, is a-rithist de sheòrsa leis nach bodraigeadh Lizzie.

'All one happy family,' dh'èigh Joan, a' lorg àite san cuireadh i aiseid làn buntàta ùr air beulaibh Jenny, Linda, Greg, James, an duin' aice fhèin, is an deugairean, Bruce is Jimmy. 'Dè a' Ghàidhlig air *Bon Appetit*?' dh'fhaighneachd i. 'N i seo ceist a bhiodh Joan a' cur a h-uile seachdain, feuch de na freagairtean annasach is àbhaisteach a gheibheadh i?

'Cha robh na Gàidheil,' thòisich fear Dherby, 'a' coimhead air biadh no an *culinary experience* san aon dòigh ri, mar eisimpleir, na Frangaich – mar sin ...'

'Down the hatch!' ghlaodh Bruce.

'Eat and be merry!' lean a bhràthair.

'Don't be rude!' throid am màthair, ach cha do dh'iarr i air Greg tòiseachadh às ùr.

'In Spanish,' thairg Jenny, a' togail a cinn is a' glacadh sùil an eòlaiche, 'mar a tha fhios aig Greg, tha mi cinnteach, canaidh iad "*Buen Provecho*". Literally, "May this food benefit you" – rud nas South American really.'

'Tha bràthair agam ann am Peru,' orsa Linda. Cha robh i ach a' piocadh air a Shepherd's Pie.

'An deach thu a fhaicinn e?' dh'fhaighneachd Jenny.

'Cha deachaidh idir.'

'An tèid thu?'

'Cha tèid.'

'What's ... ?' thòisich Joan, is chaidh ise cuideachd a ribeadh ann an sùilean glasa Ghreg. 'Dè tha e a' dèanamh a-nise, Linda, do bhràthair am Peru?'

'Chan eil fhios agam,' fhreagair Linda. ''S dòcha gum bi e a' teagasg. Ach 's dòcha nach bi.'

'Glè mhath' aig Joan, is choinnich i fiamh sàmhach a cèile is feadhainn spòrsail nam mac.

'Lucky bugger!' dh'èigh Jimmy.

'Language!' mhaoidh a mhàthair.

'Bugair lugaidh!' aigesan gun anail a bhristeadh, is choisinn seo glag bho athair.

Chìte gun iarradh Bruce iarmad a chur ri seo – rud na b' eirmisiche a chantail – ach dh'fhaillich e air an goth ceart a lorg.

"Gu dearbha fhèine!" 'S ann à Glaschu a bha Linda. 'No far fae Govan.' Bha a' Ghàidhlig aig a dithis phàrantan, ach cha tug iad dhìse no dha a piuthar òig i. Bhiodh an fheadhainn mhòra daonnan gan toirt, no gan cur, a Thiriodh leotha fhèin, ach cha do lean an cleachdadh sin nuair a nochd ise. Aon turas a-mhàin a chaidh iad a dh'fhuireach còmhla ri teaghlach a h-athar ann an Sròn an t-Sìthein – gu taigh a bhràthar. 'All a bit odd,' orsa Linda, mun do dhiùlt i Apple Pie. 'Tha mi buidheach, Joan – bha sin sgoinneil, *so it was*.'

'Hardly ate a thing, a ghràidh,' orsa ise le cùram. Agus ann an sin fhèin thuig Jenny gun robh Linda glè mheasail aig Joan – ann an dòigh nach biodh Greg bochd gu bràth. Ghabh Jenny oirre smaointinn ach saoil an sealladh i rud coltach ris dhìse mum biodh an t-seachdain suas.

'Rid chàil 's rid shannt!' ghlaodh Greg.

'Sorry? Eh, duilich, a Ghreg?' Thàinig snuadh snog an aodann Joan.

'A' Ghàidhlig airson "Bon Appetit".'

'Rid chàil 's rid shunnd, an e?'

'Rid shannt,' cheartaich Greg i, le fuaimneachadh cruaidh. 'To your desire for food!'

'O, seadh,' thuirt Joan. 'Fear math a tha sin, a Ghreg. Feumaidh sinn tòiseachadh air ùisneachadh.'

Rinn a mic is James sitrich còmhla.

'Ri ... ,' thòisich i, a' togail a glainneadh. 'Dhìochuimhnich mi mar-thà e. Cha d' fhiach mo chuimhne-sa 'son rudan mar sin!'

'*Slàinte!*' orsa James le cumhachd – 'Sin an tè mhòr' – is dh'fhalmhaich e na bha air fhàgail na ghlainne dhen Trawler Rum mun do dh'èirich e na sheasamh.

'Faodaidh!' dh'inns Joan dha na gillean, mun do dh'iarr iad cead falbh on bhòrd. 'Mus deach iadsan dhan sgoil,' chuir i ri a cead, ''s e a' Ghaidhlig a bh' aca, rud nach robh cumanta ann a sheo aig an àm. 'S ann mus do thòisich am *fuss* uile mu deidhinn a bha siud. Tuigidh iad a h-uile facal fhathast, gu h-àraid nuair a bhios tu bruidhinn orra. Nach tuig, ma-thà? Nise, Ghreg, an do ghabh thu gu leòr? Aon phìos eile de dh'Apple Pie?'

'Seadh,' orsa Greg, 'aon phios, mus e ur toil e.'

'Càil ceàrr air càil is sannt Ghreg, ma-thà!' orsa Joan, is dà bhall a bharrachd de dh'uachdar-reòthte aice dha. 'Not much wrong with Greg's *appetit*! "Balach òg is e a' fàs ..." An cuala sibh riamh am fear ud? "Balach òg is e a' fàs, ithidh e mar a bhleitheas brà " – you know the old quernstone thing they had: a' bhrà? Bidh iad ag ràdh gun urrainn do bhalach òg ithe a cheart cho math is a bleitheas i siud – as it can grind! Sin a chluinninn-sa tric nam èirigh suas sna Hearadh, gun aona bhalach san taigh.'

Ghnog an triùir oileanach an cinn. 'S dòcha gun robh iad math gu gnogadh. Rinn Joan gàire a-staigh dhi fhèin is dh'fhàg i iad far an robh iad. Miann leapa air Linda – 'I'm sorry, Ah cannae keep ma eyes open.' Giotàr do Ghreg – 'Òran ùr a tha mi a' sgrìobhadh: "Am bi thu mo leannan?"'

Bha dùil aig Jenny cuairt bheag a ghabhail mun dorchnaicheadh i, ach leis an atharrachadh a thàinig air an t-sìde, lean ise Linda suas an staidhre – gu *folder* làn notaichean o chlas Ghlaschu.

Ged a bha i fliuch sa mhadainn Diluain, is meallan air fàire am beachd Joan, thug Jenny an rathad singilte oirre, mar a gheall i dhi fhèin, air baidhsagal. Mhothaich a sùilean eadar an sealladh iongantach tarsainn Caol Shlèite do mheasgachadh de thaighean sean is ùr, a dhà no thrì dhèideagan cloinne agus sgoil bheag ghrinn sna craobhan. Cha b' urrainn do bhreacast teth Joan air a bhith na b' fheàrr – nas lugha na dh'fheumadh tu cuideam a chall – ach cus a h-uile madainn. Mar sin, fear an-diugh, yes; a-rithist Diardaoin; is an uair sin, 's dòcha, Disathairne ron bhàta. Dìreach na trì. Ach nach e a ghabh i an-dè cuideachd mun tug Murdo Minibus dhan eaglais iad!

'Thèid gu cinnteach!' fhreagair Greg, a thàinig còmhla riutha sa cheart riochd – san dearbh aodach robach – is a bh' air an latha ron a sin. Bha an t-seirbheis, a rèir choltais, car air a deagh fhrithealadh – chan e seann daoine a-mhàin – agus an t-àite blàth.

'Yeah, b' fheudar dhut a' dol gu fìor cheann a tuath nan Eilean Siar mus fairich thu fearg Dhè is buaireadh an t-Sàtain na lathaichean seo.'

'I wasn't complaining, Greg,' thill Jenny is i a' slaodadh thuice a crios sa chàr. "S e thuirt mi ach cho math, furasta ri èisteachd ris, is a bha am ministear – his relaxed manner. 'S ann a bha mi ag iarraidh na bh' aige ri ràdh a chluinntinn.'

'Beurla gu tur,' orsa Greg, a' crathadh a chinn. 'Bha seo na Gaelic essential parish gu 1976.'

'Really?'

Saoil an do dh'iarr Murdo oirrese tighinn dhan eaglais 'son buaidh Ghreg air an t-Sàbaid ìsleachadh? 'S mathaid! Ach 's e bha laghach, an Ratharsach mòr, is cuideachail; agus geurchuiseach – a chainnt àlainn ga cleachdadh gun strì, cha mhòr gu nàdarra, leotha. Uair no dhà chaidh aige air gàire brèagha a thoirt air Greg. Roghnaich Linda fuireach san leabaidh, is cha do dh'èirich i gus an robh e na b' fhaisge air meadhan-latha.

'S ise, ge-tà, a leum à minibus Mhurchaidh ro chàch, fhad 's a bha Jenny a' ceangal a baidhsagail le sèine làidir dhubh aig balla-cloiche na Colaiste. Dh'fhosgail doras an taighe bhig ghil air an làimh chlì, ach cho do nochd duine a-mach air.

'Tha Leadaidh Linda a-nise deiseil gu dol!' orsa Murdo le sunnd, a' toirt a-mach a baga thuice, ged nach ruigeadh e a leas. 'Tha i sin.' Bha ise measail aig Murdo cuideachd. 'Sin thu, Ghreg,' chuir e fhèin ris, is an dèidh dha dithis oileanach eile a chuideachadh, dh'èigh e a-null gu Jenny: "'A' bheatha fhallain, 's i a' bheatha bhòidheach!'" Dh'aontaich Jenny is leth-smèid i ris. 'Run eile,' ors esan, a' tarraing is a' leigeil sìos a' bhrèig. Nuair a bha sròn a charbaid gann òirlich ron rathad, roilig e sìos an uinneag: 'Feumaidh mi a-nise 'n fheadhainn *mudheas* a thogail.'

Wow, bha siud luath! Dh'fheumadh Murdo 'feadhainn – *others*' a thogail, ach càite? Choimhead i am minibus a' gabhail chun na làimhe deise air an rathad-mhòr agus sa mhionaid thàinig *mudheas* às a chèile nan dà phairt - '*mu*' agus '*dheas*'. 'S ann air na daoine eadar an Colaiste is Àird a' Bhàsair a bhiodh e a-mach. Bha Jenny math air cànanan – cluas mhath aice; agus cuideachd, a rèir choltais, eanchainn a dhèanadh *decode* gun strì, le ùine is an co-theacsa. Bha an t-uisge air a dhol às, is thug an t-seacaid deagh dhìon dha a briogais aotruim, a bhiodh tioram, bha i an dòchas, ro mheadhan-latha.

'Air ais dhan sgoil leam!' smaoinich i le suigeart, a' siosarnaich buinn a brògan air clachan na ceàrnaig, agus càite idir, air an domhan, am faighte ionad na bu bhòidhche air a shon. Dh'fhidir i cairt steigte le *sellotape* air doras na h-oifis, 'Clàradh san Talla Mhòr / Registration in the Big Hall' sgrìobhte oirre le peann dubh cabhagach. 'S ann nuair a thionndaidh i a mhothaich i dha – an seann sabhal, is cinnteach, a rèir a mhìodachd is a chumaidh. Às a sin nochd fear cruinn seangarra ann an seacaid chlò chaithte, cupa na làimh. Chuir e thuige pìob. Thàinig boireannach beag na chòmhradh-san, aoibh oirre. Chan ann mòran na bu shine na i fhèin a bhiodh i siud, ach gun robh a falt pinc is a h-aodach soilleir *arty* ga fàgail na b' òige – no gun aois idir oirre.

'Hi,' orsa Jenny, agus stad i tiotan 'son a bhith càirdeil – na tè deònach gu bruidhinn. Ach dè cho fad' 's a bhiodh ceart, iomchaidh? Sin daonnan a' cheist leathase – sin bu choireach nach deach aice air adhartas a dhèanamh.

'Madainn mhath,' fhreagair am 'bodach' tro fhiaclan dorcha.

'Clàradh is cofaidh an sin,' chuir an tè òg ris, a ceann a' dol rathad na Talla. 'Tha e glè mhath,' thuirt i an uair sin, a' seulltainn dhi a cupa fhèin, agus rinn i lasgan, mar gur e rud fìor iongantach èibhinn a bh' ann an cupa *polystyrene* làn stuth air dhath a' phuill.

Stad dheth! Sa bhad! shlaic Jenny oirre fhèin. Chan eil i ach a' feuchainn ri bhith laghach, faoilteach, 'making conversation', a' sealltainn dhomh gur e tè bhlàth chuideachail a th' innte – boireannach òg mar mi fhìn.

'Tapadh leat,' fhreagair i, agus, a' tionndadh gus 'am bodach' a chumail sa chùis, 'Tapadh leibh', is an uair sin, an dèidh dàil bhig air nach robh feum, thuirt i, 'Thèid mi a-steach an-dràsta.'

Cha robh ann an clas Jenny – Beginners (Advanced) – ach còignear oileanach eile, 'Lady Linda' nam measg. Mar a rinn fortan, chuireadh Greg gu Advanced ceart, far an robh e air a bhith fad an dà bhliadhna ron a sin. 'S e 'am bodach', Ruairidh, a bh' acasan an-uiridh, ach ghearain fear Dherby air an dòigh-teagaisg 'frustratingly tangential' a bh' aige. Dhen turas sa, chaidh aig Stamh, ceannard nan cùrsaichean, air Intermediates chiùin fhaighinn dhan Chomhairliche Ìleach.

Shuidh Jenny ri taobh Linda. Las a sùilean-se is ghluais i a sèithear airson àite na bu mhotha a dhèanamh dhi.

'Madainn mhath, ma-thà!' ors am fear òg dreachail à Dùn Bheagain. Bu thoigh leis-san Linda cuideachd: 's ann rithese a-mhàin a bha e a' sealltainn nuair a chuir e fàilte orra.

'Madainn mhath, a Choinnich!' fhreagair càch.

'Is mise Coinneach. Mar a tha fhios aig cuid. Dè an t-ainm a th' oirbhse?'

'Is mise Robert.' 'Mise Uilleam.' 'Cara.' 'Hector – Eachann: gabh mo leisgeul.' ''S mise Linda Stiùbhart Nic an t-Sealgair!' Rinneadh gàire mòr ris a sin. ''S mise Jenny', orsa Jenny, riamh an duine mu dheireadh sna suidheachaidhean seo. Nach robh còir aig luchd-lagha a bhith bragail?

'Ciamar a tha thu, Jenny?' dh'fhaighneachd Coinneach gu proifeiseanta, ga toirt a-steach dhan bhuidhinn – mar a nì deagh thidsear. ''S tusa an tè ùr.'

'Sorry?' Thuig i na faclan – 's e dìreach nach robh iad a' dèanamh ciall dhi.

'You're the new student. I met these troublemakers last year, when they were just wee Intermediate Beginners.'

Agus sin na chleachd Coinneach de Bheurla, cha mhòr, fad a' chòrr dhen latha: a ceann na thuainteal aig àm-bìdh – brot saillte is *sandwiches* aig bòrd fada suas is sìos ùrlar concrait na Talla Mòire; a cuimhne na dotam claoidhte air truinnsear aig deireadh an latha – is gun e ach cairteal gu ceithir! Shaoil leatha gum biodh e fada na b' anmoiche. 'Dh'fhairichinn am pian nan robh m' inntinn goirt,' dh'fheuch i, no an e 'nam biodh m' inntinn goirt' a bu chòir a bhith ann? 'S ann a' fuasgladh a baidhsagail a bha i nuair a nochd Linda. 'Geez a backie!' dh'èigh i gu sùrdail, an aghaidh na gaoithe. 'Thoir dhomh cùlag!': cheartaich i i fhèin le lachan ait. 'You'll dae well in this wind,' chuir i ris.

'South-westerly,' dhearbh Jenny 'Whizzidh i dhachaigh mi. Bidh mi tioram cuideachd!'

'Dè a' chabhag a th' ann?' orsa Linda. 'Leigidh mi le iadsan dol le Murdo. Gonnae try and walk – clear oot they rubbish verbs.'

An e comharra no cothrom a bha seo do Jenny tairgsinn coiseachd còmhla rithe – am baidhc a phutadh – is mar sin, 's dòcha, càirdeas no co-dhiù eòlas a leasachadh eatarra? Ach math dh'fhaodte gum b' e seo an t-àm cuideachd do Linda a ceann-se fhalmhachadh – ro Ghreg – is nach robh math do dhuine a dhol na còir.

'Good,' fhreagair i. 'See you at Joan's.'

'Ahm no racin', by the way, Jenny.'

'No, chan eil na mise. Tìoraidh, ma-thà.'

Chan ann buileach on iar-dheas a bha i, ach faisg gu leòr. '"Deas 's an iar-dheas" sa Ghaidhlig,' dh'innis Greg dhi. Mo thogair – shèid i Jenny Atkins dhachaigh ann am priobadh na sùla seachranaich. 'S e tì – no teatha – làidir Joan agus a bonnaich bhlàtha fhèin an dearbh rud a dh'iarr is a shàsaich a h-acras – acras duine sam bith, 's cinnteach! Dhiùlt Linda caiteag a chur na beul a-rithist. Cha robh i ag ithe mòran do bhoireannach dhe a cumadh – nach robh reamhar – ach cha bu mhotha a chitheadh Jenny carson a bhiodh a leithid air *diet*.

Cha b' ann idir air *diet* a bha Linda, is choisich an dithis aca còmhla gu clas madainn Diciadain: Jenny a mhol e, ged a bhrist e a pàtaran-eacarsaich. Beagan mhionaidean a-staigh dhan cuairt – làn dhìgean domhainn is stabaichean-feansa air sgàth chàraichean a' sgreadail seachad on cùlaibh – ghabh i an t-aithreachas.

'We're talkin six month, mibbe a year – I'll no get much mair,

Jenny. The staff at the College aw hud tae know aboot it, case I fell ill again here. It wis only fair. But they've been bloody brilliant. See that Murdo – he's a wee darlin', so he is. Brought us painkillers the first night, just in case – is 'at no lovely!'

'Indeed,' fhreagair i ann an dòigh car fuar, fad' às, shaoil i.

'An' Coinneach. He's like 'at: "Ma tha thu faireachdainn tinn, chan fheum thu tighinn a-steach, OK? Cuiridh mi obair gu taigh Joan." These are people who've only known me for 'bout two year. Angels, so they are. Full o badness, bit angels – know whit Ah mean?'

'Yes,' ghnog Jenny a ceann. Ach cho leibideach 's a bha i air a seo. Cha tàinig oirre a dhèanamh riamh. Thuit a h-athair marbh aon latha. Chùm a màthair a' dol. Chan e idir nach e rud mòr a bh' ann, oir 's e, dha-rìribh. 'S e dìreach nach robh cus ann a dh'fheumte a ràdh mu dheidhinn, no a chagnadh.

'Joan knows tae,' chuir Linda ri a sgeul, airson tìde a thoirt dhìse, is dòcha, rud cuideachail a chantail – co-fhaireachdainn a leigeil rithe. 'She's goan an' became ma Mammy aw ower again. Ah cannae eat much, though, Jenny. I used tae love ma food tae. Big stews an' cheesy pastas – made a rare Chicken Chasseur, but ...'

Ach cha b' urrainn do Jenny bruidhinn, leis na bh' oirre de ghal is caoineadh. 'S ann nan steall bras cruaidh a dhòirt na deòir sìos a busan ruadha mun do rug iad còmhla is an do bhog iad coilear dùinte na Thermotech Fleece.

'There, there,' orsa Linda, a' toirt dhi cudail theann bhlàth – ris nach robh duil. 'It's aw right, pet. Don't get yersel aw upset.'

Mar gum b' e rùn droch fhreastail, dh'fhuirich Linda air ais an taigh Joan an ath mhadainn, ged a rinn i oidhirp tighinn a-nuas gu breacast còmhla ris a' chòrr. Shuidh i an sin ag obair, gun diù, air tì lag dhuibh is mu leth-sliseig tost. Chuir Joan a gàirdean timcheall oirre is chùm i ri h-uchd i 'son deagh ghreis mun do thog i na soithichean far a' bhùird. Chunnaic Jenny seo uile tro uinneig a' chidsin, is i a' dùnadh bucall a clogaid gun a craiceann a bhìdeadh. Ghreas i oirre gu fallain, lùthmhor, ciontach, caca a dh'ionnsaigh an t-Sabhail, is i ag innse dhi fhèin gun robh na deich gnìomhairean neo-riaghailteach sa

Ghaidhlig a cheart cho cudromach ri beatha no bàs, no ri bhith ag ullachadh gu ceart airson an dàrna fir. 'S ann a bha Linda àlainn. Nàdarra. Èibhinn. Fosgailte. Còir. Agus a' bàsachadh. Bha Jenny ... ?

B' ann le gàire – nach robh mar am fear do Linda ach a bha fhathast fior – a bheannaich Coinneach an còignear a-steach dhan chlas. Thug e leis Jenny cho math ri càch. 'Duin' agaibh deonach rudeigin a dhèanamh aig a' chèilidh a-nochd? Tha mi faicinn gu bheil *party animal* Linda a' cùmhnadh a spionnaidh gu 'm bi i buileach san triom. Iarraibh oirrese seinn, ma-thà! Is na leigibh leatha faighinn às gun. Bidh sibh ...' thòisich e, ach cha deach e na b' fhaide. 'Mar sin, cà robh sinn? Seadh – *Cluinnear an t-òran brèagha aig a' chèilidh*. Eachainn?'

Fhreagair Eachann gun dàil no *doubt*.

'Faisg, a charaide, ach 's e *Chualas* no *Chualar* a bhiodh an sin. 'S e tha seo ach am *future passive*. Jenny?'

'Will be heard?'

'Sin e dìreach!' aig Coinneach le mòr-aighear. 'The lovely, heartbreaking song will be heard at the ceilidh!'

Chualas is chualar gu leòr a dh'fheadhainn bhrèagha an oidhche sin, ach cha do ghabh Linda gin dhiubh. Rot i Jenny is Greg às an taigh – le rabhadh fiadhaich mu dhroch dhol-a-mach is clas Choinnich sa mhadainn – mar gum b' ise bean an taighe seach Joan. Thadhail Joan i fhèin, leatha fhèin, air an Talla Mhòir beagan ro naoi uairean. Dh'fhuirich i mu uair a thìde is leig i le Murchadh a tionndadh ann an Gay Gordons. Bha i air cupa a thoirt suas gu Linda, thuirt i, mun do dh'fhàg i an taigh. 'S ann na suain-chadal a bha i, ach 'sìtheil'.

Cha do dhòl duine dhen dithis aca ach glè bheag, agus a rèir a h-uile coltais, 's ann am badeigin fada air falbh a gheibhte an còrr dhen olc. Malaig, 's dòcha, smaoinich Jenny is i a' bruiseadh a fiaclan aig aon uair deug.

Nach ann aig Coinneach fhèin a bha an guth sònraichte, ge-tà, smaoinich i a' feitheamh seòladh. 'S e cupall gaolach Spàinnteach (am boireannach cho foirfe na coltas) agus Jenny an aon fheadhainn nan seasamh air deic fliuch na *Hebrides*. Nochd an uair sin fear à

York a thug oirre bruidhinn an dèidh greis. Nist, cha b' ann buileach ceòlmhor, binn a bha seinn an Sgitheanaich, ach abair langan innte, is cho freagarrach airson an òrain thiamhaidh ud a ghabh e. Mur gum b' e an t-òran a ghin an guth seach esan a thagh a ghabhail.

'S cinnteach cuideachd gum bu bhristeadh-dùil dha gun Linda a chluinntinn aig cèilidh nan cùrsaichean goirid. Cha mhòr nach gabhadh beantail ris an fhaothachadh air aodann madainn Dihaoine nuair a gheàrr i sìnteag a-steach dhan chlas is a thilg i a h-'obairdachaigh' sìos air a bheulaibh.

'Agus an cualas idir guth Choinnich a-raoir?'

'Tha iad ag ràdh gun cualas' – a fhreagairt an ìre mhath iriseil dhi.

'Glè mhath, ma-tha!' aicese. 'Sin thu, a bhalaich!'

Choimhead Coinneach air falbh gu grad.

Lean Jenny seo uile gu mion, is b' fhior thoigh leatha a bhith air pàirt a ghabhail anns na bha cho faisg, muladach eatarra. Bhiodh boireannach eile air leum a-steach ann, làn eòlais is tròcair, ach leig ise leatha fhèin a bhith na tè ùir – a dh'fhuirich ùr – is air leth bhon uallach sin.

'Good luck,' thuirt i ri Linda, is thug i oirre fhèin gàirdean na tè eile fhàsgadh is cudail bheag ghoirid a thoirt dhi.

'I'll bloody well need it, babe! Enjoy Benbecula. Your Gaelic's fab, by the way.'

'Taing, ma-thà. Bye, Greg.'

'Eh, dè? Oh, yeah, tìoraidh, Jenny.'

'Mar sin leibh,' orsa Joan – air ais, 'son diog, gu modh foirmeil. Is an dèidh pòig car fliuch: 'Na missig thusa a' *ferry* a-nise, a luaidh!'

'S i comhairle mhath a bha seo, oir thug e na b' fhaide na bha dùil aice an leth-cheud mìle suas a dh'Ùige a dhràibheadh; agus an uair sin, gu tur air thuaiream, bataraidh marbh – nach dèanadh aiseirigh – is ise san rathad air mòran dhe na bha a' feitheamh ri dhol air a' bhàta.

'An cluinnear mòran Gàidhlig am Beinn a' Bhadhla na lathaichean seo?' bha Coinneach air faighneachd, a' toirt dhi *Advanced Beginners Completion Certificate of Competence* no, mar a bh'aigesan air, 'An AB3C.'

''S dòcha?' fhreagair i. Còig bliadhn' deug o nach robh i ann. 'An cousin aig mo mhathair, Raghnaid, tha ise a' bruidhinn, tha mi a' smaoineachadh!'

'Bloody well should do!' chaidh innse do Jenny, Loch nam Madadh doilleir dùinte ga fhàgail aig astar fada ro mhall – dhan dràibhear – 'but I'm out of the way of it.'

'Sabhal Mòr was inspiring,' thuirt Jenny. 'Thanks for collecting me, Rachel.'

'No point in having a car if you don't drive it. Gaelic for you too, was it?'

'Yes.' Bha i na srad-ghèile a-nist a-muigh.

'They're going there – from here too. And they come home speaking English all the time. Or else the odd born-again zealot tries to convert us, with words you've never heard in your life!'

Bha Fiona air beagan innse do Jenny mu Raghnaid. Shaoil i, an cuid a dhòighean, gun robh i na bu shine na a màthair, ach ann an cuid eile – a bruidhinn, mar shamhla – na boireannach cus na b' òige.

'Mind if I smoke?' dh'fhaighneachd i, a' ruigseach is a' rùrach am pòcaid a h-anaraig.

'No.' Breug mhòr a bha siud.

'That's good. You'll not take one.'

'No!'

'Filthy habit,' ors an tè a bh' ann, a' losgadh bàrr a siogarait fada le lasadair teth a' chàir is a' deothal thuice na toit le busan geala falamh. Cha do chuir i sìos an uinneag ach smidean, gu 'm faigheadh i air an luath a thilgeil a-mach oirre.

'Wind's in the north today, Jenny,' thuirt i an uair sin ri nighean a co-ogha, a h-ainm aice ga chleachdadh airson na ciad uair. 'How's Mum?'

'Yeah, well, missing my Dad still.'

'Of course, he died,' fhreagair Rachel le dealas. 'He was never here though, Harry?'

'I don't think so. But I'm not sure.'

'And you're a lawyer. We need a few good ones here – sort out these bloody crofting feuds.'

'I'm not ...' thòisich Jenny.

'Practising,' chrìochnaich Raghnaid dhi gu ceart.

Nam b' e latha snog a bh' air a bhith ann, dh'fhaodadh iad a bhith air a dhol a choimhead air a' Phort-adhair no annas eile dhen t-seòrsa sin, ach chaidh an t-sìde a sheachd miosad is chùm Raghnaid roimhpe gu deas gun fhiaradh. Am meadhan na Fadhlach a Tuath, thàinig e gu clis na h-inntinn gun fheumadh i tadhal air tè dhe na h-igheanan aice, a bha gu math trom. A rèir na chluinneadh Margo an-diugh on bhean-ghlùine, is dòcha gum biodh i a' sgèith a Ghlaschu feasgar.

'That one thinks she'll get another week – but I know them. They'll crap out and send her early – today or Monday. My mother gave birth to ten of us by Tilley lamp in a thatched cottage, and we were all perfectly healthy. Mòrag Alasdair told it on the tea-leaves anyway, so no worries. That was then, though. Lost a sister to cancer and two brothers to the drink. All I got was a son and daughter. He's in the Army – back in bloody Ulster too.'

Lean sàmhchair seo nach robh doirbh no idir cofhurtail. Chùm Raghnaid a h-aire air a smocadh is ghabh Jenny ealla ris an tìr uaignich fhliuich. Bu choltach gun robh na caoraich nan crùbain mu na feansaichean ged bu bhochd am fasgadh sin dhaibh. 'S e glè bheag de chrodh a chunnaic i. Chan eil fhios nach robh iadsan glic gu leòr gluasad a-staigh tràth.

'Will I take you to Margo's or drop you at the house?' dh'èigh Raghnaid, a' tighinn cha mhòr gu stad ro thionndadh air an làimh dheis.

'I'm easy,' freagairt onarach Jenny, agus an uair sin, 'son beagan a bharrachd ùidh a leigeil fhaicinn, thuirt i, 'Would be nice to meet your daughter.'

Cha robh! 'S e a bh' ann am Margo ach donnag stùirceach gun mhodh, nach tuirt idir rithe, 'It's lovely to meet you, Jenny, how long will you be staying with my Mum?' ach 'Right!' Is aig an aon àm a leig le a dà thoirmeasg bheag, fo aois-sgoile, ruith is riagail air feadh an àite is an làmhan a smiaradh air a sòfa fhaileasach dhubh. Thòisich iad an uair sin air criospaichean a shaltairt a-staigh dhan bhrat-làir steigeach is air bòilich, 'Juice, juice. Juice, Mammy!'

'Monday!' dh'inns i dha a Mamaidh fhèin, an guth a cheart cho coma. '"Unless it's twins, Margo!" she says to me. 'Aye, right! And of course *he*'s too busy to take time off to "babysit" his own children. Stop all that climbing, d'you hear!'

Ghabh Jenny beachd air dachaigh Joan an Sàsaig, am blàths is an t-sìth ann a dh'aindeoin dheugairean. Thug i mathanas do Ghreg airson cuid dhe a spìocaireachd agus a bhith na bhleid. Agus ciamar a bhiodh Linda àlainn chràiteach a' faireachdainn an-diugh? 'S i an fhìrinn a bh' ann: bha clas Choinnich – na còmhraidhean inntinneach sa Cholaiste a lean – air a bhith buileach 'inspiring'. Cha robh an sealladh sa air 'fìor choimhearsnachd na Gàidhlig' cho tlachdmhor, is thuige seo 's ann buileach gun Ghàidhlig a bha i. Dh'fhairich i an cianalas. Chan ann airson taigh a màthar ann an Dùn Èideann, ach airson Ghlaschu, far nach robh flat aice tuilleadh, no caraidean leis am faodadh i fuireach.

A-rithist, chan e taigh-croite a bh' aig Raghnaid ach fear am meadhan bloc fada faisg air Taigh-òsta Chreag Ghoraidh. Ach 's ann aice a bha e air a chumail dìreach eireachdail na bhroinn: *immaculate*, ach samh an t-seann tombaca.

'Seo!' thuirt i, a' toirt dhi muga de thì dhorcha, siuga beag de bhainne slàn agus Kit-Kat. 'I was terrified Margo would offer you a cup. I never take one. Did you see the state of that kitchen? I've disinfected it once too often – especially since he'll now appear here with the brats on Sunday night. Well, he can damn well wash his own dishes when his girlfriend's in hospital. She's not quite as ignorant as she looks, Margo,' chuir a màthair ris. 'Not having the easiest of times and hitched to a frickin' waste of space!'

Rinn Jenny gnùsd. Chan ann air sàillibh sunnd a cuideachd, ach gun deach a sàthadh na mionach air dhòigh 's gun tugadh a h-anail bhuaipe. Air a' mhìos a dh'fhalbh bha i deich latha anmoch. Dè a-nist a bha dol ceàrr oirre? Dearbha, chan e sgath ceangailte ri 'droch dhol-a-mach' a bh' ann. Deagh dhol a-mach, fiù!

Rinn i leisgeul gun robh feum aice air èadhar – cuairt bheag ron chiaradh – gu dhol tarsainn an rathaid dhan Cho-op. 'S ann innte a bha an deagh thòrr stuth do bhùthaidh bhig iomallaich, is taing do Dhia, fhuair i taghadh de phileachan 'son a cruaidh-chràidh. Cha robh cunntair nam measan leth cho math, ach lìon i a' bhasgaid, a' cur nan Tampax fo ùbhlan sgìth à California, a dhà no thrì orainsearan beaga is botal Bailey's. Chitheadh i Raghnaid a' cur tè bheag Bailey's air a ceann – nuair nach robh bhodca ri faighinn! 'S dòcha gun gabhadh i fhèin dram bheag 'leigheiseil' còmhla rithe a-nochd? Dhèanadh i èisteachd ri sgeulachdan air Beinn a' Bhadhla an-dè is an-diugh is naidheachdan fhaighinn air teaghlach a màthar. Dh'obraicheadh i a-mach mar a b' fheàrr a bheireadh i a casan leatha. Saoil an seasadh i ri dà latha còmhla rithe seo, Margo is na *brats* ann no às? Air èiginn, 's dòcha, *Nurofen Max* na fuil is na brù. Mar sin, bhiodh sin a' ciallachadh dè? Bàta Dimàirt/Diciadain, an càr fhaighinn air ais bhon duine ghasta sin sa gharaids, agu ...?

'Poca a dhìth ort?' dh'fhaighneachd am fear maiseach air cùl a' chunntair dhith.

'Sorry?'

'Plastic bags?' fhreagair Simon Johnson òg – aodann air a dhubhadh le grèin na mòna. '*Pocannan*': thog e iad gu 'm faiceadh i.

'No, thanks.' Rinn Jenny i fhèin sgiobalta, mìn, is ghlèidh i grèim teann air dad a bhrathadh i.

'Cinnteach?'

'OK, then. Aon.'

'Faodaidh tu a ràdh ri Raghnaid,' ors esan an uair sin, na ghuth taitneach, ga fhosgladh dhi, 'gun tòisich an Glaisean air na dorsan sin a-màireach.'

Bha fhios glè mhath aig Jenny a-nist gum biodh i latha no dhà a bharrachd am Beinn a' Bhadhla. 'S ann a bhiodh i air an eilean thruagh seo cho fada is a dh'iarradh gach pàirt dhen obair.

Our Gary
Gary's First Punch – 1971

'Last week, Vera!' he batted, hurriedly splashing Brut through the flies of his flares, causing them to fall down past his 'monkey arse', as Vera less delicately called it once – humorously.

She was not in the mood for humour now, though. Three-year-old twins, who'd been fevered all week and driving her to distraction with their interminable whining.

'No, you fackin didn't, Gary King,' she smashed back. 'First I 'eard of your boys' soiree was ten minutes ago, when I 'ave to shout through the bathroom door!'

'Monday, darlin',' he replied, softening his tone, 'when we was watchin' *Tomorrow's World*. Them travel-phones – 'member?'

'Don't fackin "darlin" me,' she said, her impersonation cruelly accurate, 'and don't lie either. 'Cause we didn't watch – least, I didn't – that *Tomorrow's World*, 'cause them two monsters refused to settle.'

Gary's body stiffened, his neck bulged a little. This did not go unnoticed. He closed the second top button on his mauve cotton shirt with one hand, then immediately released it with the other.

'Who's taking me to BBs, then?' Gary Junior asked, perhaps cheekily. 'Major Reynolds says I'm too young to go alone. Shouldn't have been sent alone before.'

'Party boy'll just have to delay his engagement,' Vera spat.

'Speak to your mother, son,' Gary said, in the same soft tone of voice as before. ''Er turn tonight.'

'And every other fackin night! I'm not walkin' those sick kids for a mile in the rain. Do you 'ear, Gary King?'

Gary's leather jacket still felt new and stiff. He loved the smell. Almost wanted to go at it with Cherry Black polish to boost its leatherness. Still looked good when he scrubbed up, took his time shaving, really needed to do so twice a day now. With his collar buttons open, the girls could clearly see his dark forest of manliness, which, while extending on to his limbs, thankfully stopped short of his hands. More man than monster; or monkey.

'I told Mummy,' he explained to his seven-year-old son, whom he regarded so highly, and who was now sitting in a corner in the hall wailing into his BB beret, 'that tonight I'd arranged to meet some friends for a little drink on the offer side of town and I'd 'ave to catch an early bus in the wrong direction for BBs, so ...'

'You fackin bastard liar,' Vera screamed from the kitchen, immediately setting the twins off and turning young Gary hysterical.

And while he'd never before. Though he'd been sorely tempted. What man hasn't with a wife that pushes and taunts and goads – boys at the factory all agreed – and never lets up?

'For Christ's sake, Vera.' And his lunge towards her through the kitchen door felt involuntary – all he could do to make her see that he was a good enough bloke, who had his faults, sure, but who worked hard to provide for his family and who deserved the odd night out with a bunch of lads who were beginning to think he'd been swallowed by domesticity.

But the blood streaming from the side of her lip and smeared on the first three digits of his clenched fist was shocking to behold. The silence that followed – as intense and incessant as the kids' shrieking – defined the magnitude of the violation.

Vera crumpled down onto the chair and caved her head into her large chest. The twins suddenly stopped. Gary Junior opened the kitchen door and stepped in.

'Dad?'

'Stay out, son.'

'Dad?'

'It's not your fault, Gary. Will ...'

'Did you deck Mummy?'

At this Vera released a hysterical whimper. 'An accident, Gary. BBs next week, eh?'

And with that, Gary King exited his small council flat in East London and headed towards Mile End Tube Station. It was Mikey who'd chosen the venue: 'The Badger' in Bromley. Daft choice. OK for those who lived out that way, with no kids. Different story for him – bloody inconvenience.

'You all right, mate?' Mikey asked, three pints of John Smith's later, when his morose, tense companion wouldn't leave the jukebox.

'Fackin won't play me tune. Fackin won't return me money. Ten new fackin pence. Made o' money, am I?' he shouted, kicking the machine in such a way that the arm gave a little jump forward to repeat the chorus of 'Hi Ho, Silver Lining'.

''Ere!' Mikey pushed, 'take this!', trying to force a two shilling piece into Gary's right hand, which was still, along with the other one, gripping the square sides.

'C'mon, Gary! People's staring over. Come back to the bar with the boys. Ernie's in pissin' good form. Him and his missus just been on a romantic weekend to Edinburgh. Y'd think they were still teenagers, way he talks – not settled with a brood in their late 20s. You and yours planning any more, Gary?'

Gary turned round and looked at his workmate, then back at the jukebox – the next selection was being pursued – not 'All Right Now', though! On the list, but not for play!

'Take your money and run – you!'

'Smith's again, Gary,' Mikey offered, making a quaffing sign with his hand. 'Must be my shout.'

'Leave it, mate,' Gary turned, this time only momentarily to make eye contact.

''Eadin' 'ome?'

'Somefink like 'at.' The flat response.

'OK, mate. You do what you need to do. See you Monday, as usual.'

'Sure, Mikey.'

Gary didn't say or wave goodbye to the others, nor did he let their loud relaxed laughing intrude on his desperation.

'Home?' Where was that? Back to his fragile mother's in Stepney or back there, where she was, the woman he loved more than anything that had ever lived – much more than his kids: he had to admit it, plenty wouldn't.

'Vera?' he called through the letterbox. 'It's Gary. Could you open the door, love?'

The bedroom light came on, and he made out distinctive slipper padding on the landing and dressing-gown swishing. He heard her urinate for some time, must have slurped a whole pint of tea to herself – or wine – then the bathroom door was closed and the light went off. This was no night for stones.

Gary Is a Grandfather – 1989

'Can't believe how beautiful 'e is,' Vera says, lifting the baby for the third time in the space of minutes.

'Heh, Mum,' Gary Junior warns, 'he's just been fed, he needs to sleep – according to Val.'

I'm in the corner – stunned-like. Here's my little boy, now with his own little boy. Not only that, but he's done it the right way too. Got married two years ago to lovely Leslie. They live in a nice terraced house in Wimbledon. She's owned it for a few years now – four, maybe. Mum an' Dad could help a bit. The Mum's Val – yeah, that were a shocker! 'Small world, Gary!' she says, plonking a white-wine kiss that spoke of old times. 'Good fella, your Gary – we're very happy him and lovely Leslie got together.' Now she's the doting Nana, and Vera and me's besotted Gran and Grandad.

Only sad bit is that her hubbie David's gone and 'ad an 'eart-attack – a big one for a big guy. Finished, he is; owned a garage in Putney and put in the hours, big time. 'Parrently his old man's ticker called it a day in his late 40s – so should maybe of seen it comin'. Still, no money worries for Val or Leslie or Gary and the little guy.

'Got our Gary's eyes,' I say.

'They're tightly closed,' Vera laughs.

'I know, love, but I's been studying them, while they're open.'

'Where did you get those darling eyes?' asks lovely Leslie, who's just returned from a hard-earned shower, putting an arm round her hubbie – my little Gary, the father of her child.

Vera looks at me. 'Not from Alfie King anyway,' I say, to save Vera the embarrassment. Never knew 'er Dad, Vera. Mother a right tramp. Val Price is a lovely mother to Leslie – she's just standin' there in her and Gary's smart terraced house kitchen, getting on wiff fings: preparin' the baby's bottles; a little bit of ironing; nice pot of minestrone soup simmerin' – will be on the table wiff 'eated bread just as soon as Gary 'Junior Junior' finally decides to nod off.

Course they 'aven't named the baby Gary. Yet. Still don't know what to call him. They were so sure he was going to be a girl: Alice.

'What about Peter?' Val says, offering the black pepper. I'm the only one to accept. She daren't say David, though she'd love to (she told us). But she doesn't want to load Leslie with sadness. Her Dad mightn't be 'ome for weeks.

'Sounds too Enid Blytony,' Leslie replies. 'He's not that middle-class.' Vera coughs. The soup's 'ot and gorgeous. She's desperate for a ciggie, but the freshness of the house – its light airy kitchen – would be polluted by a puff. Of course, she'd stand outside in the patio – that's what we done on our first visit and it poured – quite nice really. But what now wiff the baby ... anyway, I've almost given up. Time Vera did too. Been at them over thirty years.

'Was Peter not C.S. Lewis?' Gary Junior returns. '*The Lion, the Witch and the Wardrobe?* Beautiful nosh, Val. Appreciate all this, my love.'

Gary's a nice son-in-law – considerate and affectionate. Done some reading in his time too, has our Gary. Good on you, mate. Never knew he knew so much. But you don't, do you. Your kids is always surprising you wiff wot they're interested in – wot they've learnt elsewhere. You just keep your head down, hope you'll get frough wiffout any major problems – illness, job loss. Vera's out her depth here – but she's not strugglin' or fightin'. She's just being treated kindly, like, by another woman, another family. It hurts. She might cry later, because she didn't fight Leslie to keep her son.

'Gary!' she says. And I think she's talking to me, or more-like Gary Junior, because he's the last one wot spoke on the book writers. But she's looking straight at Leslie's pale, attractive, unlined face. 'Would you consider calling the baby Gary?'

'Mum!' Gary Junior parries. 'He was going to be an Alice. Gary's not quite the male equivalent of Alice.'

Bit of a turn of phrase, that: 'male equivalent'. Easy to catch and see. I can see 'imself with his dark suit – large oval eyes reassuring, or firmly refusing, a desperate customer in his bank. Nicely done, Gary. Vera holds my hand. Close, like. She'll be fine. It's early days, a big adjustment for everyone.

'No,' she agrees, and looks across at me and tightens her grip. No point in fightin', love. It's their life. We've done pretty good. Look at Gail and Joy. Lovely girls. None of them's going to seduce a young footballer on a miserable night. No need to. Too well off by 'alf, that lot.

'Something will appear,' Val says sensibly, gathering the bowls – her daughter's large soup bowls – and stacking them on the unit above the dishwasher. 'And you'll just know it's right. He'll wake up and look at you and tell you his name all by himself.'

'We did talk about David,' Leslie says. 'Much earlier.'

Gary nods.

'But he just doesn't look like Daddy.'

Leslie begins sobbing and Gary comforts her. Our Gary gently caresses his lovely Leslie. It's early days for her too. A new mother of an unnamed baby and her doting Daddy incapacitated at 53 on some Geriatric ward.

Vera then begins to cry. At which point I'd normally suggest we go. But I don't, because actually it's not that bad. It's wot don't 'appen nearly enuff. People who are connected cryin' together in a common cause. Val shares her eyes generously with both. Gary wipes his mouth wiff 'is napkin. 'E's not crying. 'E's back in the bank. Someone has to retain control.

'Cry: you can!' I blurt out, feeling my chest tighten – the airy room suddenly airless. Can knows too much. Chest too sore.

'Val!' Vera screams.

'Yes, love,' she answers. Beautifully calm: my old Val.

'Call him Val,' Vera orders. 'It's perfect for a girl or a boy. D' you hear?'

'Not just Val Doonican!' she says on the way home. 'There was Val Richards who used to take Sunday School – for years.'

'Ever go?' I ask, pulling in at the newsagents for Rennies or aspirin.

'Always meant to,' Vera giggled. 'Heard he was a right creep.'

Gary's Initiation – 1960

I'm not an Altar Boy. Before this, I always dreamed of bein' one, despite the obvious problem. Walter Deans is, though, and his name can't be much more Catholic than mine. Gary King and Walter Deans: 'thick as thieves'. Would be 'thicks as thieves' in French, a fill-in teacher told us once and laughed sadly. But we, Walt and me, are always playin' – me for Chelsea, him for all the other teams. Sometimes I let him win if he's Sheffield Wednesday or Hartlepool, who can't actually beat Chelsea – not in a month of Sundays. But I'd never let him beat me if he was West Ham or Spurs – play to the death. You have to, if you're a real fan. And those two stink! Once he did equalise and we had to go to penalties and he was 3-1 up when I was called in for tea – so it didn't count. And that was Luton, who's bad, but not as bad as Spurs or West Ham. My Dad detests them. I make myself scarce those Saturday evenings – know better. Especially if it's an 'ome game. Not recommended!

Father Ambrose said a picnic in the countryside would do his trusted acolytes some good. He liked to do it every second year. Escape the East End for a short while, to the 'ills an' trees and a cake and ice-cream – all natural. None of it man-made. 'Wimmin don't make anyfink,' my Dad says, 'just trouble.' Men's wot works and everyfink. But he don't. It's my Mum wot works, in Uncle Charlie's factory. 'And in the 'ouse!'

Joe Reilly, who I don't know – but Walt does, cause he always 'bags' the bells, and never carries a candle – came out in spots all over and spewed on an old cow's veil. 'No picnic for thee, my man!' Father Ambrose said. And just then Walt pipes up: 'Gary King likes picnics.'

'Gary King doesn't sound like one of us,' the winey-breathed cleric declared, pushing his heavy purple vestments slowly over his head.

'He's my friend,' Walt replied – this is just how he told me: I listen hard, dreading I'll almost win, but then die just the same.

'Follows Chelsea, Gary King,' the bold Deans passed back, "deftly" "assuredly" – not bad for an eleven-year-old in such "challenging conditions".

'Chelsea,' Father Ambrose repeated. 'Tell King he's in the team.'

I leap and scream and hug Walter Deans, as if 'ed just given me a rabbit. He says, tryin' to shake himself free, 'Hey, Gary, he'll make you pray like the rest of us. Knees and everyfink! Wot's a tabernacle?'

'Fack knows!'

'And he'll beat you for swearin'. The tabernacle is the most important part of the Church. They keep Baby Jesus's body there.'

'Is it coming on the picnic too?'

''Course not, daftie. But you might get asked questions.'

'Like?'

'What's a tabernacle – or why can't nuns have kids?'

'That's easy. 'Cause no man will kiss them!'

We gather at St Bartholomew's at half past seven in the morning. Walt's old man took us on the early tram. Mum wouldn't tell mine the truth. 'Ed have gone off his 'ead. She said that Walter's family were headed to the country. He grunted and burped his peas.

There are six of us. I know only one other – John Mooney. He's famous in all Clapham. Can't play out for toffee, but saves anything that screams towards his goal.

'Heh, Gary,' he says, 'what's a tabernacle?' Then, before I can answer, he nudges Walt and they both burst out laughing. The others giggle too: one big joke. A tabernacle teaser! Then, on Fr Ambrose's instructions, they all shake hands with me, even Walter. We shake the longest.

The bus out of town is packed, so we sit at the front: me and Walt. Across from Michael and Michael – easy to remember, easy to mix-up. Michael Hattie and Michael Catani. Catani's the darker of the two – that's the best way for me to remember them, if I ever see them again. John Mooney and a Kevin Quinn are behind them. Fr Ambrose sits all the way back with his newspaper – *The Irish Times*. My Dad reads the *Daily Mail*. My mum says she hasn't time to sit down and read a newspaper. I never read them. I hate the smell. Except when they're soaked in vinegar. Adventure stories are so much better.

Walt wants to talk – he's a gab an' a 'alf on a bus – but I just feel like lookin' out of the window at the streets and shops and poor people not 'eaded on a picnic. The sun's warmin' the pane of glass, so although it's hard, it's kind o' cosy too, to rest my head on and watch the world go by, or rather 'us in our bus' go by the world.

Walt said I'd know the countryside because it's green everywhere and most fings are growin' – not built or broken. I recognise it when all the people disappear. Indoors, I suppose, to those farmhouses. Must be able to get loads in one of them. Why would so few people need such big houses? 'They're not big!' Walt said. 'They're normal for the countryside – you want to see big! Castles; Stately Homes. I'll show you in my Mum's magazines tonight, when we get back.'

'When we walk in the countryside, we do so,' Fr Ambrose commands, 'on the side of the road facing the traffic ('What traffic?' I nearly said), lest a country bus or pleasure motorist creeps up behind us and attacks us unaware.'

'When we eat in the countryside,' he says after a very short walk up a slope, 'we do so for the greater glory of God; to appreciate the freshness and goodness of an ordinary sandwich, the crunch and natural sweetness of the English apple.'

The light breeze blows on my cheek. The sun shines generously. Fr Ambrose's strong tea tastes of paradise from a tin mug. A bird ('A lark,' Walt reckons) tries to nick one of my crusts, but I always eat them. 'Best bit of the loaf!' so Mum says.

I can hear animal noises – sheeps and cows – though from where we are under the shelter of the hedges I can't actually see any.

'It's a very different place, the countryside,' Fr Ambrose says for a third time, lickin' his lips and loosenin' his stiff white collar. 'It stirs in one very different feelings. The peace. The serenity. So close to nature are we that sin itself is relegated to some 'other' way – some other day. *Oremus.*'

Like the tabernacle, the boys know exactly what this means. They fall onto their knees – all around Fr Ambrose – providing a cover on the other side of the 'edge. '*Pater noster* ...' it starts, their hands joined palm to palm like angels. Walt, grinning, follows suit and mimes along with them. Father Ambrose eases his breeks to expose his milk-white fluffy buttocks.

Gary and Vera's First Holiday Abroad – 1978

They were ready to fly: Gary, Vera, Gary (Junior) and the twins – Gail and Joy.

They'd saved up hard all year. Overtime whenever it was going in 'Charlie's' factory – where of course Uncle Charlie had only ever risen to foreman in his 30 years, and had long since retired – healthily, happily, it seemed, with Maud, to Brighton. Brother-in-law Alf – Alfie King, who'd walked out on Gary and his Mam the night Chelsea lost 2-1 to Sheffield Wednesday in 1963 – also walked out in front of a bus two years later and took it like a man. A man in need of death.

But as the King family lined up in anticipation of a British Airways flight destination – Palma, Mallorca – there was no thought or talk of death or sadness or the sacrifice they'd made to give the kids and themselves their first foreign holiday.

Mandy at 'Tony's Travel' had been terrific and had made all the necessary arrangements for them. They would be staying in Hotel Maravilla in Cala D' Or on the east side of the island, about an hour from the airport. This coach journey – which was called a 'transfer' – was included in the price of the Full-Board Option.

'Yeah, love,' Gary had said to Vera, 'full-board's best. Saves you having to worry about wot we're all going to eat for lunch. If the 'otel's paid and the food's paid and the transport from the airport's paid, then all we 'ave to buy is the odd souvenir and we're laughin'.'

They were nervously giggling as they boarded the plane – another first for everyone except Vera, who'd flown the previous year for Charlie's daughter's hen night in Dublin – a city of romance.

'Bloody extravagant!' Gary had griped. 'Still spoilt, that girl is – even in her 30s!'

'Lovely to be asked,' Vera replied. 'A break from the bingo hall. Charlie said he'd help if ...'

'He'll do no such thing,' her husband declared and rose to retrieve a wage-packet of pounds from the inside of the wooden clock on the mantelpiece.

The air hostesses fussed over the children. Were they looking forward to the hotel? Did it have a swimming-pool? 'Really, that big?' How far was the beach? 'Fantastic. Yous'll hiv a baw. Watch your juice nou, darlins, that's it. And you, young man, look as if you'll hiv aw thae Spanish girls in a tizzy, with such smashin' eyes.'

First time Gary had ever heard anyone refer to his son in these terms. He was an attractive, likeable lad, always had been, with an eye for fashion. But just a little boy, not long out of short trousers. Apparently not. At fifteen Gary Junior was just a year older than he'd been when Vera came to watch that football match. But that was back then, growing up to survive. No bloody wonder they turned feral. A glance at Vera's background told its own unique story of worse.

But times were different now. As parents, he and his wife had been able to give their children so many more opportunities – a stable home, a house with amenities, regular schooling beyond fourteen, clubs, activities, holidays to Blackpool and Butlins, and now Spain.

Not bad for two 'rough diamonds' from an East End gutter. Gary leant over and kissed his wife fully on her thick lips and pinched a cigarette. A minute later, they both accepted large vodkas and cokes from the trolley. 'Never seen such beautiful eyes,' the stewardess repeated, nodding in the direction of Gary Junior, who was lost in a game of Travel Snakes and Ladders with the twins.

'His Mummy's boy,' Vera replied with a proud-as-punch smile. 'They'll 'ave to fight me first.'

Having downed two further drinks on the plane and endured a longer than anticipated wait for their cases – 'A melee, it was' – Gary snoozed through most of the journey to Hotel Maravilla. Vera couldn't, and her non-stop commentary to the kids, on the flat arid island landscape and the prettiness of its small towns, shaped his dreams.

An oily, smiley bell-boy in his late thirties carried the two square honeymoon suitcases to the lift and along the corridor to their room on the 9th floor. He opened the door with the key, then re-demonstrated how it worked. Like any other key, as far as Gary – who had a headache – could see.

You could cut through the heat with a knife. Someone needed to open a window, for God's sake. Their dapper companion proceeded to carry their luggage to the farthest corner and then to open the wardrobe and the chest of drawers to show them where they might deposit their clothes.

'*Gracias,*' he then said, with an outstretched hand.

'A tip, Gary!' Vera ordered. 'Quick!'

'How much?'

'Dunno.'

'One hundred pesetas,' the man replied, using English for the first time.

'Much as that!' Gary exclaimed.

'Who cares! Give it him. You're embarrassing me.'

'Look at that!' Gail and Joy screamed together, having escaped out onto the small terrace.

'Bloody amazin', Gary declared, as they squished together to view the 20 metre pool below. It lay surrounded by brightly clad corpses.

'So relaxing,' Vera added. 'Everywhere.'

For as far as the eye could see there were similar hotels with similar swimming-pools, all in an equally deep state of repose.

'The time of day,' Gary informed them, breaking into a sweat. 'Siesta time. Everyone's asleep or dreaming of being asleep.'

'Can we go the pool?' the girls cried.

'I'll take them,' Gary Junior placidly offered.

They were halfway out the door, bouncing in split-new swimsuits, before Vera, fag in mouth, grabbed them for Ambre Solaire. 'Right, Gary, make sure that their oil soaks in a bit before plunging. Should have seen the burns on Tracy Crook's back last year. All from the first day!'

Vera bent to place Joy and Gail's neatly folded clothes by size and designation in the lower two drawers of the wardrobe. She, Gary and Gary Junior would use the bulky chest of drawers in the middle of the room. She'd like to have moved it to another spot – a corner – but it looked far too heavy.

Gary approached and craftily slipped his hands down and under and began gently caressing her buttocks, kissing the back of her neck, before sliding her light slacks and pants together towards her ankles. Vera stepped out of them and presented her fullness to her husband to take – as they had recently enjoyed exploring – from behind. '*Gary!*' she gasped, as they climaxed together on top of the thin grey bedspread. Happy Holidays.

It was on the last day of a week of eating and drinking and lounging and splashing and chatting to new British friends, with one 'amazing' day-trip to the Caves of Drach (plus a jewel factory), that Gary and Vera discovered Cala Bendita.

'Just go!' Beryl from Leicester insisted. 'The kids are fine. They're playing beautifully with my lot. It's so romantic. Make sure you walk over to the far side. Stop for a cocktail.'

They chose Pina Coladas, having strolled arm in arm along a real proper sandy beach. Until now the Kings hadn't bothered with Cala

D' Or's packed tiny effort – no real need, with such an ample pool and little time anyway between meals.

Their drinks they sipped on the patio of the upper of only two small hotels located a few hundred yards from the beach. The forest around them was replete with smells and birdlife sounds. 'Now this is what I call classy,' Gary mused. 'Though our location's been brill, and it's probably too quiet 'ere for the kids. But just take a look around you. We'll be back, doll. The two of us. Promise. Mightn't be that long either – twins are ten now. Once they 'it fifteen, sixteen, it's all over with Mum and Dad.'

'Yeah, Gary,' Vera replied. 'Would be really lovely, that would.'

Gary's Grandson's Outing - 2011

Gary was just back from the hospital, much later than expected. The young Welsh doctor ('Spoke their Gaelic – fit too') said, because the blood count was low, she couldn't have today's chemo. It would probably be wise to hang onto her for a couple of days. Did Vera have a bag packed? Was the Pope a Catholic?

'Tell you what, darlin',' Gary whispered, 'she's 'ad that bag packed and repacked since the day your boss gave us the diagnosis six months ago.' Loved 'er ciggies, Vera did. They didn't love 'er, though. Bloody shame. Fa' too young.

Like a bolt of lightning it was – both of them booked as usual at Lucia's for their September fortnight. Called her directly now – just like family: '¡Hola, Gary. Que tal?' Some years they'd been twice – July too – despite the screaming kids. Finally in their own house – bought with their retirement money, it seemed large and empty, though of course it was a good bit smaller than the four apartment in Hackney. And all that for what?

Ten months of Gary pacing up and down the waiting-room. 'Go 'ome, love,' Vera had suggested. 'Sit out in the garden. The weather's lovely – after all that rain. Have a pizza. I'll likely be home tomorrow to cook your tea.'

Gary didn't want a pizza. He didn't feel at all hungry. Nor could he sit out in the scented, well-tended garden on a deckchair – or an upright kitchen chair – as if he were a normal happy hubby, relaxing after a hard day's work or 18 holes with the chaps. His missus, his sweetheart, his Vera was dying. He was the one that was supposed to drop early – had had his little *Ticker Triple* six years back. She was great. Apart from her cough – that never buggered off, until it closed one of her eyes.

He made himself a cup of Maxwell House, adding another teaspoon immediately after his first slurp, with only a slight improvement. He should call Gary Junior and the girls. Then they could call him too! They all understood the prognosis – the future. Not always been easy, but he and Vera had been through all those years together – best mates. Not what he might have expected from their first encounter. She was a good bird, Vera – hard as nails, but with a heart of gold.

Habit switched on the TV. Sixty channels with nothing to watch on any of them. BBC News it was, then. Would they report the imminent death of the best woman in the world? Not bloody likely!

Today the focus was on riots that had broken out earlier that day in Hackney and Croydon – thank God they moved.

'Disaffected youth' running and smashing and grabbing in a raging protest against the government. What, that they didn't give them enough dole? Or that they wouldn't mollycoddle them beyond twenty-five? Or that they expected them to fight for every job – like he had to?

Some of us had to settle for modest factory work, to give a wife and family the security he never had. Let the cops loose on the mob! Show them who is boss! 'This is fackin England, not Africa,' he screamed. 'You people's not poor. I could show you poor. So could my darlin' Vera!' Then they'd be too shit scared of starvation to 'demonstrate their discontent'.

And then from nowhere – or rather, from the depths of a smashed-up JB Sports shop – Gary saw a face he recognised carrying a pair of new trainers in his hand. The youth smiled for camera before sprinting off unperturbed.

'You opportunistic little shit!' Gary screamed at his grandson. 'After all wot's been done for you. Ungrateful little bastard.'

He phoned the boy's father immediately to relay the bad news. 'I couldn't believe my friggin eyes, Gary. Our Val! A looter! Miles away from his refined stomping ground too. Leslie'll be devastated.' The TV had moved to another topic.

'We'll talk to him!' Gary Junior assured. 'These are complicated times. Young people need a lot more, and in reality have considerably less.'

'Will I come round and thrash him?'

'No, thanks, Dad. We don't do violence. How's Mum?'

'Fightin', son.'

'Good for her.'

Gary might have mentioned that Vera had been re-admitted to hospital, and that she wasn't fit for treatment earlier. But then, why bother? They had enough to think about. And him? At home alone. The way it would be every day soon. What could he think about?

The forest at Cala Bendita was the first that came to mind. Vera loved it – knew it so well, loved to stroll there at sunrise, do some Yoga halfway round, on the sheer crags above the shore. She'd never see it again. Would he?

The summer light was too bright, so Gary closed the silent curtains and sat waiting. The landline rang at ten.

Gary's Dad at Stamford Bridge – 1956

Fought I was never comin' back 'ere.

Swore it too – at the useless cunts, last Saturday! Booed them off the soddin' park, I did! Same fat grin on brother-in-law Charlie's phizog. 'Heh, steady on, Alf. Where's your loyalty, man? The young lad Greaves, he's a good un, Alfie!'

'Leave him, Alfie! Leave it off, please! Gary's a good un. Just a bleedin' question! A little boy asking his Daddy a question. You was

the one put all that Chelsea in his head. Just asked why they gone 'n lost? Alfie! No! Alfie, no, stop it, stop it now ...'

Charlie buys the tickets. His factory is still afloat. 'Come on, Alfie boy, we're broffers – Chelsea broffers. Turn out rain, hail or shine, we do. Support our team. Who cares 'bout money? Few bob 'ere, few bob there. You and the sis was always good to me. Jobs is tough to find, Alfie. Bloody tough. Who's countin'?'

'And if you don't shut that dim whinin' gob, I'll give you somefink to shut it good for you. 'Cause you're a nuffin', Betty. Fackin nothing, you. So get that fat arse out my way, till I teach your spoilt brat how to address his father. Hear me, Betty? You fackin hear me?'

Been toiling all season, they have. But never as shocking as last week. Everton are no great shakes – bunch of rejects, in fact. And now Chelsea's out the fackin Cup!

'Cheer up, Alf. Beer's still cheap at Bertie's. Stand you two, mate. One for past sorrows. One for future joys!'

Likes to be generous, Charlie. Likes to patronise the poor. The poor husband. The silent Dad – Alfie King. King o' the fleas.

'No, Daddy. Please, Daddy. I didn't mean. I'll never. I promise. I'll not. 'Cause I'm a fan like you. I love Bentley and Armstrong, just like you. No ...! Mummy, help!'

'Always sayin' to you to bring young Gary,' Charlie says, as he prods and pries every single bloody week, and now as he taunts me about my own third–rate performance. 'Boy's big enough to stand for 90 mins – still small enough to be lifted over the turnstile. Gary'd sit nice in the corner in Bertie's. Nobody'd bother him. Bertie knows a wink and a half. No extra cost to broffer Alfie.'

Finally. 'Bout time too. The silence. Theirs. No fackin whimperin' allowed. 'You 'ear!' Can't say I didn't tell them. 'Er burnt shit got binned. Fish supper 'its the target, and then, slowly, 'I've a few chips left, lad. Chips in vinegar for you, Gary - getting cold. Well, bugger you, you ungrateful moron!'

Bit better today, though. Passing the ball at least. United don't look their usual selves. No one getting paid in Manchester either, I bet. Scared stiff of the dole. Everyone! "The chronicity of post-war unemployment," some loaded Tory toff said on the wireless yesterday. "To be tackled with prudence and practicality." Had an old Auntie Prudence – me Mam's sister. Highly practical she was. Could divide a bone in nine. Always kind – always givin'. Miss me old Auntie Prude, I do. "Auntie Prude, d'ye think you should?"

'Dad?'

'Son.'

'Chips was good.'

'So's your Dad, Gary!'

'Yeah.'

'Just tired, that's all.'

'Irritable?'

'If you like.'

'Not sore, Dad.'

'No?'

'Not 'ardly.'

'Come 'ere, you!'

'Night, Dad. Blues'll thrash Wolves next Saturday!'

Stupid brother-in-law still smiling at 2-0 down. Still 'opeful! Them Wanderers wingers makin' a mockery of our defence. Offered another fag.

'Go on, Alf. I know you want one. One less for me to smoke. Wot Betty put on them sandwiches this week, then? Come on, Chelsea! That's enough cat-napping!'

Bully beef. Corned beef. No change. Never better. 'Try them yourself, Charlie. You'll soon know.'

'Still puffin', Alf! Can't wait! Love my baby sister, Alf. Would do anyfink for 'er. Glad she's found a good man. Was always worried she'd miss 'er boat. Kill anybody who harmed 'er, I would.'

'Just shut it and sleep, Betty. It's over, OK?'

'Until the next time.'

'Lad's fine. Ate his chips and chuckled.'

''It me, Alfie. Batter me daft. But not Gary. 'E's only a kid.'

'*Cheeky with it. Disrespectful – at times. Needs ...*'

'*Needs his father to support him, take an interest. Promise me that's the end. I can't ...*'

'*Can't you. Well, fuck off then, the two of you, to ostentatious Charlie's and 'is bought wife.*'

'*Thinks the world of you, my brother. Generous to the core.*'

'*No need. Can manage fine.*'

The crowds begin drifting off before the 90 mins is up. We remain – the brothers-in-lawalty.

'Could be worse,' Charlie says. 'Could 'ave lost by free or four. Boys'll beat the Reds yet this year – you wait, Alf. So, pint in Bertie's, matey? Drown them same sorrows. Ignite others. Chelsea fans 'frough fick and fin, shit – again!'

'Fink I'll leave it tonight. Tryin' to be good.'

'Really? You're a topper, you are, Alfie. Love to Betty. And Gary, 'course.'

'Right then, Charlie. Just the one. But it's my shout.'

Gary's First Sexual Experience – 1965

'Scared, is you?'

'No, just ...'

'Just what, Gary?'

'Nuffink.'

Vera Bisset had threatened to watch him play against Whitechapel Youths. She cheered when he scored a beauty from the eighteen-yard line. Gary wished the game was still afloat with days to go. He loved the camaraderie and his special place amongst the other, much older boys. Sixteen-year-old Vera's presence – her flicked hair, her adult way of smoking – had exalted his status, potentiated his hat-trick. 'Fack's sake, Gary. No ordinary meat. Kept all this quiet. Spill the beans!'

Vera's fist was still clamped round his penis, which was softening – rapidly. The drizzle falling on them, through the fence behind the changing rooms, felt heavier and colder in the dark.

'Maybe just chat, Vera?'

'Fack's sake, Gary!'

'It's ...'

She released him abruptly and began sorting herself: skirt upended to allow her knickers to be pulled as high as they would go.

Gary stood motionless – watching his shyness shrivel and disappear between two darkened thighs.

'Thought, with those hairy little legs, ye'd be a man!' Vera sneered, lighting up. She offered him one, as if reluctantly initiating a younger brother. Gary accepted. He'd been smoking about a year.

'Never ...?' she began.

Gary shook his head. 'You?'

'What d'you fink?' she smirked, blowing to the sky.

'Good?' he enquired.

'Good as you make it,' she answered. 'You got a girlfriend, Gary?'

He nodded and held Vera's free hand with his.

'What's her name, then?'

'Val.'

'Nice name.'

Gary felt himself stiffen a little under his cords.

'Is she pretty?' Fast Vera looked directly into his eyes.

'Yeah. Really pretty.'

'How old's Val, then?' she asked, drawing deeply on her cigarette before throwing half of it down onto the litter-strewn concrete.

'Same as me.'

'How sweet! Do you do little things to each other, then?'

'Bit.' Gary had burst through the slit in his underpants.

'Like what?' Vera said suddenly, attacking his neck. 'Does Val kiss you like this?' Her tongue flicked and tingled his skin.

Gary placed his hand on Vera's left breast: it was large and a little flabby, but her nipple was long and hard – twice the size of Val's baby cherries.

Vera released her bra to fill Gary's gaping mouth and began moving her whole chest to and fro, so that her nipple caressed his lips. Her breathing grew faster, heavier, as tongue supplemented sucking lips.

Vera rubbed herself against his crotch, firstly stooping to do so, then by lifting Gary on with two strong goalkeeper's hands.

She then set him down on the ground, grabbed his right hand and thrust it down the front of her pants. Val had only once let him squeeze a cheeky pinky in through the side where all in reach was short and dry, and from where his hand was swiftly removed with a blush, a shove and a bit of a huff for a little while after.

Here was moisture and bush and mass – masses of mass. Vera began moving his fingers inside and then continuously backwards and forwards in the upper part of her fanny. Tears welled in her eyes as she groaned, 'Ya bugger, ye, Gary. Ya kinky bugger, ye. Fought ye was scared, I did. You're a corker, Gary.'

And Gary would have loved to have climbed aboard, from the front – be her missionary, as the lads joked – or from the back, 'like a fackin dog'; but Vera's tears and her groaning followed by a sad lonely whimper demanded something better, something Val would approve of. He held her tightly in his arms, as if he were the older one, and whispered, 'It's OK, darlin', Gary's 'ere', and she nodded. And they knew they *were* OK, that it had been good, and that even in this shithole called Clapham 'life', there could be a beauty in honest human giving.

'Sorry, Gary,' Vera offered afterwards. 'Next time, eh?'

'Sure.'

'You're nice, you,' she said, placing a hand on his soaking trousers. 'Christ, Gary. That lot would surely have got me into trouble.'

'Reckon?' he joked, proudly, feeling oddly like a man. His scrotum a pulsatile ache.

'Bleedin' right,' she laughed.

It did, next time. Nearly two years later. So they married – before Vera began to show. Alf King refused to attend. Fr Ambrose was brought round: Vera was, after all, a baptised Catholic. Gary showed insight into the mores of the Church. They invited Val. She declined, as she had a college exam, but sent a tasteful card, and wished them all the very best and many long years of happiness.

Is a' Chailleach sa Chistidh

Tha mac na galla ga ràdh a-rithist rium: 'Tha mi duilich, a Mham. Chan urrainn dhomh dhol ann. Cha ghabh e dèanamh.'

Is tha ise na suidhe gun a còta a thoirt dhith, air bhioran gu falbh. Mar a bhios i daonnan. An taigh beag truagh agamsa na chulaidh-oillt an taca ris na tha a dhìth oirrese 'son a bhith cofhurtail – Jenny Atkins, bean mo mhic. Is esan làn spùt mar leisgeul gun a dhleastanas a dhèanamh do Mhòraig Alasdair: a h-anam aiseag a làmhan Dhè.

'It's a really important exam, Mum – the culmination of two tough years of study ... I can't just ...'

'Cha tig am bàs a rèir do thimetable-sa, a Shimon,' èighidh mi. 'Tha àm fhèin aige! Boireannach bochd na laighe marbh ...'

'A fhuair saoghal mòr. Ninety-one, an tuirt sibh?'

'A bha cho math dhutsa.' Bheir e sùil orm. Bheir agus ise. Sùil a' sgreimh.

'Bha i sin, a Mham, nuair a bha mi seachd no ochd. Tha mi gus a bhith deich bliadhna fichead. Is tha Mòrag Alasdair a-nist aig fois. Gu leòr a chàirdean fhathast am Beinn a' Bhadhla a thèid ...'

'Bi sàmhach,' canaidh mi is coisichidh mi a-mach às an *living-room* is a-staigh dhan *bhathroom*.

'Agus,' èighidh esan, 'nach eil triùir pheathraichean agam – gun sìon aca ri dhèanamh ach *dummies* a bhualadh am beòil phàistean.'

'S beag for a th' aig Simon sìmplidh air obair chloinne – an damaiste a th' ann a bhith nad phàrant. Gheibh e mach. Mur eil an tè ud seasg. Sliasaidean aice *tight* gu leòr na stob air oir an t-sèithir. Is tha an taigh agamsa daonnan blàth.

Mun àm a thig trì uairean feasgar, chan aithnich mi leth cho math cò am fear dhe na botail Listerine sa bheil an Listerine, is cò am fear a bheir dhomh an *gin* – Sineubhar, a ghalghad! 'S e am fosgladh is am feuchainn an aon dòigh – fàileadh an toiseach: sìon a dh'fheum an gabhail san òrdugh cheàrr. Gheibh thu rud a nì tròcair ort à trì dhe na mullaichean beaga sin an ceann a chèile. Ceathramh fear às a dhèidh 'son *luck* – gu leòr sa bhotal bheag ud a chuireas am feasgar seachad gun agam ri dhol an còir a' bhotail mhòir sa phreasa – romham daonnan an sin eagal 's gun tig *emergency*.

Chan fhuiling mi ach aon làn-*chap* dhen Listerine cheart. Blas mì-chiatach air an stuth, ach falaichidh e rud sam bith. Bheir e orm brùchdadh, is nì mi sin nuair a shuidheas mi air ais air an t-sòfa. Tha ise a-nist na seasamh. Glè mhath. Gheibh mi mo phrògraman a watch. Dinnear mhòr bhrèagha gam feitheamh-san an taigh a màthar an Dùn Èideann. *Chez Fiona*. Thig iad an seo air an rathad thuice 'son an ciont a *chur*eadh.

'Uill, dè mun deidhinn, a Mham?' tha e a' faighneachd, Simon. Bha thu riamh cho bòidheach, mo ghille – 'Mo ghille donn bòidheach.'

'Dè tha seo, a ghràidhein?' canaidh mi gun chothrom air a' chòrr.

'Theresa? Archina? Seonag? Nach urrainn do thè dhiubh sin ur toirt gu tòrradh Mòraig. Nì an triùir aca dràibheadh.'

'S iad a nì sin. Rud nach dèan mi fhìn. Chan e sin idir e. Ach cho mòr is a bha Simon ann an sùilean is an spèis Mòraig Alasdair, is nam fheadhainn-sa air a sàillibh.

'A Shimon, cha b' aithne dhai ...'

'I'll take you, Catrìona,' canaidh Jenny, iuchraichean a' chàir na làimh – mar g' eil sinn a' falbh a dh'Uibhist air a' mhionaid.

Nì esan tionndadh thuice – làn eagail. 'Dè?'

'Carson nach toireadh,' canaidh i anns a' ghuth sin. 'Chan eil Scottish Enterprise idir mosach len *leave*. Is nì thusa barrachd obrach ann am flat falamh, Simon. A couple of nights away with your Mum won't kill me!'

Coimheadaidh e ormsa. Feuch ciamar a ghabh mi ris a sin. Canaidh i siud rudan riumsa nach canainn-sa gu bràth ri màthair Ghilleasbaig. Cho bragail 's a thogras tu. Bruidhinnidh i Gàidhlig *all right* – deagh cheann oirre. Ach chan eil sìon Gàidhealach mu deidhinn.

*   *   *

Bha an t-aithreachas orm cho luath 's a thuirt mi na faclan – ach bha i a' coimhead cho bochd an sin – cho *desperate*. Rinn mi cuideachd e do Shimon. Bha e air a bhith ag obair cho cruaidh air an MBA sin is gun dad air lasachadh aig Wills – uallaichean ùra gan cur air gach dàrnacha seachdain.

'Tapadh leatsa, Jen,' thuirt e, a' tionndadh a-mach às a' *scheme* aig Catrìona – cul-de-sac làn thaighean beaga nam marbh is nan gu-bhith-marbh. Fuiricheadh sibhse, Mum, nur dachaigh bheò an Cramond gu 'n tuit sibh, OK! Greis mhath thuige sin, tha mi an dòchas. Cha b' ionann is màthair Shimon – bha coltas oirrese an sin nach fhaigheadh i tro gheamhradh eile, i cho luideach a' coimhead. 'S e an fhìrinn a bh' agam – shaoil mi: nach bu chòir gum marbhadh a dhà no thrì lathaichean lem mhàthair-chèile am Beinn a' Bhadhla mi.

Cha robh mi riamh roimhe aig tiodhlacadh sna h-Eileanan. Ma bha feadhainn aig Simon rim fhrithealadh o choinnich sinn, feumaidh gun do roghnaich e gun. Agus b' e seo a' chiad fhear riamh, fhad 's bu chuimhneach leam, dhan robh Catrìona ag iarraidh a dhol.

Caractar a bh' ann am Mòrag Alasdair, chanadh iad, tha fhios. Thadhail sinn oirre uair no dhà tro na bliadhnachan, chan ann san t-seann taigh-tughaidh ach sa Chouncil House far an deach a cur nuair a thuit am mullach a-staigh oirre am meadhan nan Ochdadan. Goirid do Raghnaid a bha i – ro ghoirid dhòmhsa, ach bha Raghnaid laghach rithe: a' dèanamh Home Help nuair nach gabhadh i ri tè sam bith a chuireadh a' Chomhairle thuice. Is bu thoigh leatha Simon, mar as toigh le gu leòr a dhaoine. Cha chreid mi gum biodh a h-aon sam bith dhe a peathraichean air am màthair a thoirt ann – clann òga aca is fir nach biodh toilichte a bhith air am fàgail aig an taigh leotha. Ach cuideachd tha fhios nach e sin an rud a dh'iarradh Catrìona orra a bharrachd. Chan ann còmhla riutha sin a lùigeadh i a bhith aig

Is a' Chailleach sa Chistidh

leithid a thachartas – cha bhiodh sìon aice ri ràdh riutha. Dè bha i a' dol a ràdh riumsa?

'S ann an ath latha a dh'fheumamaid falbh. Taobh an Òbain. Bha Catrìona a-nist *car-sick* – ged nach biodh cur na mara idir a' tighinn oirre, gheall i.

'Tha thu cinnteach gu bheil thu cinnteach?' dh'fhaighneachd an duin' agam is an M8 a' fosgladh romhainn.

'Cho cinnteach,' thuirt mise, 'is a tha mi gu bheil thusa a' dol a dh'fhaighinn tron deuchainn seo!'

* * *

Thig Jenny mar a gheall i aig naoi uairean – airson ùine gu leòr a thoirt dhuinn air an rathad. CalMac gad iarraidh gu math nas tràithe an-diugh na b' àbhaist. 'S ioma h-uair a rug Gilleasbaig air a' *ferry* sin is i gus a cùl a dhùnadh. Chuala mi uair gun robh i fichead slat on chidhe, is dh'aithnich Pàdraig Sheonaidh an càr is thill iad air a shon. Goill sa chuid as motha a bhios ag obair oirre a-nist, tha mi a' creidsinn.

'Tha thu a' coimhead snog, a Chatrìona,' canaidh i. 'Thank you very much,' freagraidh mise. 'You look very well yourself.' 'S e an fhìrinn a th' ann. Tha coltas fallain air bean Shimon. Is 's e boireannach brèagha dha-rìribh a th' innte – no a dh'fhaodadh a bhith innte, nam biodh fios aice mar a chuireadh i dòigh oirre fhèin.

'Thu deiseil, ma-tà?' canaidh i, is cuiridh i oirre an gàire mas fhìor blàth sin – nach mi a tha air a bhith fortanach, is nach 'tusa' a tha air call, air cus!

'*Thusa. Thu.*' Tha an gàire sin làn *thusa* o bhoireannach a tha mu leth m' aoise. Smaoinich mise a' dol a thoirt *thusa* air màthair Ghilleasbaig no air mo mhàthair fhìn. Na shaoileadh iad! Na chanadh Gilleasbaig rium a-rithist.

'Just about, Jenny!' Is tha fhios a'm g' eil i a' feuchainn – is gum bu chòir dhòmhsa a bhith nas deònaiche a leigeil a-staigh. 'Thèid mi dhan *toilet*.'

'Take your time,' canaidh i. 'Tha an càr mòr agam!'

Car mòr a màthar. Car mòr Harry. BMW. Chan eil *clue* agamsa mu dheidhinn chàraichean, ach 's ann agam a tha am fios air a h-uile

buic is rùchd a nì am fear seo. 'Almost ten years old now, Catrìona' aig
Fiona. 'And only 34,000 on the clock. I've looked after it the way my
husband would have – possibly better than Harry would.' Neònach
gun do leig i le Jenny a thoirt a dh'Uibhist is mise ann!

Leth na truaighe, fhios agad air a seo: cha robh mi idir a' dol a
bhodraigeadh. Ach air adhbhar air choreigin, tha na *nerves* ag obair
orm a-nist – am botal beag Listerine san *toilet-bag* sa mhàileid aig an
doras – aig a casan-se – fo a sùil gheur *chritical*.

'Dà mhionaid, Jenny,' èighidh mi. 'Final check air a' heating.' Tha
na tumailearan uile sa *living-room* sa chabinet – chluinneadh i na
dorsan-glainne gan slaodadh. Fosglar am preasa. Dia nan Gràsan.
Tha mullach a' bhotail mhòir cho beag ri lìonadh às is cho cruaidh air
do bhilean. Tha crith orm. Air mo cheann leis. 'It's a Gordon's for me
and a Gordon's for you, a Gordon's for me, please, any time of the day.'

'You OK there, Catrìona,' cluinnidh mi

'Perfect, a ghràidh. Just re-setting this gloidhc timer-switch.'

'Latha brèagha,' canaidh i, is i a' bruthadh a' phutain a chuireas an
sèithear agam air ais. 'Bit more leg-room, Catrìona – no kids in the
back to crush. Yet! Ciamar a tha an èadhar? How's the airflow? Do
you like it a little stronger, cooler – up? Down?' Nì i atharrachadh
beag air *switch* air an indicator is teannaidh uspag mhòr air sèideadh
orm an clàr an aodainn.

'It was fine the way it was,' canaidh mi.

'O,' a freagairt chiùin. 'Loch Lomond, here we come! Tha na *seat-
belts* fìor mhath. Faodaidh tu an leigeil às.'

* * *

Simon's Mum really seemed to have made an effort. Mura b' ann
dhòmhsa, dhan an *occasion*. Aodach nach fhaca mi riamh oirre –
sgiorta ghoirid fitted, blobhsa bhrèagha liath is seacaid smart. Còta
soilleir air a gàirdean às an robh fàileadh ùr ùr. Feumaidh gun
d' fhalbh i na ruith dha na bùithean an dèidh dhuinn a fàgail – mura
robh i a' deisealachadh 'son bàs Mòraig Alasdair fad ùine mhòir – sin,
no tachartas a cheart cho cudromach. Thuige sin cha do leig i leam fhìn
no Simon a toirt mòran na b' fhaide na Argyle St: Buchanan Galleries

(o dh'fhosgail e). Fìor chorra uair ghabhadh i cupa cofaidh làn bainne is donut ann an Dino's mun iarradh i a bhith air a cur dhachaigh.

Thàinig i a thaigh mo mhàthar sia mìosan an dèidh dhuinn pòsadh, is ged a bha Mum air feuchainn agus air tadhal oirrese trì no ceithir a thursan, cha chreid mi, on uair sin cha toirinn oirre tilleadh ann. B' fheàrr leatha a bhith a-staigh na h-aonar na taigh beag *drab* a' coimhead TV no a-mach air an uinneig. Bha mise riamh an amharas gun robh i ag òl, ach cha chreideadh Simon mi. Chan iarradh e a chreidsinn, tha fhios. Rud eile a bhiodh a' cur annas orm, 's e cho beag còmhraidh is a bhiodh Catrìona a' dèanamh air a h-oghaichean – ceathrar dhiubh ann aig an àm.

'S ioma rud a dh'atharraich nuair a dh'eug an athair, bhiodh Simon ag ràdh. Dh'fheumadh a pheathraichean a dhol nan inbhich nuair a b' fheàrr leotha a bhith nan deugairean saora. Thàinig airsan a bhith na 'Man of the House' is gun e a h-aon-deug dùinte.

'Agus dh'fhàs ise cruaidh,' chanadh e. 'Mar gun do reoth i, ach gun do thrèig an àiteamh i na gabhail seachad.'

Ach bha coltas caran toilichte oirre na suidhe an sin rim thaobh an càr mòr m' athar nach maireann. A làmhan paisgte, a sùil air an dùthaich. *Adventure* a bha seo dhi – do bhoireannach de thrì fichead 's a trì a bhith ga dràibheadh gu tòrradh ann am BMW le bean ghrod a mic!

Cha bu thoigh leatha riamh mi. Beachdan ro làidir is mi deònach an cur an cèill. Ceistean dìreach, nach robh i leagte am freagairt. 'An dèan mi X no Y, a Chatrìona? BHS no Littlewoods?' Beurla ro spaideil. Gàidhlig ro lag.

Ach dh'fhairich mi air an latha ud gun robh pàirt dhe sin air a chur air ar cùlaibh is gun robh raointean ùra a' fosgladh romhainn. Air iomall na Crìon-Làraich bha dithis a' bleadraich air Radio nan Gàidheal mu choin is mar a bu chòir ciall a chur annta is an trèanadh. Chithinn gun robh seo a' còrdadh rithe. Am biodh i idir ag èisteachd ris aig an taigh?

'B' aithne dhomh màthair a' ghille sin,' thuirt i. 'Floraidh Dhubh. Bha i fhèin car math is èibhinn gu bruidhinn. Is gann cù san nàbachd nach èisteadh rithe.'

Dh'iarr i orm stad aig na Green Wellies an Taigh an Droma airson
toit is dileig. Nam faighinn poit tì is sgona an t-aon, phàigheadh ise mi
air an son. Dh'aithnichinn an aileag oirre nuair a thill i chun a' bhùird
sin is rudhadh (ro nàdarra?) air a busan is deur beag na sùil chlì.

'Math, math le coin,' thuirt i, 'Flòraidh Dhubh sin, ach sgràths a
tòine aice ro Mhòraig Alasdair bhochd.'

* * *

'S lugha orm an t-Òban. Canaidh mòran g' eil e cho brèagha is gu
bheil e laghach is *bustling*, is tha cuimhne aca air an t-sìde a b' àille
ann fad sheachdainean. Chan fhaic is chan fhairich mise ach sìor-
uisge a' dòrtadh a-nuas – is tu nad bhogan mum faigh thu tarsainn
an rathaid. Mi fhìn is Annag bheag à Barraigh is Raghnaid 'Lol'
a' freasgairt nam bòrd is nam bodach greannach anns a' Cholumba
Hotel. An dithis ud a' falbh a dhannsaichean is gam fhàgail-sa gu
èirigh aig còig sa mhadainn 'son nam breacastan.

Cattle sale bliadhna no dhà às a dheaghaidh sin is clab amh nan
gillean agus nam bodach (de sheòrs' eile) a' feuchainn ris an rud nach
toireadh tu dhaibh a ghoid bhuat.

Fada an dèidh sin is Gilleasbaig gam thoirt ann airson *break*. A
mhàthair fhèin an urra ris na h-igheanan. Sìon aig an dithis againn ri
bruidhinn air ach an aon rud. Tuil. Gèile. Doineann. Daonnan.

'Tha i snog an-diugh, a Chatriona,' canaidh i, is tha mi ag
iarraidh buille a thoirt dhi. 'Seall am bogha-frois àlainn os cionn na
h-Esplanade. Bheil fhios agad ...' (Can't she just get it right? 'Agaibh',
òinseach! 'Agaibh, agaibh.') '... gun tug Simon mi dhan Mhòd an seo
trì bliadhna air ais, a Chatrìona? *Romantic* – eh?'

Cha chan mi sìon. Mun cuir mi a-mach. An fhìrinn a th' agam. Chan
eil mi a-nist math sam bith ann an càr – fiù 's an càr spaideil Fiona.

'Plenty time for lunch, Catrìona,' canaidh i. 'What do you fancy?
A café, or maybe one of those yummy seafood sandwiches and then
a stroll along the pier?'

Dram eile a tha dhìth ormsa. Ochd uairean an uaireadair romham
leis an tè 'jolly' seo. Ach mura h-ith mi grèim cha mhair mi fada. Tha
fhios a'm air a sin. Chan eil mi cho gòrach sin.

'Bobhla soup sa Cholumba – for old times' sake. You'll see where your mother's cousin used to do her courting! And plenty of it!'

Tha coltas claon oirre. Robh i a' smaointinn nach robh fhios agam air sìon. Sìon mun t-saoghal. Sìon mu deidhinn-se? Chunna mi na bu mhiosa na Raghnaid – ged a bha i dona gu leòr. Ach bha cuideachd rudeigin fialaidh innte – ro fhialaidh is miannach air a leabaidh sa chamhanaich, nuair nach robh toil aice a faicinn idir san anmoch.

Taghaidh ise toasted sandwich – with salad. Nì an Scotch Broth an gnothach dhòmhsa. 'S fheàrr dhomh an *gin* a chur na lùib nuair a thèid i dhan toilet – cha deach i ann o dh'fhàg i an taigh. Bidh e nas fhasa a ghabhail mar sin air mo stamaig lag ghoirt. Agus ise cho sunndach is cho keen sgeulachdan m' òige a chluinntinn.

'Atharrachadh mòr air an àite,' canaidh mi. 'Cha mhòr gun aithnich mi e.'

*   *   *

What a totally incorrigible woman. No wonder nobody wanted to help her – spend time with her! Is tha fhios a'm gun robh doirbheadasan aice na beatha, nach robh i fhèin is peathraichean Shimon riamh mar bu chòir do mhàthair is clann a bhith. Agus gur fhada, ge b' oil leis fhèin, o dh'fhàg esan às a dhèidh i – na cridhe is na chiont. Ach!

'No, Jenny, I'm not sitting here – too good a view of the sea. No, not here either: the smell from the cafeteria will make me ill. Do I want to go to the bar? Of course not – full of drinkers. Why, do you?'

Cha robh idir, is agam ri dràibheadh còrr air fichead mìle sìos a Bheinn a' Bhadhla air a' cheann eile. Bha mi gu bhith sgìth gu leòr mar a bha. Thagh sinn suidheachain faisg air an taigh-bheag, am meadhan a' bhàta – le cùrtair tarsainn na h-uinneig is cùl sèithir a ghabhadh cur air ais, ged nach do dh'obraich m' fhear-sa ceart. Bha TV san oisean, ach cha do chuir duine air e – co-dhiù a gheibheadh e dealbh gus nach fhaigheadh.

Bha ise suas is sìos trì turais mun do shocraich i – fàileadh geur puinnseanta far a h-analach is spotagan buidhe air coilear a blobhsa. Thionndaidh i a-staigh dhan bhalla, cùl a cinn ghil ris an t-saoghal, is gun facal a chòrr a ràdh rium thuit i na cadal. Sin na bh' oirre. Thuig mi. Ach dè an t-àite a b' fheàrr a lorgadh i sam faodadh i a dhol am falach. 'S e fear math a bha i air fhaighinn. Fead fada muladach aiste is a h-amhaich ga foillseachadh ann an dòigh a dh'fhàg gu math *vulnerable* i. Cho furasta rud geur – sgian no ràsair – a chur rithe .

Nam biodh i a' cadal cha bhiodh i ag òl. Robh i a' smaointinn gun robh mi dall no claon? Chunnaic mi gun robh dà bhàr fhathast air *mobile* Shimon – a thug e orm a chur nam phòcaid. Cha cheannaich mise tè dhiubh sin gu sìorraidh – carson a dh'iarradh tu fònadh gu daoine is tu trang a' siubhal? Ach an sin chuir mi àireamh an taighe a-staigh ann is bha mi an impis am putan mòr uaine a bhruthadh nuair a chuireadh fàilte air bòrd oirnn tron tanoidh – sa Ghàidhlig cuideachd, tè chàilear.

Leig mi leis. Bha obair mhòr roimhe is an deuchainn mu dheireadh aige sa mhadainn Diluain. Cha bhiodh e ach air dragh a ghabhail mu a mhàthair. Ged a bha e air a fàgail às a dhèidh, ghlèidh e dìlseachd dhi san robh cùram is iomagain.

Is am b' urrainn dhòmhsa a fàgail mar sin, gus a dhol a-mach air an deic, no sìos a dh'fhaighinn rudeigin ri ithe. Chan e droch latha a bh' ann, is mar a thubhairt Simon, bu chòir brath a ghabhail air fasgadh a' Chaoil Mhuilich. Bha am baga-làimhe aice air a chur eadar i fhèin is am balla is cuideam a cuirp chadalaich ga gheàrd. Rinn màthair le teaghlach de thriùir bheaga gàire rinn air an rathad seachad. Ciamar a bha ise a' dèanamh na cùise leotha siud is mise 'stressed-out' an cuideachd Catrìona?

Smaoinich mi ach saoil am bithinn fhìn is Simon a' seòladh air a' bhàta seo an ceann bliadhna no dhà ler n-àl fhìn? Bhiodh esan ag iarraidh sin. 'S e bu mhotha a bha a' putadh 'son cloinne sna lathaichean sin, fhad 's a bha mise fhathast gun leigeil leis tachairt. Robh an t-àm agam gèilleadh – an dèidh dha fois fhaighinn on MBA?

*   *   *

Caithear nam dhùsgadh mi, is mi leam fhìn san dorchadas. Tha am bàta a' toirt leumannan dhen chaothach aiste a chuireadh an t-eagal air an dearg mheàirleach. 'Ahh, piss off!' Tha mo ghruaidh ga bualadh air frèam meatailte na h-uinneig. Chan eil sgeul oirrese.

Fairichidh mi car diabhalta nam amhaich is pian sìos a' ghualainn ud. Tha blas tiugh tioram nam bheul. Oh, no! Cnap beag de chur-a-mach na shuidhe gu moiteil air a' chuisean rim thaobh – air an t-sèithear aicese. Agus ormsa: srianag dhathte smugaideach is samh às. Gabhaidh e uile glanadh, mas urrainn dhomh toirt air mo cholainn ghoirt carachadh.

'Scott, sguir dheth!' cluinnidh mi, is chì mi *collie* a' tighinn thugam – a' crathadh earbaill is a' dèanamh air an lag bheag bhlàth far an robh tòn Jenny – mun do thrèig i mi. Mura b' e mo lèine, cha mhòr nach saoilinn gur ann à stamaig a' choin a chaidh a' ghòmadaich is gun robh mise neoichiontach.

'Duilich, a Chatrìona,' canaidh an aon ghuth fireann. 'An cuidich mi thu? Am faigh mi nèapraigean dhut? Scott, sìos!'

'Tha e taghta,' canaidh mi, airson rudeigin ri ràdh – ùine a thoirt dhomh fhìn. Slìobaidh mi mo làmh mu bheul Scott – is teannaidh e rim imlich. Chan eil sgeith idir oirre, tha fhios a'm air a sin – rud a bhithinn air fhaireachdainn, 's cinnteach.

''N ath-oidhch,' canaidh e, 'bidh ciste na caillich a' dol dhan eaglais.' Aithnichidh mi a-nist an guth – guth taitneach – ach sin e. 'Neònach,' freagraidh mi, 'gun do leig Mòrag leotha a toirt innte.'

'Dh'fhàs an creutair sean. Mar a dh'fhàsas sinn uile, a Chatrìona. Falbhaidh cuid dhen chrostachd.'

'S ann nuair a choisicheas e air falbh bhuam a dh'ionnsaigh toiseach a' bhàta, a chù brèagha air a shàil, a chì is a thuigeas mi gur ann a' bruidhinn ri fear dhe na caraidean a b' fheàrr aig Gilleasbaig a bha mi, is nach do dh'aithnich mi e. Mar bhràithrean a bha iad – fad làithean an òige, eadar croit is creag. Sin uile san uaigh fad an fhichead bliadhna a dh'fhalbh.

'Catrìona,' canaidh anail ùrar dheiseil Jenny, 'you've not been well. Sit very still.'

Gearraidh an t-aiseag dudar eile a theabas ise a chur air a druim-dìreach. 'Wow,' canaidh i is i a' sporghail 'son tacsa nam ballaichean: 'Choppy.' Tha crith na guth is a h-aodann cho geal ri canach an t-slèibh. 'Nach math gun tug mi leam na *wipes*, ma-tha! Tha feum air an leithid.'

* * *

173

So we got to Lochboisedale. Pitch-black. Stoirm mhòr mhòr ann. Cha robh ise a' coimhead ro dhona do bhoireannach a bha an dèidh a mionach fhalmhachadh, is nach do dh'ith sìon fad ochd uairean an uaireadair. Coltas oirre mar a bh' air gu leòr eile a' tighinn far a' bhàta sin – fhathast a' strì ri casan aineolach na mara a mhalairt 'son paidhir-talmhainn nach teicheadh orra.

Bha biùg mùgach an taigh-òsta cho cinnteach is seasgair seach a' *Lord of the Isles*. 'N e nach robh e a' sìor ghluasad a bu choireach? Ach bha feum agam air leabaidh is saorsa bhuaipese. Nan toirinn seachad dha a piuthair i – is i ann an staid meadhanach beò – bhithinn air mo dhleastanas a dhèanamh às a leth. Bheireadh ise cupa tì is sgona, no ge brith dè an rud a rinn i, dhi. Is chaidleadh i a-rithist is thigeadh madainn is cùisean an tòrraidh is ...

'If you take me up to the Hotel, Jenny, I'll give Isa a call,' she says.

'What do you mean, Catrìona?' fhreagair mi. 'She'll know when the ferry was due. Winter timetable? Summer timetable?'

Thug i sùil orm. Aodann gòrach. Aodann cho uabhasach fhèin tiugh. Fear a dh'iarradh tu pais a thoirt dha.

'You haven't told her we're coming, have you?' dh'èigh mi. 'You're taking me to a house – rather, I'm taking you, having cleared up your stinking ethanol-induced vomit – and you don't even have the courtesy to ...'

'Taigh mòr aice dhi fhèin,' fhreagair i gun dad a dh'aithreachas. 'Taigh m' athar is mo mhàthar. Cha chan Isa guth.'

Nach canadh? Gu leòr mòr aice ri ràdh air latha na bainnse agus às a dèidh – ged nach b' ann rinne. Co-dhiù, cha b' e sin a' phuing. Cha b' e sin idir am point – am prionnsabal: gun robh an tè sa a bha còmhla rium grànda is coma dhìom. Buileach coma dhìom gun adhbhar.

*   *   *

Agus tha grèim aice air ghoc amhaich orm is i a' tilgeil smugaidean nam shùilean is a' speuradh is a' mionnan is a' guidheachan. Nach gabh i an còrr dhìom; nach do ghoid i m' aona ghille, gun do dh'fheuch i – g' eil i an-còmhnaidh a' feuchainn, is nach toir mi aon sìon dhi – *nothing* – is g' eil i a-nist na h-inbheach – na boireannach mòr – is

174

nach bu chòir dhi a leithid seo a ghabhail o dhuine sam bith – nach bi duine a' bruidhinn rithe is a' dèanamh leth-bhreith oirre mar a bhios mise, is ...

Tha mi air thuar a dhol ann an laigse nuair a dh'fhairicheas mi an càr ga chur gu dol – *gears* a' sgiamhail, aon taobh, an taobh ud eile – suas am bruthach is a-staigh le stad obann a char-park Hotel Loch Baghasdail.

'Get out!' èighidh i. 'Out! Make your sad phone-call!'

Bha fhios a'm nach biodh sgeul oirre nuair a thillinn a-mach. Cuiridh John-Ailig sìos mi: thàinig ainm air ais thugam – dìreach mar siud – cho luath 's a choisich mi a-staigh dhan bhàr.

'Faireachdainn nas fheàrr, a Chatrìona?' dh'fhaighneachd e, a' cur glainne fìon bheag nam chròig – rud nach àbhaist dhomh òl. 'Is dè an aois a tha Scott?' dh'fhaighneachd mise, a' cur *peanut* am beul a' choin. 'Ach cho snog 's a tha thu, a m' eudail.'

∗ ∗ ∗

Chan eil fhios a'm an deach i riamh dhan tòrradh. We never had that conversation. We never really spoke as such again. Is an ceann mu uair an uaireadair, bidh Simon is a' chlann air ais on tiodhlacadh aicese, is ròst math teth romhpa air latha fuar. Cha robh fhios a'm an tilleadh Abby à Lunnainn air a shon, ach thill. Bhiodh Peadar ann, *of course* – sin an seòrsa fear a th' ann. Agus 's e a sheanmhair a bh' ann an Catrìona.

Chuir Raghnaid cairt – rud a bha laghach dhith. A' dol fhathast, Raghnaid, agus far nam fags o chionn fhada! Iar-oghaichean aice a-nist. Agus 's i, ma-thà, a rinn cobhair ormsa nuair a b' e murt a bh' air m' aire aig meadhan-oidhche. Dhiùlt i gunna a thoirt dhomh, ge-tà! Bhiodh sgian na bu phrothaidiche – 'son ìm is silidh a chur air *pancake* a bha i dìreach air a thoirt far a' ghreideil.

'Boireannach doirbh a th' ann an Catrìona,' thuirt i. 'B' e riamh, Jenny. An do dh'inns mi dhut gun robh sinn samhradh còmhla san Òban, ag obair sa Cholumba Hotel? Dh'fhaodainn sgeulachdan gu leòr innse!'

O Izar

Bha uair ann reimhid, is chan eil cho fada sin bhuaithe, is bha athair moiteil, Bero, agus a bhean sgìth, Gotzone, a' còmhnaidh ann am baile-fèille meadhanach mòr an sgìre Guipuzkoa de dh'Euskal Herría.

Bha Gotzone cuideachd moiteil – na bu mhoiteile, 's dòcha, na a cèile gaolach – ach cho uabhasach fhèin sgìth, an dèidh dhi na naoi uairean deug mu dheireadh a thoirt a' putadh, is a' gnòsdaich, is a' pantadh, is a' tabhannaich, feuch am buaileadh i aiste a treas leanabh.

'A mhurtair ghràinde!' leig i a-mach aig mullach a h-àmhghair, is thugadh dèidhseag dhi mun ghiall – dà fhichead is i na màthair do dhithis san sgoil – leis an nurs gharbh, Leonesa. Ach, an uair sin, gun rabhadh: 'O Izar, O Izar, mo nighean mhòr àlainn. Bhero, Bhero!' ghlaodh i, 'fhuair sinn nighean. 'S e Izar a th' ann.'

Shad Bero bhuaithe a phàipear (luideag bhreugach *Fascista*), is thàinig e na ruith on rùm san robh e a' feitheamh fad finn fuain an latha, a-steach air na dorsan dùbailte, gu far an robh Gotzone a' cìocharan am pàiste le deòir mhilis.

'Ach cho grinn 's a tha i, *cariño*,' ors esan, a' togail na tè bige na uchd is a' coimhead gu h-eudmhor sìos oirre. 'Gun ghiamh, gun ghaoid.'

An taca ri a bràithrean is na co-oghaichean air gach taobh, on diugh is on dè, bhuilicheadh feartan glè chothrom air Izar, a chuir gu mòr ri a bòidhchead. Beul, sròn, sùilean, cluasan, amhaich uile a' tighinn a rèir a chèile. Cha bu mhotha a fhuair i casan ro fhada no ro ghoirid.

'Bidh gràdh ro mhòr oirre!' ors am *paediatro* aosta nuair a bha e ullamh ga sgrùdadh. 'Nach bi, Izar?', is chàirich e pòg aotrom air a lethcheann.

Rinn Alesander is Ion greadhnachas mòr rim piuthair bhig ùir is a bhith saor o chipean an seanmhar.

''N aire a-niste, *corazones*,' dh'iarr *Ama* bhuapa. 'Thoiribh gaol dhi, ach na bristibh i. Cha dhèideag La Izar. Cha toigh leatha cruadal!'

Chuireadh Izar an aithne a' chòrr dhen teaghlach, is shiolp antaidh broids seudach brèagha gu sàbhailte fon bhobhstair. Thill bràthair-màthar dhi, a thug ùine fhada ann an tìr chèin, gu Dùthaich nam Basgach gus dèanamh deiseil ron bhàs, is airson uaireadair òir a sheanar fhèin a shineadh do dh'Izar. Shaothraich an seanair ud ann an lathaichean togarrach nan trèanaichean greis ro Chogadh na Spàinne. Chaidh an tiodhlac feumail a thoirt dha le Calibrians, Gallegos, Madrileňos agus feadhainn eile bho air feadh na rioghachd, sgàth 's na rinn e de dhian-sheirbheis dhan rèile.

Chuir mòran dhe na h-aon daoine a thaigh na smàl ann an 1937. Gu fortanach, bha Rafa air eugachdainn dà mhìos ron a sin, ach dh'fhuiling a bhanntrach bhochd an tàmailt, is ghlèidh i an t-uaireadair an lùib a' bheagain a chumadh a sgòd-teichidh dhi.

Ghabh Izar nòisean sa mhionaid dhen inneal throm – aghaidh mhòr shòilleir air, is àireamhan dubha Ròmanach air an cur timcheall dìreach mar bu chòir. Chùm an spòg thana luath gleus a h-aire nuair a dh'fhoghlaim a sùilean mar a leanadh iad i. 'S ise a ghabh cùram dheth, is a theann ri rothaigeadh gu dìleas gach madainn riamh – ach a-mhàin nuair a bha i air saor-làithean.

Thuig Izar on sgeul a dh'innseadh tric gun robh an t-uaireadair seo na shamhla air strì is *sacrificio*. Cha chuala i guth, ge-tà, air Seňor Txarra, a chuir na dearbh shubhailcean sin an suarachas – gu 'n do ruith i a-steach air geataichean farsaing na sgoile 'son a' chiad turais; làmh bheag an t-aon aig Bero is Gotzone ga togail ri fonn.

'Dè an t-ainm a th' air?' dh'fhaighneachd i an oidhche sin.

'Cò?'

'An duin' ud nach eil snog.'

'Francisco Franco y Bahamonde.'

'Carson nach toigh leis na Basgaich? Carson nach do bhruidhinn an tidsear ach Spàinntis rinn an-diugh – ach nuair a fhliuch Ekaitz e fhèin?'

Rinn a h-athair gàire.

''S e a th' innt' ach stoiridh mhòr fhada, Izar,' dh'fheuch a màthair, is ghuidh i oirre cadal. 'Innsidh mi dhut latheigin.'

'No! An-dràsta!' phut a nighean bheag thapaidh. 'Chan eil mise 'son gun tig *los malos* gar goid.'

'Cha tig iad.' Rinn Bero gàire eile. 'Tha a' chuid as miosa seachad.'

Cha robh Izar cho cinnteach. Nach robh an Droch Fhear fhathast an ceann na dùthcha? Nach ann dha a dh'fheumadh na saighdearan leum nuair a dh'fhosgladh esan a bheul?

'S beag a bh' aig a bràithrean dheth. 'Izar, chan eil thu ach seachd. Dèan cluiche! Nach bi thu òg fhad 's as òg thu? Tha an còrr dhed bheatha agad gu bhith trom.' Ach cha b' ann mar sin a bha. Rinn i tòrr cluich, 's i a rinn, ach aig an aon àm ghabh i ùidh anns na thachair dha a sinnsirean is mar a dh'fhairichte an dorran ann an grunn phàirtean fhathast. An còrdadh e ri duine tighinn còmhla rithe gus freagairtean a lorg – ullachadh a dhèanamh 'son nam bliadhnachan ri teachd? B' e seo ceist a chuir i gu fosgailte, air a' mhìos mu dheireadh de *Phrimaria*. Sheall feadhainn dhiubh sùim bheag innte; rinn mòran meuran is choisich iad air falbh ann an glaic a chèile. Cha robh sìon a dh'fhor aig a pàrantan mu phlanaichean sam bith, ach mhothaich iad dhan ùine a bha i a' cosg na rùm-laighe. Bu ghann a nochd i às air an t-seachdain ro chèilidh *El Gran General*.

Aig an sgoil, bha iad uile air a bhith trang a' peantadh shanasan is a' spleogaigeadh nan tallaichean. A rèir choltais, chòrd seo ri Izar – is chan i a b' fheàrr gu obair còmhla ri daoin' eile. Sheall am pìos aicese dhen t-sanas am *plaza* le a shlighean a-mach is a-steach sa cheann an iar is sa cheann a tuath, sluagh mòr cruinn mun luchd-ciùil. Bha i air fear ann an trusgan dubh a chàradh na teis-meadhan na h-ùpraid seo is thug i ad leathann dha – a bha cuideachd dubh – leis gun robh dùil ri latha na bu teotha na 30C. Chitheadh tu feadhainn eile cuideachd,

178

gu h-àrd an tacsa bhalconaidhean, a' smèideadh is ag èigheachd ris. Ann an sin nam measg chuir i nighean òg le fiamh an iomagain oirre is baga beag crochte ri a gualainn.

'Nach airidh ise air aodann nas toilichte?' dh'fhaighneachd *La Maestra Guapa.* 'Chan fheum thu ach a beul a thionndadh suas beagan aig gach taobh. Bidh an fheadhainn òg ann a sheo air an dòigh glan latha eile a bhith aca far na sgoile. Tha e modhail fàilte chridheil a chur air aoighean urramach.'

Rinn Izar an uair sin gàire ri a tidsear fhìnealta, ach dh'fhàg i an dealbh mar a bha e.

'Dè chanas tu rithe?' a chuir Sra Cruz oirre, na b' fhaide dhen latha, 'an tè ud fo thùrsa?'

Thug Izar seachad ainm màthair a sinn-seanar.

'Apala! Dìreach àlainn – gu math Basgach cuideachd! Cha chluinn thu cho tric san sgìre seo e. Agus dè mun Gheneral – nach bi coltas car sona airsan, is e am Bergara gu h-oifigeil 'son na ciad uair ann an dà fhichead bliadhna?'

'Tha e mòr orm gum bi,' fhreagair Izar. 'Bidh a' ghrian na shùilean!'

Niste, b' e seo àm an earraich 1975, agus bhiodh Franco air a smachd a leigeil bhuaithe – on uaigh – mum biodh deireadh na bliadhna ann. Cha robh for aige riamh gun robh bom mòr thomatothan ann an *nylons* Gotzone ga fheitheamh an latha ud is e a' caogadh tro a ruisg mar a b' fheàrr a b' urrainn dha.

'Cha b' e sin am beachd bu ghlice, *corazón*,' orsa Bero, a' toirt na *satchel* loibhte far a guailne a' mhadainn ud, ged a bha a chridhe sna rinn i – cha robh rian nach robh. ''S dòcha gun smaoinich daoine gur e ceannairceach a th' annad, is bhiodh sin mì-fhortanach. Ma tha sinn ag iarraidh gun atharraich cùisean, feumaidh sinn cumail oirnn nar n-iomairt shìtheil, a dh'aindeoin gach sgrios.'

'Dè th' ann an sgrios, *Ama*?' dh'fhaighneachd Izar de Ghotzone, fhad 's a rinn ise sgùradh air a' bhaga dhearg – caoin air ascaoin, clobhd ga ruith air na leabhraichean a theab rùn a h-ighne a chleith. Mar a rinn Dia, bha còmhdach plastaig air a dhà dhiubh.

'Rud uabhasach, nach bu chòir tachairt uair sam bith,' fhreagair a màthair. 'Sin thu, a-mach leat – chan eil fhios nach fhaic sinn ann thu, *màite*.'

Mar sin a chaidh casg a chur air a ciad oidhirp 'son ceartais. Dhiùlt i a basan a bhualadh no iolach chàich a leantail is chuir i roimhpe uaisleachd Euskadi fhaighinn air ais. Le innleachd eile, dhèanadh i cinnteach gun fulangas a sinn-seanmhar a bhith gun stàth; bochdainn pàrantan a pàrantan àrdachadh; is moit mhòr Bhero is Gotzone às an cànain is an dùthchas a thionndadh na rud feumail, cumhachdach – a bheireadh taisealadh gu bith.

Cuid mhath dhen dealas seo ghràbhail i a-steach, bliadhnachan an dèidh sin, dhan deasg RE le rùilear air fhaobharachadh a dh'aona-bhàidh. Thug e mu sheachdain dhi a dhealbhachadh gu lèir, is aig a' bhonn chuir i Z mar ainm-sgriobhte Zabala, chan e an sionnach ud Zorro – a bha air car a thoirt às riaghladairean Mheacsago, gu a bhuannachd fhèin is mar a b' fheàrr a fhreagradh sin air a shannt. Robin Hood dhen ghnè fhìor *phetit-bourgeois*.

'S e sagart à Pamplona, *El Padrecito*, a fhuair an dùbhlan libearalaich na ceathramh bliadhna a theagasg mu dhìlseachd creideimh – *Credo in Unum Deum* etc – an àm gluasad às ùr air slighe Deamocrasaidh.

'Agus an t-uaireadair, Izar?' dh'fhaigneachd e aon latha, mar chlach às an adhar. 'Bheil e agad fhathast?'

'Agam a tha! Tha mi air a rothaigeadh lem bheatha,' fhreagair i gu h-aoibhneach – rud nach fhaicte ach ainneamh innte – is leig i le solas tighinn na h-aodann, a dhath a gnùis le dreach fallain fo ghruaig an fhithich.

Mheal, mas e sin am facal ceart – dh'fhuiling, 's mathaid – Carlos Manuel Garcia, na shuidhe dà shreath air falbh bhuaipe, a chiad chruadhag rè uairean na sgoile.

Chuir am *muchacho* maslaicht' a dhà chois tarsainn air a chèile, is rinn e gàire na gloidhc is sheall e dhi uaireadair fhèin – fear ùr dubh plastaig a fhuair e 'son a *chumpleanos*. Rachadh e sìos, a rèir choltais, gu 50m ann an uisge 'àbhaisteach'.

Smèid Izar air ais le a làimh chlì, leis gun robh an tè dheas fhathast a' falach nan lotan mòra a dhìol i air a deasg. Ach bha *El Padrecito*

– a bhiodh an ùine ghoirid a' cur gu mòr ri Foghlam Euskara – air tilleadh gu a chùbaid fhèin aig aghaidh a' chlas.

'Fhuair Izar,' orsa esan, a' bruidhinn ris na h-uile, 'uaireadair mar dhìleab a chaidh a thoirt dha a sinn-seanair goirid ron Chogadh nach ainmich mi. Tha i air coimhead an dèidh a h-eudail mar an fheadhainn roimhpe.' Cha do rinn duine gàire, fiù 's Eva Diaz. 'Niste, dà fhichead bliadhna 's a còig an dèidh sin, is an dùthaich seo mu dheireadh thall gus faighinn cuidhteas samh na Deachdaireachd, bheir ionnsramaid Izar dhuinn uair a tha ceart, mionaidean gu agus an dèidh na h-uarach; is – a' cleachdadh teicneòlas glè adhartach 'son an ama – cuiridh e gach diog far comhair gun chearb.

'Mar sin, dè a' cheist a th' agam do dh'Izar is dhuibh uile?'

'S e gath-gliocais on ghobhal, no beachd eile fuaighte ri dìonachd on uisge, a thilg làmh Charlois an àird.

'*Digame, tio!*'

'An urrainn dhan rud ar n-uair innse?'

'*Correcto!* Dèanadh sibhse deasbad air! A h-uile mac màthar agaibh!'

Is dè an uair a bha sin? Dè bha ri dhèanamh leatha? 'N e dha-rìribh àm ùr a bh' ann dhan Spàinn? Is do Dhùthaich nam Basgach? Barrachd dhen aon rud, 's dòcha – fo ìomhaigh na bu ghleansaiche, na b' fhasa a reic ri dùthchannan eile? Ga chur am briathran eile, saoghal nas fheàrr do thurasachd ann an Andalusia, na Balearics, is an Costa Brava.

Seadh, smaointean is ceistean a thaobh an ama: an t-àm ceart rud fheuchainn a bheir buaidh, is ciamar a bu chòir sin a dhèanamh; an t-àm ceart 'son dleastanas pearsanta a ghabhail às an tigeadh brìgh mhaireannach; an t-am ceart ùghdarrasan a dhiùltadh leis nach fheumte, 's cinnteach, sleuchdadh dhan a h-uile ìmpidh – 's e na nithean a bha seo a bha nan adhbhar-uallaich do dh'aigne ioma tìgeir òig is leòmhainn na b' eòlaiche, is bhathar glè thaingeil air sgàth 's an cèille is na dh'fhuiling iad.

'*No te metas, Izar!*' rabh a pàrantan sa ghuth-thàimh. '*Todavia es peligroso.* Cunnartach fhathast, a ghaoil. Tha thu ro bhrèagha 'son a bhith air do chiùrradh!'

'*Calmense, carniñosos!* Tidsear na cloinne bige a th' annam, gan altram ach am bi aithne aca orra fhèin is an cultar – cha cheannairc sin, 's cinnteach?'

'S e an fhìrinn a bh' aice, ach bha a gnìomh fhathast na rud radaigeach. Fhuair Izar, nach do chuir crìoch air a cursa oilthigh, i fhèin na seasamh ann an talla-eaglais air beulaibh clas de chuileanan beaga, a' toirt dhaibh leasan sna 3 Rs ann an cànain a bha leathase, teanga dhualchasach, nàdarra a cridhe – ach tè anns nach d' fhuair i fhèin a bheag a dh'fhoghlam foirmeil.

'Ciamar as urrainn dhutsa ionnsachadh dhan chloinn bhig sin mar a leughas is mar a sgrìobhas iad, nuair nach aithne dhut fhèin a dhèanamh?' chùm Bero air ann an Euskara bhrothach bhlasta.

'Well,' fhreagair a nighean dhàna, 'fàgaidh sinn leughadh chun an treas teirm, gu 'm bi sinn air a dhà no thrì leabhraichean a chruthachadh. Mun àm a theannas sinn air sgrìobhadh, bidh mi cho math ri duine – ceum no dhà air thoiseach air a' chloinn co-dhiù!'

'Agus an t-Oilthigh?' dh'fheumadh Gotzone – aig ceithir bliadhn' deug san fhactaraidh bhròg – faighneachd. Bha i a-niste a h-uile latha sgìth.

'Tha rudan nas cudromaiche ann, *Ama*. Aig an àm cheart.'

Bha nithean cus na bu chudromaiche dhi rim buannachd an-ceartuair na ceum. Làn-chreideadh is lèir-thuigeadh i sin; gu h-àraid le spiorad a' charthannais, gach duine a' cur fhala is a chridhe ris an iomairt chianda. Nach b' fhiach an co-chomann sin am bàrrachd mòr na choisneadh neach dha fhèin, no gu dearbha na dh'fhaillicheadh air a chosnadh?

B' fhìor thoigh le Izar a' chlann – thug an spionnadh is an sunnd oirre gàireachdaich gu 'n robh i goirt. Sheinneadh is pheantadh is dh'èigheadh iad is dhèanadh iad mì-mhodh làn saorsa ann an Euskara. Bhiodh i fhèin is a co-obraichean a' roinn an sgilean is an stuthan ganna eatarra – fiù 's a' chòcaireachd. Bhruicheadh clàr math agus sùim *Arroz Ciego* cho math 's a dh'iarradh tu; iasg saillte, no *Marmitako*, air latha àbhaisteach – na b' fheàrr buileach nam b' e Anna no Luiz *los encargados*.

182

Cha do roinn i Carlos le duine, ge-tà. Dhàsan a-mhàin gun tug i a sùgradh. A bheadradh bitheanta a' fosgladh tè a bha furanach is comasach freagairt cheart a lorg.

'S ann mu dheidhinn deasbaid a bha poilitigs is adhartas, a bhith daingeann nad bheachd is nad rùn. Chanadh gu leòr gur e rud poilitigeach a bh' ann a bhith teagasg cloinne nach deach am pàrantan no am pàrantan-san oideachadh ach a-mhàin an Spàinntis – cuid aca gan geur-leanmhainn 'son Euskara a bhruidhinn. '*Politica de La Responsibilidad*', far an robh cothrom uallach a ghabhail, dleastanas a bhith ort, cur ri beatha a' ghinealaich òig an-dràsta agus airson nam bliadhnachan mòra ri tighinn.

Fhuair Carlos dreuchd mar dhorsair sgoile. Bha e sgiobalta, practaigeach gu rud a dhèanamh, is b' fhìor thoigh leis cùram a ghabhail dhen togalach, ach cuideachd cùram is taic a thoirt dhan chloinn air leth bhon tidsearan. 'S e fireannach cudromach a bh' ann air *campus*, ged a bha feadhainn eile ann cuideachd, barrachd na bha sna sgoiltean-stàite. B' e fear dhiubh sin an t-innleadair ceimigeach, Ernesto Gomez, aig an robh saidheans na *Secundaria*; chaidh na rumannan sin a chur rithe nuair a thionndaidh a' chlann bu shine dusan bliadhna. Dh'iarr e orra uile gun '*Ché*' èigheachd air – suaip, na bharail-san, a bha dol ro fhada. Dealas ar-a-mach sam bith a bh' aige – chluinneadh na ruigeadh fheusag dhorcha sùil ri sùil – 's ann airson briathrachas saidheansail is tuilleadh chomasan a thoirt dha chànain fhèin a bha e. Nam b' urrainn dha sin a dhèanamh le spòrs dha a chuid sgoilearan, uill, 'Nach math dhuinn uile!'

'Ged a tha co-dhiù fichead facal againn airson dealan-dè,' chagradh e, 'fhathast chan eil càil ceart againn airson *sublimation*, neo fiù 's *gravity* – ach bidh buill is ùbhlan Basgach a' tuiteam a cheart cho trom gu làr; bidh ar brògan a cheart cho slaodte ris an talamh.'

''S dòcha,' orsa tè ann an lèine shoilleir, 'gum feum ar staid dha-rìribh a dhol tro atharrachadh mus fhaigh sinn dòigh air *sublimation* a chur an cèill nar cànain fhìn.'

B' urrainn do Ché (mar a dh'èigh a h-uile duine air!) *bonbak* – bomaichean – a dhèanamh: feadhainn a thog e mar mhodailean

– eisimpleirean. Chaidh mòran de theaghlach athar is a mhàthar à sealladh an àm an lèirsgrios, agus bhathar a' cumail sùil air na Gomezes fhathast rè bliadhnachan cruaidhe *Diktadura*.

'Cà robh thu a-raoir?'

'Aig an taigh.'

'Càite a bheil an taigh?'

'Far an robh e an turas mu dheireadh.'

'Dearbh e!'

'Seall e thall ...'

'Dearbh dhomh gun robh thusa san taigh agad fad na h-oidhche raoir!'

'Ach cha robh.'

'Càite eile an robh thu?'

'Sa bhùth.'

'Cò a' bhùth? Ainm an duine leis a bheil i! Dè cheannaich thu?'

'Trì isbeanan is leth-phunnd càise.'

'Cà bheil iad?'

'Na mo stamaig – no 's dòcha beagan nas fhaide shìos a-niste!'

Daoine doirbhe cunnartach mar sin a bha san teaghlach ud; a rachadh dhan bhùth a cheannach rud a dh'itheadh iad is a dh'iarradh mionaid no dhà ann an còmhradh an nàbaidhean. Dh'fhoghain sin, ge-tà, gus crith gun tròcair a chur an làimh athar mun robh e caogad.

Leis a sin, tuigear na b' urrainn do thidsear-saidheans Basgach a thoirt gu buil am broinn agus an taobh a-muigh a' chlas. 'S iad gu h-àraid na gillean mòra a dh'fhàs miadhail air Ché – dè idir nach fheuchadh an duin' ud! Cha robh càil a dhìth air Carlos fhèin ach a bhith an cuideachd *El Profesor Loco*. '*No tè metas, Izar!*' rabh a pàrantan rithe – dèan d' obair gu math, 's e sin cuideachadh gu leòr.

Nach robh fhios gur e! Bhruidhinn i fhèin is Carlos air a' chùis cola-deug ron bhanais, is iad rùisgte is suainte fo phlaide blàth ann an uamhaidh mu Ondarroa.

Ach 's dòcha gum b' e seo a-niste an uair, an t-àm iomchaidh, 'son beagan a bharrachd a thoirt seachad. Cha robh an t-saorsa ris an robh dùil air a bhith ach slaodach a' tighinn mu thuath thucasan.

Chìte Catalonia le a sluagh mòr is neart àraidh a' gabhail cheumannan cuimseach mòr air an rathad gu fèin-chumhachd: Pàrlamaid aca o chionn còig bliadhna is a-niste foghlam na Stàite ann an Catalan – fiù 's san Oilthigh – agus fada nas lugha dragh ga sparradh orra o Mhadrid. Ach, ge-tà, bha daoine a' sìor fhàs forail air dè bu chiall dhan fhacal 'Basgach' – a bhith na do Bhasgach – às Duthaich nam Basgach – cuideigin a labhradh Euskara. Neo-ar-thaing feadhainn ann a-niste a bha deònach an dlùth-cheangal sin is an diomb leis an *status quo* a chur gu feum an dòigh nas èifeachdaiche. Ach tuilleadh dhiubh a dhìth daonnan. B' aithne dhan a h-uile duine Ché – a bha aig an aon àm na thidsear sgoinneil. Ghabhadh an dà rud dèanamh. 'S ann a bha esan cho mòr mu adhartas tighinn air an sgìre – dhan a h-uile duine – is inntinnean na h-òigridh sin a bheothachadh. B' fhiach beachdachadh air. Às dèidh mìos nam pòg!

Chuir iad seachad a' chuid bu mhotha dhen chola-deug san Fhraing. Dà oidhche a-mhàin ann an Donastia, mun deach iad tarsainn. Rinn iad sgitheadh – on as e banais gheamhraidh a bha air a bhith ann – san dùthaich bhig shaoir sin, Andorra. '*Ondarroa al reves*,' orsa Carlos le gean, is ghabh e grèim air làimh a mhnatha àlainn, los gum b' urrainn dhi, air a socair fhèin – a' chiad turas riamh do dh'Izar chòir – slighe a threabhadh sìos sna slèibhtean beaga. 'S ann na phùdar bog a bha an sneachda, mar uachdar, is thàinig Izar air aghaidh gu math. Leig Carlos fhaicinn – fear nach do dh'fheuch an spòrs ach an aon turas roimhe – gun robh e sgileil ach ciallach. Cha bu mhath amas air na Raointean Dubha ach aig an àm cheart dhen latha, is ri aimsir a bha freagarrach. Dh'fheumadh e inntinn a chur air saod is biadh fallain a chur dhan stamaig. Dol far na *piste*, 's ann a bha sin do dh'amadain a bha deònach an casan a bhristeadh no a dhol air chall gu bràth. Cha tàinig sgath sgànrach san rathad air an *après-ski* bhuidhe bhlàth. Bhruidhinn iad, chan ann air poilitigs no iomairt no *imperialismo cultural*, ach air cloinn – an fheadhainn acasan, latheigin, agus air pàirtean dhen t-saoghal a bu mhiann leotha fhaicinn mun nochdadh iad – is còmhla riutha.

'Afraga,' orsa Izar. '*Si Dios nos cuida. El Congo!*'

'Alba,' fhreagair Carlos. '*Tiene algo magico para mi. Las Highlands, las Islas, Edimburgo mismo.*'

Cha robh teagamh nach robh Alba na b' fhaisge na Afraga, thuirt a bhean ùr, is bha fhios aice gun rachadh iad an sin latheigin, an ùine nach biodh ro fhada. Bha i an dòchas gun biodh esan mar sin air chothrom a toirt air *safari* far an do rinn na Beilgich uair spaidsearachd is a dh'èignich is a chreach is a dhùisg iad gràin sa mhòr-chuid. Nach robh Cuba air cuideachadh a thoirt dhan Chongo sna Seasgadan, smaoinich i, ach cha tug i seachad am fiosrachadh seo aig an dearbh àm seo, san dearbh àite, an uchd sgèimh chumhachdach chaochlaideach nam Pyrenees.

Air dhaibh tilleadh, bha gnothaichean air gluasad chun na h-ìre is gun cuirte feum air an sgilean fa leth. Comhairle shòlaimichte Ché a bha sin. Ged a chaidh cuid a 'theachdaireachdan làidir' a chur an grèim, bha barrachd ri dhèanamh. Daonnan barrachd. Fear-politigs beag ionadail a bha fa-near dha an turas sa – muc shanntach dhen t-seòrsa as suaraiche is as fhasa a bhuaireadh le droch dhòigh. Ach cha b' ann idir gun bhuaidh a bha an dearbh ghill'-òghnaidh. Dh'fheumadh iad tuilleadh air, ge-tà: ruitheam an latha aige; a theaghlach; na boireannaich eile (triùir dhiubh) leis am biodh e a' falbh. Cuine? Càite? Cò air is cò dha a bhiodh e ag innse nan neamhnaidean?

Ged a b' fheàrr a ghlacadh beò – an toiseach, co-dhiù – nan diùltadh e innse no ainmean a thoirt dhaibh air deannan eile, b' e làn-di am beatha faighinn clìoras e. Bhiodh Dùthaich nam Basgach – an Roinn Eòrpa gu lèir – fada na bu ghlaine às aonais.

Sin, ma-thà, an ciad turas an sàs. A h-uile sgath sìmplidh gu leòr ach boil nach bu bheag a bhith ri gnìomh. Chruinnich Izar gu sgileil, is thug i seachad am fiosrachadh a bharrachd. Chuir *bonhomie* Charlois is a shùil mhionaideach neart ri comas na prosbaig. 'S ann gun strì, le a bhriogais mu shàiltean, a rugadh air a' *phendejo*. Is nach eil fhios nach do leig e sgiamh bheag chudromach (mar a nì iad sin uile) san t-srap sin, mar mhuic ann am baraillte bhionagair. Bhrath e, le binneas, còignear eile a bha rudeigin mòr sa ghnothach.

An robh toil aca cuideachadh gus a dhol nan coinneamh-san? Cha bhiodh dìmeas ga dhèanamh air a' chloinn uair sam bith, ann an dòigh sam bith – sin an rud bu phrionnsabalaiche dhaibh mu a bhith an sàs. 'S ann an dèidh na sgoile a bha seo uile a' tachairt – an ùine a bh' aca daib' fhèin – aig an deireadh-sheachdain. *Recreacción*.

Chluich fear dhe na 'daoine mòra beaga' gèam nach robh cho soirbh, is cha robh a' chuimhn' aige cho math is a dh'iarradh. Dèideag bheag sheòlta bho Ché fo bhonaid a' chàir, is chaidh an gobhar is a chairt-ghobhar a thilgeil dhan ath shràid. Nach math gun do stiùir Carlos, ann an èideadh poilis, an trafaig an taobh eile gus bàs is sgrios nan neoichiontach a sheachnadh. Mar sin, carson a thagh an *tonta* ud an t-àm sin airson leigeil le a cù giobach mùn gun chogais no cosgais? Tha fhios gun dìolar oirnn uile airson a bhith ri amaideas. Cha do rinn na seirbheisean èiginn cus cabhaig thuice na bu mhotha.

'Cuiridh e sgoinn air do chridhe is do cholainn,' orsa Carlos, a' suathadh an fhallais dheth.

'*Si*,' dh'aontaich Izar, 'ach tha e cuideachd na dhìlseachd, na mheadhan air cur ri dòchas fada seachad oirnn fhìn, ar latha fhìn.'

Phòs Ché cuideachd, air an ath earrach. Àlainn fhèin a bha Maria – ach na cabaig – a bha a bòidhchead – le a blàth is a brù – na bu ghoirte buileach air bod nam balach farmadach. Leig Izar le Carlos coimhead gun cus a chumail na aghaidh. Cha robh an aon cho-fhaireachdainn aig teaghlach Maria ri 'cùisean cultarach'. 'S ann à Burgos a bha a h-athair, ged a chuireadh dhan Sgoil Bhasgaich i 'son rud fhaighinn nach b' urrainn dhàsan no dha a màthair a thoirt dhi.

Mar sin, bha Maria òg, tarraingeach, is a-niste trom. Cha robh ise riamh ann an gin de chlasaichean Ché, ged a bha deagh charaid dhi. Bidh cuid a luchd-saidheans ann, tha fhios, nach fhàg na leugan gun an làmhan a chur orra; b' e Ché bochd fear dhiubh sin. Garbi mar a bhaisteadh am pàiste. Rugadh i mìos an dèidh do Charlos – a bha sàr dhuineil le Berretta – tuigsinn nach robh na peilearan a bha gam brodadh a-steach dha a bhean ach gun iarann.

'Chan eil e gu diofar, *cariño*!' chagair Izar.

'Na bruidhinn sìos riumsa, *profesora*,' sgreuch e, is ruith ise dhan taigh-bheag gus làrach a làimh-san fhaicinn air a gruaidh – na rinn e a dhearbhadh. Gun do ghabh Carlos dhi mar sin!

'S e rud iongantach a bh' ann do Ché a bhith na athair. Thog e a spiorad is a thoil-inntinn. Bha cùisean a-niste fada na bu shoilleire dha, carson is cò dha a bha e a' sabaid. Mar sin, dh'èirich e an-àird sa bhuidhinn. 'S ann air an dèanamh làidir is furasta an cur an sàs a bha a dhèideagan beaga a-niste. 'No se meten,' chumadh pàrantan Izar orra a' cantail uair is uair eile riutha – is gun sgot aca de dìreach cho domhainn is a bha nighean na gruaige duibhe air a dhol san t-strì. B' airidh i air corra phais, bha i air toirt a chreidsinn oirre fhèin. 'S fheudar gun robh e na ghualadh do dh'fhireannach e a bhith air fhaighinn a-mach neo-thorrach. Thèid a bhean an uair sin na tè gun nàire, a shireas duine sam bith airson miann a gin a shàsachadh – mura feuchadh i beathach. Is a h-uile sìon eile mu Charlos cho fearail, caoin – pleadhart no dhà, corra bhuille mun bheul: dè 'n diofar!

'S e co-là-pòsaidh Ché is Maria a bh' ann – a' chiad oidhche dhan cheathrar a bhith muigh o rugadh an tè bheag, Garbi. 'S ann ri pàrantan Ché a bha ise an urra. Thuirt esan gun robh rud no dhà aige ri chur air dòigh, is dh'fhòn e Brindár, an taigh-bìdh, a ràdh gum biodh e fichead mionaid air deireadh. Chaidh iarraidh air an fhear bu leis an t-àite champagne a thoirt do chàch. Chuidich seo an còmhradh, a bha air a bhith brisg is lag, Maria fhathast am bogadh am builgean nam bèibidh. 'S beag sùim a bh' aig Carlos dha seo, is e mionnaichte nach caitheadh iad an oidhche a' gògail is a' gàgail mu theaghlaichean 's an dachaigh. Cuin a chaidh aca air tighinn còmhla mar seo roimhe?

Chùm e fhèin is Izar rin gaol lùthmhor gu goirid mun fheumadh iad am flat fhàgail, is bha am mulad àbhaisteach a-niste a' cinntinn. Grunnd sheachdainean o nach do bhuail e i. Le sin, bu thoigh leathase saoilsinn gur ann a bha an galar mu dheireadh thall ga fhàgail-san air chùl.

'Bar Katu, duilich, a chairdean!' dh'èigh Ché o dhoras na sràide, is rinn e a rathad tron àite gu far an robh an dithis bhoireannach nan suidhe. B' e a' chiad rud a rinn e nèapraigin geal a thogail is a bheul a shuathadh – sùil a thoirt air dath fhallais – mun do shuidh e fhèin.

'Sàmhach an seo. Dè tha sinn a' gabhail a-rèist?'

Rinn Carlos – a bha am meadhan dìreadh on taigh-bheag aig an àm
– dealbh math mionaideach air na chunnaic e: beithir-teine a' sianail
air chaoch tron *restaurant*. Ged a sgreuch e, chaidh a ghuth làidir a
spothadh na sgòrnan. Spreadh am bòrd is na glainneachan snasail
nan sgaoth de spealgan meanbha, a dhinn a-steach mar *mhosaic* ann
an cuirp nam fuilteach.

Dh'fhan am botal leòmach, na bhucaid-dheighe, air an iomall, fad'
às gun sgaid. Le bhith a' cuimseachadh a fhradhairc air, ge-tà, thug
Carlos air an t-sealladh a dhol na bu mhaille. Chitheadh e gach rud fa
leth, fear às dèidh fir, mar na frèamaichean ann am film: mar a ghabh
am *patrón* sgèan; a' chlàbraid air an rathad a-muigh; caoineadh nan
dùdach; teachd nam poileas is nam parameadaigs; na leidean – an
t-anart geal – an t-anart dearg; cho iargalta cam is a bha ciorraman Izar.

Deich seachdainean an dèidh na h-ionnsaigh, air latha brèagha
samhraidh am Bergara, gabhaidh Izar ceum cugallach le tacsa an
duin' aice on chàr, suas an *ramp*, gu flat dorcha Doña Cara – màthair
Ché. Bha duil aig Pedro, a cèile, fuireach còmhla rithe, ach thug an
anfhois a-mach air cuairt fhada eile e an tòir air toitean.

Leumaidh Garbi, a tha gu bhith bliadhna gu leth, air uchd
Charlois is nì i gàire leis na tha i a' faighinn de chluich o dhaoine.
Iarraidh bràthair òg Maria a threas botal San Miguel. Suidhidh athair
briste à Burgos is a bhean aog balbh air an t-sòfa. Tha an taigh làn
ìomaighean Ché: a Chiad Chomain; sgioba ball-làimhe na bun-sgoile;
ceumnachadh le 1st o Oilthigh Dhurango; e fhèin is a *chuadrilla*
air splaoid gu Mallorca – an triùir staiseach aig an robh cafaidh na
tràghad nan glory còmhla riutha. Chan eil aon dealbh de Mharia ri
fhaicinn; dhiùlt i fhèin is Ché feadhainn oifigeil na bainnse. Cha
d' fhuair a phàrantan-san gin eile bho chaochail an cupall.

'*Café, Carlos?*'

'*Si, Señora.*'

'*Izar?*'

'*Un momento.*' Tha Carlos air am pàiste a thoirt dhi airson an cofaidh
a ghabhail o mhàthair Ché. Tha Garbi a' spògadh is a' pògadh aodann

is amhaich leònte Izar. Feumaidh Izar a làmh mhath a chleachdadh airson taic a chumail ris an tè bhig is leigeil leatha cluiche. Nì i beilleagan mòra rithe – a' sèideadh tromhpa. Còrdaidh seo ri Garbi is siridh a sùilean tuilleadh is tuilleadh – agus a-rithist, is a-rithist.

Chan eil an còmhradh a leanas idir laghach, ach tuigear, math dh'fhaodte, gur adhbhar dha a bhith cho gràineil, an gaol fhèin.

''S e leanabh Basgach a tha seo.'

'An t-aon ogha againne.'

'Nach tèid a goid gu Burgos.'

'A tha feumach air dachaigh cheart.'

'A tha ga deagh choimhead às a dèidh – fhad 's a rinn sibhse caoidh.'

'*Si*, chaoidh sinn dearg ghòraiche na h-ighn' again.'

'Agus Ernesto agamsa?'

'Cha do thoill am bastar ceannairceach an còrr.'

Fad na h-ùine, nì am *bebé* gille-mirein, cluichidh i is feuchaidh i oirre aodann èibhinn is cuiridh i a corrag mhòr air sròin Charlois, is an uair sin air ais air a tè fhèin. Chì Izar lasair air ais na shùil – tè nach buin do dhuine a thogadh làmh gu a bhean no pàiste, ach a thogadh àirneis is bothain-chraobh is eile dhaibh.

'Ma tha sibh feumach air taic, *Señora?*' tairgidh Carlos le cus iarraidh, nuair a tha muinntir Bhurgois air falbh fo sprochd, is Don Pedro air tilleadh o a chuairt. 'Dh'fhaodamaid ...'

'Chì sinn.' Tha màthair Ché furachail. 'Chan eil mis' ach tri fichead 's a còig. Cha robh againn ach Ernesto. 'S e fhèin thall an sin a tha cur dragh ormsa!'

'A Chara!' èighidh Don Pedro, na chonablach a' feuchainn ri glainne a chàradh le cinnt air bòrd. ''N ann bodhar a tha thu? Tha iad ag iarraidh ar cuideachadh le Garbi!'

Mac

Nist, cha bhi sìon a chuimhn' agadsa air a seo. Ciamar a bhitheadh? Ach san dìth – an smior-mionaich Catrìona, do mhàthair – 's gun i air gille a thoirt dha a cèile uaigneach. Chan e seo a' chiad uair dhi a bhith ann an taigh beag tughaidh Mòraig Alasdair ann am Port Pheadair. Ach, ge-tà, tha deannan bhliadhnachan bho nach do thadhail i oirre – mun robh do phiuthar bu shine, Theresa, na smùirean smaoint. Àm nuair a bha do phàrantan ann an troma-ghaol ùr òg – staid, tha i a' faireachdainn an-dràsta, a lean ro fhada – mun do thòisich iad air feuchainn 'son teaghlaich.

'S beag cabhaig a bh' air Gilleasbaig: fear a bha air a dhòigh a bhith ri iasgach nan lochan is a bhith saor o uallaichean a theaghlaich fhèin. Chùm teachd nan nigheanan – triùir dhiubh gun strì an sreath a chèile – èibhleag a dhòchais gun a dhol às. Cha bhi e a-nist ach a' suidhe, ag osnaich fo sgàth a chreich, is a' cur chearcallan an dubh is an dearg air a' mhìosachan.

'S e *miscarriage* am facal as fheàrr leis, ged a tha do mhàthair air a thoirmeasg – 'Air na chunna tu riamh, a mhic na tè sin!'

'Miscarriage of justice a bh' ann,' chuala i e ag innse do Dhùghall na Pàirce, an t-seachdain roimhe, is ghabh i dha mun druim le a dùirn gus nach gabhadh i an còrr.

'Air do bheatha bhuain!' sgreuch a h-ugan an oidhche sin.

'A Chatrìona – Chatrìona, a luaidh! Orra shocair!'

Chan eil for aigesan gu bheil i air tighinn a chèilidh air Mòraig Alasdair. Tha do pheathraichean san sgoil – dithis an rùm Miss

191

MacLean. 'S toigh le Seonaig i. Cha toigh le Archina. Bidh i a' toirt air a' chlas air fad Gàidhlig a bhruidhinn Dihaoine, is cha cheadaich i sin dhaibh idir fad a' chòrr dhen t-seachdain ach nan ùrnaighean – a h-uile madainn; rom biadh; is às a dheaghaidh. Tha na Pròstanaich pailt cho siùbhlach ri càch. Tha Theresa a-nist a' faighinn *algebra* san rùm mhòr o chailc is cùl na 'Feanntaig'.

Tha e a' cur iongnadh air Mòraig bhochd do mhàthair fhaicinn, is feumaidh i bhith a' tarraing aiste leis mar a tha i air a dhol na srainnsear oirre – tè bhòidheach cuideachd! Teannaidh i ri rudan a chur air dòigh: sgona trèicil; bonnach; ìm tiugh; gruth; bainne blàth bho ùth gàganach Rosie. Gabhaidh iad an tì an deaghaidh làimhe. Leughaidh i a cupa ma tha toil aice – gu leòr mòr a chunnaic ise air na duilleagan. 'Barrachd 's na shaoileadh duine.' Gàire beag èibhinn. Tha e fortanach gum bi i a' tairgsinn na seirbheis seo le ròc is casad cho deònach, leis gun tàinig do mhàthair gus iarraidh oirre tè nas riatanaiche a thoirt dhi. Cuiridh sgràths Catrìona tàlantan na caillich gu dùbhlan cus nas motha – mura diùltar gu buileach i. Agus ma roghnaicheas Mòrag gun a cuideachadh, tha do mhàthair gu fìrinneach a' creidsinn nach tig thusa a-chaoidh dhan t-saoghal sa.

Mar a thachair, tha thu ann cheana – ged as ann air èiginn – is thèid do bhreith. Ach chan eil dad a dh'fhios aig Catrìona air a sin. Nan robh d' athair air a leadraigeadh a fhreagairt an t-seachdain sa chaidh, dh'fhaodadh Mòrag Alasdair a bhith air ìomhaigh de sheòrs' eile fhaicinn. Ach is lugha air Gilleasbaig MacIain fòirneart, is tha e air mathanas a thoirt dha a bhean mar-thà. Gàire a rinn e air a' mhì-thuigse. Chan e a coire-se a th' ann. Ach fhathast bidh e ri osnaich is ri sgrìobhadh air a' *chalendar*, a' cunntais sìos gu a chrìch fhèin air a mheòirean.

'Seadh dìreach, a Chatrìona': tha an còmhradh – gun obair a' bhìdh ri cur a-staigh air – a' call a shlighe is a bhrìgh. Chan fhada gus am bu chòir dhi a ràdh gum feum i falbh, no bidh i a' dol seachad air a modh. Tha a leithid a bhròn na laighe air cridhe do mhàthar: tè a bha cho somalta, siùbhlach ron chloinn, mun do thòisich cion mic air a ciall a reubadh aiste.

'Chuala mi aig ...' 'Nach b' àbhaist dhuibhse ...': faclan a dh'fheuch i a-mach air an rathad, ach thuige seo nach do leig an t-eagal dhi a ràdh ris a' chaillich.

Fairichidh Mòrag Alasdair a h-iomagain is nì i feòrach na dòigh dhìrich fhèin: "M bi e ag òl, a luaidh?'

'Cò?'

'Mac Iain Shamaidh?'

'Cha bhi! Gabhaidh Gilleasbaig dram, ach ...'

'Bheil tèile aige?'

'Dearbha fhèine chan eil!'

'Seadh.'

'Tha ...'

'Siuthad, a ghràidh.'

'An dèan sibh Frìth dhomh? *Put me out of my misery.* Am bi balach idir agam?'

Seallaidh Mòrag Alasdair air an teine, ach an tomhais i meud nan lasraichean.

"S fhada, a Chatrìona ...'

'Tha fhios a'm. Is chan aithne dhuibh ro mhath mi. Is nach mi tha leisg nach tàinig mi a choimhead oirbh fad bhliadhnachan – ged a bhruidhinneamaid uaireannan san eaglais. Ach tha mi gus mo reusan a chall, a Mhòrag! Tha esan a' bàsachadh!'

Bheir iomradh air a' bhàs mùirn an sùilean Mòraig Alasdair. 'Rud beannaichte ceart a tha sa Fhrìth,' freagraidh guth na seann tè fear piantail a' bhoireannaich òig.

"S e. Sin bu choireach gun tàinig mi.' Coimheadaidh i gu dùr na h-aodann loirceach.

'Chan obraich i daonnan.'

'Ach ...'

'Cha mhotha dh'atharraicheas i an cùrsa, a Chatrìona. Cha dèan i ach innse dè tha gos a bhith.'

'Well, ma tha fhios againn nach bi – cuiridh e clos air a seo co-dhiù.'

Tòisichidh do mhàthair air caoineadh, is i air a lìonadh le ciont a crìonaidh: nach fhaod i a bhith toilichte le triùir nighean àlainn, is nach dearg i toirt air d' athair creidsinn nan staid bheannaichte. Chan e gum bi e a' cur sìos oirre gu trom. Cha dèan e ach suidhe gun dad a chantail, a' cunntais is ag osnaich is a' sgrìobadh. 'S ann fo smalan a chluicheas e taighean le a chaileagan caomha camalagach.

'Feumaidh mi a bhith leam fhìn ga dhèanamh,' canaidh Mòrag Alasdair. 'Cha dèan math do dhuine m' fhaicinn! Bidh agam ri dèanamh deiseil, smaointinn mu rudan. 'S dòcha gum faodadh tu tilleadh an ceann deich latha, a m' eudail. No an cola-deug slàn? Chan eil mi ràdh nach biodh sin na b' fheàrr.'

'Nì mi sin, ma-thà, a Mhòrag! Dà sheachdain on diugh.'

Feuchaidh do mhàthair ri a sporan fhosgladh is caisgidh a' chailleach i le diomb na fìrinn. Tilgidh i rùsgan buntàta dhan stòbh, is iarraidh i a leisgeul gun a bhith ag èirigh 'son a leigeil a-mach air an doras rag ìseal.

Falbhaidh Catrìona. Suidhidh Mòrag Alasdair gun charachadh na rìgh-chathair air beulaibh na Modern Mistress. Chì i nach eil aonan dhe na ringeachan cothrom ri a corp mòr dubh. 'S ann air an fhear seo a bhios i a' bruich a brochain is a buntàta – an ring as motha miann air connadh. Cuiridh i ceart an ùine ghoirid e. Cha suidh a' phoit gu cofhurtail an sin gus an glan i a-mach an luath is na cnapan beaga mòna fodha. Fuiricheadh sin. Tòrr air an eilean seo a tha ga saoilsinn leisg air sgàth 's nach bi i a' leum gu caran dhen t-seòrsa sin sa mhionaid uarach; leis nach eil taigh gun mheang gun lochd aice; a chionn 's gu bheil tuilleadh 's a chòir chat aice, is cearcan nach gabh ceannsachadh; nach do bhodraig i leis an uisge is an dealan, nuair a tha na goireasan seo cho furasta am faighinn is iad a' liubhairt latha nas glaine is oidhche nas soilleire an àiteachan eile.

An fheadhainn ud a chàineas na dòigheannan ait aice san dachaigh, dh'fhaodadh iad cuideachd aithlis a thilgeadh oirre mu na 'tàlantan' eile aice; gu h-àraid sna lathaichean seo, le uimhir a sholas a' mùchadh am faireach daidhean fhèin.

Catrìona bhochd. Bha i ceart. Saoghal dhaoine o nach do leig i le a faileas suathadh ri a stairsnich. Nochdaidh i an-diugh, ge-tà. Iarraidh i gun dèanar Frìth dhi. Los gum faicear na bhios an dàn dhi

fhèin is do Ghilleasbaig Iain Shamaidh. 'S fheàirrde cuid a dhaoine
an fhorfhais seo, feadhainn eile chan fheàirrde. Bu chòir an fhìrinn
innse uaireannan cuideachd, ach air a' chòrr feumar dìon a chur.

Chan e gu bheil Mòrag Alasdair a' creidsinn ann am breugan. Mar
a shiubhail Moire Mhàthair 'son a leanaibh, Ìosa, seallaidh ise a-mach,
aig an àm cheart, feuch dè tha a' feitheamh air Catrìona. Is an uair
sin tillidh an creutair is suidhidh i far an do shuidh i an-diugh, agus
bruidhinnear rithe is thèid gach rud innse dhi air am feum fios a
bhith aice.

Daonnan làn sannt – Clann Shamaidh. Trì nigheanan gasta san
sgoil, ach tha Gilleasbaig Iain Shamaidh riatanach air gille los gum bi
esan na dhuine. Agus a bhean bhochd ga cur cracte le ciont is eagal.

Nist, tuigidh Mòrag Alasdair glè mhath gu bheil fhios aig do
mhàthair gu bheil dòighean eile ann airson seo a leasachadh; rudan
a dh'fhaodadh boireannach maiseach, nach eil idir a' sealltainn a
h-aoise, fheuchainn gus mac fhaighinn dhan fhear ghruamach ud.
Mar sin thig oirre, nuair a bhios i a' dèanamh dealbh air na sheall
an Fhrìth, sin innse le mòr-chùram. Air cho sanntach, gruamach 's
gu bheil Clann Shamaidh, chan airidh iad air adhaltras. Gu h-àraid
fear a dh'adhbhraicheadh mìneachadh mì-dhoigheil air rud cho
beannaichte ri Frìth Màthair Dhè.

Èiridh Mòrag Alasdair le gnùis na lòinidh is nì i cuachail le a
brògan ro mhòr seachad air an *range* dhubh. Air bàrr poidhle dhen
People's Friend ri taobh na *wireless* bakelite – balbh le bataraidhean
gun diog – lorgaidh i speuclairean an fhir nach maireann, a h-athair,
agus leanaidh i oirre gu balla a' *phartition* gus sùil a thoirt air *calendar*
nan Carmelite.

'S e a' chiad Diluain dhen chairteal an latha a tha air a chur a-mach
air a son. Còrr air seachdain thuige sin. Glè mhath! Ùine gu leòr 'son
ullachadh.

Tha briathran na *Salve Maria* gach cuid san Laideann is sa
Ghàidhlig air an tasgadh cho domhainn na h-inntinn is nach gabh
iad dìochuimhneachadh. Thig iad thuice gun strì nuair a bhios feum
orra, ged nach deach i an àrainn na h-eaglais fad chòig bliadhna.

Agus 's i nach tèid, gu 'n iarr Mgr Anndra mathanas oirre airson na rinn is na thubhairt e. Rud nach dèan an dearbh shagart 'iriseil' gu sìorraidh. Tha a' Chonair Mhoire air cobhair a bharrachd a dhèanamh oirre rè an ama dhoirbh seo. Cha bhi a dhìth oirre, air an latha, ach trì *Hail Marys* a chur suas, agus an uair sin Rann na Frìth.

Gus tàir air Dia a sheachnadh a' chiad turas a dh'fheuchas i e, fàgaidh i às na *Hail Marys*, is thèid i dìreach gu mullach an Ruinn. Tha e a' cur iongnadh oirre, is ga fàgail toilichte, gun urrainn dha a cuimhne lag a thoirt dhi gu aithris bho thoiseach gu deireadh, gun a h-aon a thuislidhean. Ge-tà, bheir i ruith air uair is uair eile, gus an dèan i cinnteach gun soirbhich leatha cho math 's as urrainn air an t-seachdain sa tighinn. Nì i ùrnaighean eile cuideachd, gun fhios nach eil E Fhèin fhathast ann an sturs leatha 'son a bhith a' call na h-aifhrinn. Cuiridh sin seachad an ùine nas cliobhaire dhi sna lathaichean fada geamhraidh seo. Coltach ri Gilleasbaig Iain Shamaidh, cunntaisidh is comharraichidh i na lathaichean mar a thèid iad dheth le gob tiugh a' pheansail air a mìosachan fhèin. Stràc ga chur tro gach àireamh mheanbh air a' phàipear thana fo ìomhaigh bhuan *The Sacred Heart of Jesus*.

Smaoinichidh i air d' athair is do mhàthair – an dòrainn – agus ortsa: an tig thu gu bith, an leig freastal leat a bhith air do ghineadh is air do ghiùlan a dh'aindeoin cion comais do phàrantan? Feuchaidh i rid fhaicinn mar a dh'fhaodas tu a bhith a' mhionaid a nì thu do chiad ràn 'son analach; nad dheugàire liobaisteach; nad dhuin' òg a' cur aghaidh air an t-saoghal; nad fhear sa mheadhan-aois, greannach mar d' athair. Is dòcha gum bi thusa nas sunndaiche, ge-tà, nas lugha cuideim ort – nas coltaichte ri na daoine on tàinig do mhàthair. An uair sin, gabhaidh i beachd nach eil sìon cinnteach sa bheatha seo, is, mura tig thu idir, dè an cron a nì sin orra uile – gu h-àraid air do pheathraichean. Tha e doirbh gu leòr feuchainn ri tighinn beò air an eilean seo gun na draghannan mòra sin ann cuideachd. Ro dhoirbh uaireannan.

Cuiridh tu fhèin is do mhàthair seachad an ath ochd latha còmhla ann an staid fada nas ciùine, ged a dh'fhàsas an dithis agaibh mòran nas trainge; toradh math agaibh airson ur saothrach.

Dhìse 's e an glanadh a dh'fhaillich oirre a thòiseachadh as t-earrach, nuair a dhùisg i airson an dàrna turais sa bhliadhna le grèim obann na broinn is cnapan fala eadar a casan. Thèid drathaireachan a shlaodadh far am bannan is dad nach deach a chleachdadh on Nollaig a thilgeil dhan t-sitig; thèid preasachan a chartadh, mullaichean bùird is eile a sgùradh, ùrlaran a ghlanadh dà thuras le Dettol. Thèid uinneagan fhosgladh cho mòr 's a ghabhas dèanamh – gèilichean na h-àird a tuath fhiathachadh a-staigh. Gheibh pìosan d' athar gritheidean nach fhacas riamh.

Tha thusa air thu fhèin a shaoradh bho na meanbh-mheangain a ghlac thu, is air turas sàbhailte a dhèanamh tron tiùb chaol aice dhan mhachlaig. Chaidh agad air cladhach a-staigh dhan bhalla is tha e a' còrdadh riut a bhith faighinn na taice is a' mhathais a bheir ort fàs is a dhol am feabhas. Air cho goirid is a tha do chuairt air a bhith, tha thu sona; bheir an sonas sin thu chun a' chinn-uidhe air a' cheann thall, ged a bhios amannan iargaineach ann. Thig thu tràth is cabhagach. Nan robh thu air fuireach sgath na b' fhaide, ge-tà, bha bruthadh àrd do mhàthar air bacadh mòr a chur air do shunnd is air cruaidh-chàs de sheòrsa eile adhbhrachadh – banntrach air fhàgail na ònrachd is a thriùir nighean rin togail. Ach chan e sin a thachras. Nì nàdar, is chan e an nurs làn fallais no an dotair fadalach, cinnteach gum bi thu fhèin is do mhàthair beò gu aois.

Ach abair gun cuir thusa a bhith ann, is do loma-shlàinte, sìol a' chaochlaidh. Bidh feum air rud nas fheàrr – fairichear mì-riarachadh leis na th' ann, is e cho ceangailte ris na bh' ann o shean. Bheir thu eilthireachd gu buil: o eilean dorcha gu baile soilleir a tha a' gealltainn saothair nas lugha, cur-seachadan is corra *luxury*.

Mar sin, air an oidhche ron ochdamh latha – an Didòmhnaich mu dheireadh dhen ràith – gabhaidh Mòrag Alasdair deichead a bharrachd dhen Chonair Mhoire, is na dhèidh bobhla mòr bròis. Streapaidh i a-staigh na leabaidh-chùil.

Làrna-mhàireach, èirigh i ron ghrèin, agus gun fiù 's a liopan a fhliuchadh le fìor-uisge an tobair, cuiridh i dhith a currac is beannaichaidh i i fhèin an ainm an Athar is a' Mhic is an Spioraid Naoimh. Thèid i air a glùinean, a' putadh a h-òrdagan rùisgte air an *linoleum* fhuar, is tòisichidh i aig leth a h-astair nàdarra: 'Fàilte dhut, a Mhoire. Tha thu làn de na Gràsan. Tha an Tighearna maille riut ...'

Cha chluinn i aon uspag gaoithe ri aghaidh an taighe.

'Is beannaichte thu am measg nam mnà, agus is beannaichte toradh do bhronn, Ìosa.'

Cromaidh i a ceann is buailidh i a com le a dòrn.

'A Naomh Mhoire, Mhàthair Dhè, guidh air ar son-ne, na peacaich, a-nis agus aig uair ar bàis, Amen.'

Tha an dàrna tè nas màirnealaiche buileach, gach facal air a chluinntinn is air fhaireachdainn na ceann is na cridhe. Cha mhath dhi a dhol sgath nas socraiche leis an tè mu dheireadh, gun fhios nach dìol an obair neònach seo oirre is gun caill i a slighe.

'Amen.' Putaidh i a corp claoidhte gu 'm faigh i gu bhith na seasamh – a glùin chlì air ghoil le *gout*, a' sgreadail ach an èistear rithe. Cha toir Mòrag Alasdair feairt. 'S i an tè sin a shìneas i a-mach, an toiseach, na cuairt. Thèid i deiseal air na fàdan-mòna, a bheothaich i às ùr is a chuir i air grèat far am b' àbhaist dhan àite-teine a bhith am meadhan an làir.

Agus a-nist airson crìoch a chur air 'Ùrnaigh ri Moire Màthair Chrìosd air sealbhachd na Frìthe', leigidh i le faclan an Ruinn – an laoidh cheart, 'Fàilte na Frìthe' – taomadh aiste, air an leth-sheinn, air an leth-chaoineadh, suas tro na sparran gu nèamh.

Trì uairean leatha mun teine, gun an laigse as lugha a cheadachadh na cainnt no na coiseachd.

> 'Dia romham, Dia nam dheaghaidh,
> Dia tharam, Dia fodham,
> Mise air do shlighe, Dhia,
> Thusa, Dhia, air mo lorg.'
> Thèid i air a glùinean; an uair sin èiridh i.
> 'Am Frìth a rinn Moire dha a mac
> Sheall an Rìoghainn sìos ro glac;

Am fac' thu lias air Rìgh nan Dùl?
Thuirt an Rìoghainn gum fac'.
Chì mi Crìosda, ciabh nan cleachd,
Ann an teampall Rìgh nam feachd,
Deasbad ri na dotairean gnù
Sealan mun do dhùin an ceart.'

Tha a sùilean air a bhith ag amharc sìos fad na h-ùine am feadh 's
a tha i air a bhith ris an obair seo. Dùinidh i an uair sin gu teann iad.
Fairichidh i a rathad le a làmhan eadar an dreasair is a' bheing a-mach
dhan trannsa, is an uair sin, a' stad airson a h-àite ceart fhaighinn san
doras a-muigh, nì i cinnteach gun tèid aice air breith air an t-sneic
gun stri. 'S àbhaist dhi a ghlasadh le a h-iuchair mhòir, chan ann ro
mheàirle ach ri droch shìde; cha d' rinn i sin idir a-raoir. Glè bheag
coltas an deamhain a bh' air gaoth an iar-dheas. Tarraingidh i a h-anail
gu làidir is fosglaidh i an doras, le a fradharc fhathast an saoghal an
dorchadais is a ceann na h-uchd.
    Cuiridh i làmh air gach ursainn is guidhidh i aon uair eile air Dia
uile-chumhachdach a h-iarratas a thabhairt dhi.
    Agus an uair sin fosglaidh i a sùilean is seallaidh i a-mach dìreach
air thoiseach oirre, gun fiaradh taobh seach taobh, agus air a' mhnaoi òig,
a chì i ag èirigh roimhpe agus 'Lacha Mhoire' a' tighinn ga h-ionnsaigh,
cuiridh i fàilte, on a tha iad 'rathadach' gu leòr 'son a riarachadh. Ach
ge-tà, a' nochdadh an iomall a lèirsinn – nas fhaide thall – chì i cearcan
gun choileach, ach cò aige a tha brath nach e glainneachan a h-athar
a tha a' toirt a car aiste. Is an e sealladh buileach 'rosadach' a tha siud,
co-dhiù a' chiad ghreis? Ach cuimhnichidh i a-rithist air Iùdas, is mar
a dhìobair a' chearc Ìosa sa cheart dhòigh, ga fhoillseachadh dha a
nàimhdean anns an adaig eòrna.
    'O, Chatrìona,' canaidh i an ceann trì latha ris a' bhoireannach a
chuir coire air na *nerves* 'son a h-òrrais sa mhadainn, 'bidh thu fhèin
's do mhac ceart gu leòr. Is feumaidh tu a-nist a bhith laghach ris na
h-igheanan òga seo, a chionn tha seo air a bhith doirbh dhaibhsan.
Agus ge b' oil leat, bheir thu am barrachd gaoil dhan ghille.'

Agus tillidh do mhàthair dhachaigh às deaghaidh tè mhòr à cupa is pòg gharbh air a bathais, is suidhidh i le a làmhan air an càradh le cùram air a broinn fhèin – mud thimcheall-sa – is bheir i a taing fhèin seachad. Tòisichidh i leis an 'Angelus', an uair sin 'Hail, Holy Queen', agus mu dheireadh 'De Profundis', a chluinnear tric aig tòrraidhean, ach a bheir cofhurtachd dhi gun toir i a cridhe dha na pàistean ud nach fhaic solas an latha, is gun iarr i mathanas airson an dìmeis a rinn i air a cèile is a caileagan.

Nuair a thilleas iad on sgoil, gheibh do pheathraichean cniadachadh làn dheur is Cadbury's Hot Chocolate le bainne *pasteurized* à bùth Lovat. Èistear greis rid athair droil, Gilleasbaig Iain Shamaidh, agus suainidh Catrìona i fhèin mu dhruim an oidhche sin 'son na ciad uarach ann am mòran mhìosan.

Fairichidh tusa a' socrachadh i mar a tha na puinnseanan ag ìsleachadh – fuil cus nas toirteile a' tighinn thugad tron chòrd. Nì thu gàire nuair a thèid agad air; tha an leannag bhlàth sa bheil thu a' snàmh a' taitneadh riut. Aon latha, gluaisidh tu gàirdean, agus fear eile, casan gan leantail sin, làmhan a' fàs subailte. Bidh thu a' cur d' ùine gu deagh fheum le bhith ag obair air an t-sionnsair, agus tha thu ceum air thoiseach air càch nuair a dh'iarras Iagan ort suidhe air a bheulaibh seachd bliadhna an deaghaidh sin. Nì thu freagairt ri ceòl, gu h-àraid an guth binn gun e bhith ro àrd – a th' aig do mhàthair nuair a sheinneas i. Cha chluinn thu e ach nuair a bhios an dithis agaibh leib' fhèin, ged a tha a guth-labhairt a' gleidheadh cuid dhe na feartan sin aig amannan eile.

Bidh a h-uile sìon taghta. Thig thu a-staigh a theaghlach gràdhach, a tha air saoghal an sinnsirean – ged as ann le taic dhòghannan ùra – a chumail a' dol thar nan linntean. Thèid ainm a thoirt dhut: Simon. Agus fine d' athar, Johnson. Ach anns a' bhad gabhaidh do shloinneadh smachd: Mac Ghilleasbaig Iain, no air fhar-ainm: Mac 'Happy'. Sa chiad seachdain sa bhun-sgoil, thèid do bhaisteadh led fhar-ainm fhèin, 'An Glaisean', air sàillibh 's cho beag 's a tha thu. Aig àm a' phleidhe, 's dòcha gum buinnig 'An Glaisean' am ball mòr leathair mun loidhne-mheadhain – na taighean-beaga. Thèid e seachad air Rodachan mum breab e gu snasail gu 'Spitheag' e, a chuireas – ma gheibh e sròn na broige, mar as urrainn dha, ris – fear àlainn seachad air 'Coinneach Cac'.

Agus ma chluinneas Miss MacLean mac a peathar ga ainmeachadh mar sin, glaodhaidh i, 'Get out here right now, Johnson' agus sgiollaidh i do làmhan beaga còig-bhliadhnach gu 'n tig eòlain orra. Tha Coinneach seachd, ach gann ceithir gu leth nuair a mhì-thachair an sgoil ris, latha blàth foghair nach tèid air dìochuimhn'.

Seadh, tha seo uile romhad, is thèid thu a-mach 's a-steach às d' ainmean uile agus feadhainn dhaoine eile. Mar as trice, cleachdaidh tu am fear ceart aig an àm cheart: ainmean 'son sgoile (Beurla, *of course*) is gnothaichean oifigeil – am beagan dhiubh a th' agad; ainmean a dh'innseas cò às daoine, cò leis iad – airson an cur gu pongail an lùib am muinntir; ainmean 'son cluich leotha – ged nach fhaodar cuid a chleachdadh ris an duine (chan e Coinneach Cac a-mhàin!). Gu fortanach, tha d' fhear-sa car sàbhailte, agus fad bhliadhnachan mun cuairt air Uisgeabhagh, gu dearbha air feadh Bheinn a' Bhadhla, 's e 'An Glaisean' a bhios aca ort. 'Cuin a thàinig an Glaisean dhachaigh?'

Agus, gun rabhadh – gun adhbhar soilleir – ach cion obrach le pàigheadh seachdaineach, fàgaidh tu an saoghal seo is gluaisidh tu a dh'fhear sa bheil fada nas lugha de dh'ainmean is far nach eil ciall aig gin ach Simon Johnson. Bacaidh tu clann Chardonald o bhith a' gabhail 'Si' no 'Simey' ort, is cha mhotha a bheir thu guth air 'The Sparrow', gu h-àraid leis nach e isean beag a th' annad tuilleadh an taca ri mòran dhen 35 a tha sa chlas. Fuilingidh tu magadh gu leòr airson a bhith ùr. Air leasan air beatha Bhurns aig toiseach na h-ath-bhliadhna, feuchaidh tu ri innse do Mhrs Coulter is dhan chòrr dhen chloinn mu 'Mac Ghilleasbaig Iain Shamaidh' agus tiotalan eile, mar a dhìreas iad air ais tro thìm. Ach chan eil diù aig duine do chluinntinn ach 'Attention Andy', a chanas gun a làmh a chur suas: 'So, dis 'at make me then "son ae Jim, son ae Les"?'

Air fhèin a thuiteas crann a chleas, oir èighidh Wee Clarkie sa bhad, 'It's Leslie, in 'at's a girl's name. Your granda wiz a poof, Sunny Jim!'

Mar sin, on latha sin a-mach 's e 'Sunny Jim' a bhios air 'Attention Andy', ach gu fortanach (dhàsan) chan e 'Sunny Jim a' Phoof', agus fuirichidh tusa mar 'Simon' no 'Simon Johnson', agus cha bhi brìgh anns a' 'Ghlaisean' is 'Mac Ghilleasbaig Iain' ach ann am Beinn a' Bhadhla, far an cuir thu seachad a h-uile h-aon de làithean-saora na sgoile agus a' chiad fheadhainn san oilthigh.

Agus sin as coireach, ged nach bi an saoghal tuilleadh an aon rud dhutsa is dhad phàrantan, is gu h-àraid dhad chloinn fhèin, gur toigh leat gu mòr a bhith a' tilleadh ann – feumaidh tu tilleadh – cho tric 's as urrainn dhut. Còrdaidh 'a' bhliadhna a-mach' ud glan riut. Fàsaidh do chuid Gàidhlig is do *ghossip* cus nas fileanta is gheibh thu bean an-asgaidh mar *bhonus-points* air cairt a' Chooperative.

Seach seo, 's ann ainneamh a thadhaileas do chlann fhèin air an eilean nuair a bhios iad suas, is roghnaichidh iad a bhith ag obair as t-samhradh an sgìre Obar Dheathain is air campa-spòrs sa Ghrèig.

Cha chan thu sìon mòr sam bith riutha mu Mhòraig Alasdair – carson a chanadh? Cha bu mhotha, mu àm a tòrraidh, no na dheaghaidh, a bheir do mhàthair iomradh air a sgilean sònraichte is mar a chuir i gu feum iad dhi.

Bidh Moire Mhàthair fhathast gad shireadh, ge-tà, agus bidh faothachadh aice mar as trice nuair a gheibh i thu. B' urrainn dhut ùrnaigh a dhèanamh rithe – sa Ghàidhlig, fiù 's – ach cha tig a leithid a-staigh ort. Chan urrainn do Jenny is dhan chloinn.

Fanaidh am feadan ro thostach, ach tha sgrìobhadh na rud cudromach dhut, is cuiridh tu seachad barrachd is barrachd tìde ris. Nochdaidh Beinn a' Bhadhla gu làidir is gu dealbhach ann, ged nach bi taobh blàth agad ris an-còmhnaidh. Bho nach tèid d' obair fhoillseachadh an deaghaidh grunn bhliadhnachan, caillidh tu misneachd is teirgidh do lùths. Cumaidh Jenny oirre, ge-tà, a' creidsinn annad mar sgrìobhadair, duine, athair, is bidh seo na neart gus am bi thu coma tuilleadh.

Carson, an deaghaidh uairean fada san oifis, nach gabhadh tu ri feasgaran gun chiont gun uallach ron bhogsa, no air *Facebook* ri 317 dhed charaidean, ann a Hyndland sgiobalta.

Tha do bhean tarraingeach fhathast is tha e a' còrdadh rithe a bhith a' leughadh is a' blogadh san rùm-teaghlaich mhòr fhalamh. Mar sin a bhitheas e! 'S cinnteach gum faodadh gnothaichean a bhith tòrr na bu mhiosa, a Shimon. Dh'fhaodadh tu fhathast a bhith an Cardonald, far a bheil mise a-nist – air dòigh. *Adiós, amigo. Y que tè vaya bien!*